DU MÊME AUTEUR

Chez le même éditeur

La Prophétie des Andes, 1994
Les Leçons de la Prophétie des Andes, 1995

JAMES REDFIELD

LA DIXIÈME RÉVÉLATION

Comment conserver la Vision et approfondir
la Prophétie de James Redfield

Traduit de l'américain par Yves Coleman

ROBERT LAFFONT

Titre original : THE TENTH INSIGHT - HOLDING THE VISION
© James Redfield, 1996

Publié avec l'accord de Warner Books, Inc., New York
Traduction française : Éditions Robert Laffont, S.A., Paris 1996
ISBN 2-221-08330-X
(édition originale :
ISBN 0-446-51908-1 Warner Books, Inc., New York)

À ma femme, ma muse,
Salle Merrill Redfield

REMERCIEMENTS

Je tiens à remercier du fond du cœur tous ceux qui ont joué un rôle dans la mise en œuvre de ce livre, en particulier Joann Davis de Warner Books et Albert Gaulden pour leurs sages conseils ; Ro et Herchiel Meadows, Bob et Joy Kwapien, qui nous ont souvent prêté leur chalet au bord du lac et nous ont toujours encouragés ; et bien sûr mes amis des Blue Ridge Mountains, qui veillent soigneusement sur ce havre de paix.

NOTE DE L'AUTEUR

À la fois parabole et récit d'aventures, ce livre fait suite à *La Prophétie des Andes* et tente d'illustrer de façon vivante l'évolution spirituelle actuelle. J'espère que ces deux livres présentent ce que j'appellerais un tableau d'ensemble, une description évocatrice des sentiments, perceptions et phénomènes nouveaux qui vont déterminer la vie des hommes à l'aube du troisième millénaire.

Ceux qui pensent avoir déjà parfaitement compris et défini l'essence de la spiritualité commettent, à mon avis, une énorme erreur. L'histoire nous apprend que la culture et la connaissance des hommes se transforment constamment. Si les opinions individuelles se cristallisent souvent de façon rigide, la vérité, quant à elle, est beaucoup plus dynamique. Nous éprouvons une immense joie lorsque nous réussissons à exprimer librement nos émotions, à trouver notre vérité propre, spécifique, et à la communiquer aux autres ; nous pouvons alors observer comment cette vérité progresse de façon synchronistique et se manifeste plus clairement quand elle doit influencer le cours de l'existence de quelqu'un.

Tous les hommes avancent dans une certaine direction ; chaque génération se construit à partir des réalisations de la précédente ; nous sommes destinés à atteindre un but dont nous ne nous souvenons que très vaguement. Nous sommes tous en train de prendre conscience de notre véritable personnalité, de découvrir peu à peu l'objectif de notre présence sur terre, et la tâche qui nous attend se révèle souvent ardue. Mais je suis fermement convaincu que si nous fusionnons toujours les différents apports des traditions que nous découvrons, si nous ne perdons jamais de vue l'évolution globale, tous les défis rencontrés le long de notre chemin pourront être relevés, toutes les frictions interpersonnelles surmontées, à partir du moment où nous prendrons conscience de notre destinée et du miracle de la vie.

Je ne veux pas minimiser les formidables problèmes que l'humanité doit affronter, mais seulement suggérer que chacun d'entre nous, dans sa sphère, fait partie de la solution. Si nous restons attentifs et savons percevoir le grand mystère de l'existence, nous nous apercevrons que nous avons été judicieusement placés, à l'endroit adéquat... pour changer quelque chose en ce monde.

James Redfield
Été 1996

Je regardai et voici qu'une porte s'ouvrit dans le Ciel. La première voix que j'entendis fut celle d'une trompette qui s'adressait à moi. Elle me dit : «Monte vers moi et je te montrerai ce qui doit se passer dans l'autre vie.» Et aussitôt je pénétrai dans la dimension spirituelle et aperçus le Paradis. Encadré par un arc-en-ciel, brillant comme une émeraude, m'apparut un trône entouré de quatre cent vingt sièges sur lesquels étaient assis quatre cent vingt anciens vêtus de blanc. Et je vis un nouveau Ciel et une nouvelle Terre. Car l'ancien Paradis et l'ancienne Terre avaient disparu.

RÉVÉLATION

Chapitre 1

VISUALISER LE CHEMIN

Je me dirigeai vers le bord de la falaise de granit et regardai vers le nord, à mes pieds. Un spectacle d'une beauté frappante se révéla sous mes yeux. Creusée dans le massif des Appalaches, s'étendait une grande vallée d'environ dix kilomètres de long et huit de large. Un cours d'eau sinueux la coupait, serpentant à travers des prairies et de vieilles forêts denses, aux couleurs éclatantes, dont les arbres atteignaient plusieurs dizaines de mètres de haut.

Je jetai un coup d'œil sur la carte rudimentaire que je tenais dans la main. Tous les détails de la vallée coïncidaient exactement avec le dessin : la corniche escarpée sur laquelle je me tenais, la route qui descendait, la description du paysage et de la rivière, les contreforts vallonnés un peu plus loin. C'était sûrement le site que Charlène avait dessiné sur le morceau de papier qu'on avait trouvé dans son bureau. Pourquoi avait-elle esquissé ce paysage ? Et pourquoi avait-elle disparu ?

Cela faisait maintenant plus d'un mois que Charlène n'avait donné aucun signe de vie au centre de recherches qui l'employait et lorsque Frank Simons, l'un de ses camarades de travail, m'avait appelé, le ton de sa voix trahissait une certaine inquiétude.

— Elle disparaît souvent, m'expliqua-t-il, mais jamais aussi longtemps, et jamais lorsqu'elle a fixé des rendez-vous à de vieux clients. Quelque chose ne va pas.

— Comment avez-vous eu mon numéro ? demandai-je.

Dans le bureau de Charlène il avait trouvé une lettre que je lui avais écrite quelques mois auparavant et où je décrivais mon voyage et mes expériences au Pérou. À côté de ma missive, sur un bout de papier, étaient griffonnés mon nom et mon numéro de téléphone.

— Je suis en train d'appeler toutes ses relations, ajouta-t-il. Jusqu'à présent personne n'a la moindre idée au sujet de sa disparition. Vous sembliez être un de ses amis. J'espérais qu'elle vous aurait contacté.

— Désolé, lui répondis-je, je ne lui ai pas parlé depuis quatre mois.

Tout en prononçant ces mots, je réalisai que le temps avait passé à une vitesse incroyable. Peu après avoir reçu ma lettre, Charlène avait laissé un long message sur mon répondeur ; elle était enthousiasmée par les révélations et par la rapidité avec laquelle leurs enseignements se diffusaient. Je me souvins d'avoir écouté son message plusieurs fois, mais je ne l'avais pas rappelée sur-le-champ. Ne me sentant pas prêt à parler avec elle, j'avais décidé de lui téléphoner un peu plus tard. Sinon, j'aurais dû me remémorer tous les détails du Manuscrit et lui fournir des explications. Or, j'avais besoin d'un peu de temps pour réfléchir à ce qui m'était arrivé et en assimiler les leçons.

En vérité, le sens de certaines parties de la Prophétie m'échappait encore. Certes, j'avais appris à me connecter avec mon énergie spirituelle intérieure, ce qui m'avait été d'un grand secours, car mes projets avec Marjorie avaient échoué, et je passais maintenant beaucoup de temps seul. Et j'étais plus attentif que jamais aux pensées intuitives et aux rêves, à la luminosité d'une pièce ou d'un paysage. Mais, en même temps, la nature trop sporadique des coïncidences me décevait.

Par exemple, je me remplissais d'énergie en essayant de discerner les questions primordiales dans mon existence, et habituellement j'avais une intuition assez claire de ce que je devais faire pour obtenir la réponse – pourtant, après ces préliminaires, fréquemment, aucun événement important ne se produisait. Je ne recevais aucun message, n'observais aucune coïncidence.

C'était particulièrement vrai quand mon intuition me suggérait d'aller voir quelqu'un que je connaissais depuis peu, ou une vieille relation, ou quelqu'un avec qui je travaillais régulièrement. Parfois cette personne et moi nous nous trouvions un nouveau centre d'intérêt commun, mais fréquemment mon initiative n'aboutissait à rien. Malgré tous mes efforts pour projeter de l'énergie, l'autre me repoussait, ou pis encore, la rencontre commençait de façon prometteuse, puis la situation devenait incontrôlable et finalement j'en ressortais extrêmement irrité et troublé.

De tels échecs ne m'avaient pas découragé, mais je me rendais compte que quelque chose me manquait quand j'essayais d'appliquer les révélations au long terme. Au Pérou, j'avais été emporté dans une dynamique collective et j'avais souvent agi de façon spontanée, mû par une sorte de foi que m'inspirait le désespoir. De retour chez moi, dans mon environnement normal, entouré de personnes souvent très sceptiques, j'avais – semble-t-il – perdu l'espoir, ou la conviction absolue, que mes intuitions allaient me mener quelque part. Apparemment j'avais oublié certaines connaissances essentielles… ou peut-être même les ignorais-je totalement.

– Je ne sais pas très bien quoi faire maintenant, me dit le collègue de Charlène. Je crois qu'elle a une sœur à New York mais j'ignore son adresse. Vous ne sauriez pas comment la contacter, par hasard ? Elle, ou bien toute autre personne qui pourrait me dire où se trouve Charlène ?

– Je suis désolé, je ne vois pas comment vous aider. Charlène et moi venions de renouer une vieille amitié. Je ne connais ni sa famille ni ses amis actuels.

– Bon, je crois que je vais demander à la police de la rechercher, à moins que vous n'ayez une meilleure idée.

– Non, vous avez raison. Possédez-vous un indice quelconque ?

– Seulement un dessin étrange qui représente peut-être un lieu précis. Je ne sais pas.

Un peu plus tard dans la journée, il me télécopia les notes qu'il avait trouvées dans le bureau de Charlène, y compris un schéma grossier où s'entrecroisaient des lignes et des chiffres et qui comportait de vagues signes dans la marge. Assis dans mon bureau, je comparai les données inscrites sur le dessin de mon amie avec les numéros des routes dans mon *Atlas des États-Unis* ; j'y découvris l'endroit en question, exactement où j'en avais soupçonné l'emplacement. Une image extrêmement précise de Charlène me vint à l'esprit, la même image qu'au Pérou lorsque j'avais entendu parler de l'existence d'une dixième révélation. La disparition de mon amie était-elle liée, d'une façon ou d'une autre, au Manuscrit ?

Une légère brise effleura mon visage et j'examinai la vallée à mes pieds. À l'extrême gauche, tout à fait à l'ouest, j'aperçus une rangée de toits. Il *devait* s'agir de la petite ville que Charlène avait signalée sur la carte. Je remis le papier dans la poche de ma veste et retournai sur la route.

Il s'agissait d'un petit bourg de deux mille habitants, selon le panneau planté à côté de l'unique feu rouge. Des magasins bordaient les deux côtés de l'unique rue, parallèle à la rivière et bien éclairée. Je repérai un motel près de l'entrée de la forêt domaniale et me garai sur un parking devant un café-restaurant. Au même moment, plusieurs personnes entraient dans l'établissement, je remarquai en particulier un homme très grand, basané, aux cheveux noirs de jais, qui portait un sac volumineux. Il se rendit compte que je le regardais et à son tour scruta mon visage.

Je sortis de ma voiture dont je fermai les portières, puis, mû par un pressentiment, décidai d'entrer dans le restaurant avant de réserver une chambre au motel. La salle était presque vide – quelques excursionnistes consommaient au bar et je retrouvai le petit groupe de gens qui m'avaient précédé. La plupart ne me prêtèrent aucune attention mais mes yeux continuèrent à faire le tour de la salle. Je croisai de nouveau le regard du grand type que j'avais vu auparavant ; il se dirigeait vers le fond du restaurant. Il sourit légèrement, resta en contact visuel avec moi quelques instants et disparut par une porte donnant sur les champs.

Je le suivis. Il se tenait à quelques mètres de moi, penché sur son sac. Vêtu d'un jeans, d'une chemise western et de bottes assorties, il semblait âgé d'une cinquantaine d'années. Derrière lui le soleil vespéral projetait des ombres allongées sur les grands arbres et les prés ; non loin, la rivière coulait, continuant son voyage à travers la vallée.

Il leva les yeux vers moi et me sourit sans grande conviction.

— Vous êtes aussi un pèlerin ? me demanda-t-il.

— Je cherche une amie, répondis-je. J'ai eu l'intuition que vous pourriez m'aider.

Il hocha la tête, examinant les contours de mon corps très attentivement, puis se rapprocha de moi et se présenta :

— David Lone Eagle, je suis un descendant des premiers Indiens qui ont habité cette vallée.

Son entrée en matière me parut superflue – je l'avais deviné. Je remarquai sur son visage une fine cicatrice qui partait de son sourcil gauche jusqu'au menton, mais l'œil avait apparemment été épargné.

— Vous voulez du café ? me demanda-t-il. On sert de l'excellent Perrier au bar là-bas, mais leur café laisse à désirer.

Il me désigna du menton un emplacement près de la rivière où une petite tente se dressait au milieu de trois peupliers élancés. Des dizaines de gens circulaient, certains d'entre eux le long d'un sentier qui traversait le pont et conduisait à la forêt domaniale. L'endroit ne semblait présenter aucun danger.

— Avec plaisir, répondis-je. Je vous remercie.

Il alluma un petit réchaud à butane, remplit une casserole d'eau et la plaça sur la flamme.

— Comment s'appelle votre amie ? me demanda-t-il finalement.

— Charlène Billings.

Il marqua une pause et me fixa droit dans les yeux. Nous nous observâmes mutuellement. Une image très claire de lui, à une autre époque, me vint à l'esprit. Assis devant un feu, il était plus jeune et portait un pantalon en daim. Des peintures de guerre ornaient son visage. Plusieurs personnes l'entouraient, surtout des Indiens, mais aussi deux Blancs, une femme et un homme très grand. La discussion s'échauffait de plus en plus. Certains prônaient la guerre, d'autres la réconciliation. David intervint et ridiculisa ceux qui envisageaient de conclure la paix. Comment pouvaient-ils être aussi naïfs, leur dit-il, après avoir connu autant de trahisons ?

La femme blanche semblait le comprendre mais le suppliait de l'écouter jusqu'au bout. On pouvait éviter de se battre, soutenait-elle, et la vallée serait efficacement protégée, si l'on mobilisait toutes les ressources de la médecine spirituelle. Il repoussa violemment sa proposition ; réprimandant ses compagnons, il monta sur son cheval et s'éloigna. La plupart des Indiens le suivirent.

— Votre intuition ne vous a pas trompé, déclara David, interrompant brusquement ma vision.

Il étendit une couverture entre nous et me proposa de m'y asseoir.

— Je l'ai aperçue, affirma-t-il en me lançant un regard interrogateur.

— Je suis inquiet, expliquai-je. Personne n'a eu de ses nouvelles. Je veux savoir si elle va bien et je dois absolument lui parler.

— À propos de la dixième révélation ? demanda-t-il en souriant.

— Comment l'avez-vous deviné ?

— Ce n'était qu'une supposition. Dans cette vallée la plupart des visiteurs ne s'intéressent pas seulement à la beauté de la forêt. Ils sont venus ici pour parler de la Prophétie des Andes et s'imaginent qu'ils vont trouver la dixième révélation quelque part dans le coin. Certains prétendent même la connaître.

Il se détourna et plaça dans l'eau bouillante une boule à infusion remplie de café. À son ton de voix, j'eus l'impression qu'il me testait pour savoir qui j'étais vraiment.

— Où est Charlène ? demandai-je.

Il pointa le doigt vers l'est.

– Dans la forêt. Je ne lui ai jamais parlé, mais j'ai entendu son nom au restaurant, l'autre soir, lorsqu'on l'a présentée à quelqu'un et, depuis, je l'ai croisée à plusieurs reprises. La dernière fois, il y a quelques jours. Elle partait pour faire une excursion toute seule dans la vallée. Vu son équipement, je pense qu'elle s'y trouve sans doute encore.

Je regardai dans la direction que l'Indien m'avait indiquée. Là où je me trouvais maintenant, la vallée me semblait immense, s'étendant presque à l'infini.

– Où a-t-elle pu aller, d'après vous ? demandai-je.

Il me fixa quelques instants.

– Probablement vers Sipsey Canyon. C'est là que se trouve l'une des *ouvertures*, affirma-t-il en guettant ma réaction.

– Quelles ouvertures ?

Il eut un sourire mystérieux.

– Les ouvertures dimensionnelles.

Je me penchai vers lui, me rappelant mon expérience dans les ruines de Celestine.

– Qui est au courant ?

– Très peu de gens. Pour le moment il ne s'agit que d'une rumeur, des petits bouts d'information, des intuitions. Personne n'a effectivement vu le Manuscrit. La plupart de ceux qui viennent ici chercher la dixième révélation ont le sentiment d'être guidés de façon synchronistique ; ils essaient sincèrement de mettre en pratique dans leur vie les neuf révélations, mais ils se plaignent que les coïncidences les poussent dans une certaine direction pendant quelque temps, puis tout à coup *s'interrompent*. (Il gloussa brièvement.) Nous en sommes tous là, pas vrai ? La dixième révélation doit nous mener à une prise de conscience globale – la perception des coïncidences mystérieuses, le développement de la spiritualité sur terre, les disparitions de la neuvième révélation – tout cela à partir d'une perspective plus élevée, selon une autre dimension, afin que nous puissions comprendre les raisons de cette transformation et y participer plus activement.

– Comment le savez-vous ? demandai-je.

Dans les yeux perçants de mon interlocuteur brilla soudain une étincelle de colère.

– Je le sais !

Un instant, son visage garda une expression sévère puis redevint chaleureux. Il se pencha vers la casserole, versa du café dans deux tasses et m'en tendit une.

– Mes ancêtres ont vécu autour de cette vallée pendant des milliers d'années, continua-t-il. Pour eux cette forêt représentait un lieu sacré, situé à mi-chemin entre le monde supérieur et le monde intermédiaire, la terre, où nous vivons. Ils jeûnaient et venaient ici en quête de visions, afin de découvrir leurs dons particuliers, de comprendre la médecine des âmes, de trouver leur chemin de vie.

« Mon grand-père m'a parlé d'un chaman qui venait d'une tribu lointaine et a appris à notre peuple comment atteindre ce qu'il appelait un certain "état de pureté". Il a conseillé à mes aïeux de partir d'ici même, munis seulement d'un poignard, et de marcher jusqu'à ce qu'ils reçoivent des signes d'un ou de plusieurs animaux ; ensuite de continuer à avancer jusqu'à ce qu'ils appelaient l'ouverture sacrée du monde supérieur. S'ils en étaient dignes, s'ils avaient éliminé toutes les émotions du monde inférieur, ils seraient peut-être autorisés à pénétrer par l'entrée sacrée et à rencontrer directement leurs ancêtres ; et alors ils se rappelleraient non seulement leur propre vision mais aussi celle du monde entier.

« Bien entendu, tout cela a pris fin à l'arrivée de l'homme blanc. Mon grand-père ne se rappelait plus comment procéder, et je ne le sais pas non plus. Il faut que nous le devinions, comme tout le monde.

– Vous cherchez la dixième révélation, vous aussi ? demandai-je.

– Bien sûr… évidemment ! Mais jusqu'à maintenant, j'ai l'impression de faire pénitence pour être pardonné. (Le ton de sa voix redevint acerbe et il sembla soudain s'adresser plus à lui-même qu'à moi.) Chaque fois que j'essaie d'avancer, une partie de moi ne peut oublier la rancune, la fureur contre les massacres et les spoliations dont mon peuple a été victime. Et cela ne s'améliore pas. Comment a-t-on pu ainsi voler notre terre, bouleverser, détruire notre mode de vie ? Pourquoi a-t-on permis une chose pareille ?

– Je le regrette profondément, dis-je.

Il baissa les yeux vers le sol et eut de nouveau un petit rire.

– Je vous crois. Mais cela ne change rien, la rage m'envahit chaque fois que je pense à la façon dont cette vallée est dénaturée. Vous voyez cette cicatrice ? ajouta-t-il en montrant son visage. Je n'étais pas obligé de me battre ce jour-là. Des cowboys du Texas, complètement soûls, m'ont provoqué. J'aurais pu les laisser dire, mais la colère me consumait.

– Cette vallée n'est-elle pas en grande partie protégée ? demandai-je. Elle appartient pourtant à l'État.

– Seulement la moitié, au nord de la rivière, mais les politiciens menacent régulièrement de la vendre ou d'y réaliser des projets d'urbanisation ou de développement.

– Et l'autre moitié ? Qui la possède ?

– Pendant longtemps, elle appartenait à des particuliers, mais maintenant une multinationale, dont le siège se trouve à l'étranger, essaye de racheter toutes les parcelles de terrain. Nous ne savons pas qui se cache derrière cette société, mais elle a proposé des sommes considérables pour appâter les propriétaires actuels.

Il détourna les yeux quelques instants puis ajouta :

– Un problème me tourmente : je voudrais que l'histoire des trois siècles passés fût différente. Je n'admets pas que les Européens aient commencé à coloniser ce continent en ignorant complètement les peuples qui y vivaient avant leur arrivée. Ils se sont comportés comme des criminels. J'aurais aimé que l'histoire ait suivi un cours différent, comme si je pouvais d'une façon ou d'une autre changer le passé. Notre mode de vie avait une valeur. Nous apprenions l'importance du *souvenir*. Tel était le grand message que les Européens auraient pu recevoir de mon peuple s'ils s'étaient donné la peine de l'écouter.

Tandis qu'il parlait, je fis de nouveau un rêve éveillé. Deux personnes – un autre Indien et la même femme blanche –

parlaient au bord d'une petite rivière, à la lisière d'une épaisse forêt. Au bout d'un moment, plusieurs Indiens se rassemblèrent autour d'eux pour suivre leur conversation.

– Nous pouvons traiter, guérir ce mal ! affirmait la femme.

– Je crois que nous n'en savons pas encore assez, répondit l'Indien. (Son visage exprimait un profond respect pour la femme.) La plupart des chefs sont déjà partis.

– Pourquoi ? Pense aux discussions que nous avons eues. Toi-même, tu disais qu'avec une foi suffisamment forte, nous pourrions guérir ce mal.

– Oui, répondit-il. Mais la foi est une certitude, une perception claire de la façon dont les choses devraient être. Nos ancêtres le savaient, mais parmi nous trop peu ont atteint cette connaissance.

– Peut-être pouvons-nous atteindre cette connaissance maintenant. Nous devons essayer ! supplia la femme.

Mes pensées furent interrompues par la vue de plusieurs responsables de l'Office des Eaux et Forêts qui s'approchaient d'un vieil homme sur le pont. Ses cheveux gris étaient soigneusement coupés et il portait un pantalon de frac et une chemise amidonnée. Il se déplaçait en boitant légèrement.

– Vous voyez l'homme avec les gardes ? demanda David.

– Oui, répondis-je. Qu'a-t-il de spécial ?

– Je l'ai aperçu dans les parages, ces deux dernières semaines. Son prénom est Feyman, je crois. Je ne connais pas son nom de famille. (David se pencha vers moi ; pour la première fois il semblait me faire entièrement confiance.) Écoutez, il se passe quelque chose de bizarre ici. Depuis plusieurs semaines les gardes forestiers semblent contrôler tous les promeneurs qui pénètrent dans la vallée. Ils n'ont jamais fait cela auparavant, et hier quelqu'un m'a dit qu'ils ont complètement fermé l'entrée orientale. Dans cette zone sauvage certains endroits se trouvent à seize kilomètres de l'autoroute la plus proche. Seul un nombre infime de personnes osent s'aventurer aussi loin, et pourtant… Certains d'entre eux ont commencé à entendre des bruits étranges en provenance de cette direction…

– Quel genre de bruits ?

– Des sons discordants. La plupart des gens ne peuvent les percevoir.

Soudain il se remit debout et commença à replier sa tente rapidement.

– Que faites-vous ? demandai-je.

– Impossible de rester ici, répondit-il. Je dois aller dans la vallée.

Au bout de quelques minutes, il interrompit sa tâche et me regarda de nouveau.

– Écoutez, dit-il, il y a quelque chose que vous devez savoir. Cet homme, Feyman, je l'ai vu en compagnie de votre amie à plusieurs reprises.

– Quel genre de relation avaient-ils ?

– Ils parlaient tranquillement, mais je pense que quelque chose de louche se mijote ici.

Il se pencha de nouveau sur ses bagages.

Je l'observai en silence pendant quelques instants, me demandant quelle décision prendre, mais j'eus l'impression qu'il avait raison à propos de Charlène : elle devait se trouver quelque part dans la vallée.

– Je vais aller chercher mon sac à dos, dis-je. Puis-je partir avec vous ?

– Non, répondit-il rapidement. Chacun de nous doit découvrir la vallée tout seul. Je ne peux pas vous aider maintenant. Je dois trouver ma propre vision.

Il avait l'air peiné.

– Pouvez-vous me dire exactement où se trouve ce canyon ?

– Suivez la rivière sur environ trois kilomètres. Vous arriverez à un petit ruisseau qui débouche du nord. Longez-le sur un kilomètre et demi. Il vous conduira jusqu'à l'entrée du Sipsey Canyon.

Je hochai la tête et m'apprêtais à m'éloigner quand il me saisit le bras.

– Écoutez, dit-il. Vous ne trouverez votre amie que si vous élevez votre énergie à un niveau supérieur. Certains endroits précis dans la vallée vous y aideront.

– Les ouvertures dimensionnelles ? demandai-je

– Oui, vous y découvrirez peut-être le contenu de la dixième révélation, mais pour trouver ces endroits vous devez comprendre la véritable nature de vos intuitions et savoir *conserver* ces images mentales. Observez les animaux et vous commencerez à vous souvenir de ce que vous êtes venu faire dans cette vallée... de la raison pour laquelle nous sommes tous ici. Mais soyez très prudent. Personne ne doit vous voir entrer dans la forêt. (Il réfléchit un moment.) Un ami à moi, Curtis Webber, a déjà pénétré dans la vallée. Si vous le rencontrez, dites-lui que vous m'avez parlé et que je le retrouverai là-bas.

Il sourit vaguement et se remit à plier sa tente.

Je voulais lui demander de préciser ses propos sur l'intuition et les signes qu'émettaient les animaux, mais il évita mon regard et resta concentré sur ses préparatifs de départ.

– Merci, dis-je.

Il me fit un signe d'adieu de la main.

Je fermai doucement la porte de ma chambre et m'éloignai à pas lents du motel, sous le clair de lune. L'air vif et la tension que j'éprouvais me firent frissonner. Pourquoi me suis-je embarqué dans cette aventure ? me demandai-je. Je n'avais aucune preuve que Charlène se trouvât encore dans cette vallée ni que les soupçons de David fussent fondés. Pourtant mon instinct m'avertissait qu'il se passait quelque chose d'étrange. J'avais longuement réfléchi : n'aurais-je pas dû contacter le shérif local ? Mais que lui aurais-je dit ? « Une de mes amies a disparu ; évidemment, personne ne l'a forcée à se promener dans la forêt mais elle est peut-être en danger » ? Tout ça sur la base d'un vague croquis trouvé dans son bureau à des centaines de kilomètres de là ? Pour explorer cette vaste étendue sauvage, il faudrait mobiliser des centaines de personnes, et je savais que les autorités ne monteraient jamais une telle opération sans des informations plus précises.

Je m'arrêtai et regardai la lune aux trois quarts pleine qui s'élevait au-dessus des arbres. J'avais prévu de franchir la rivière le plus loin possible à l'est du poste des gardes forestiers et de suivre ensuite le principal chemin qui pénétrait dans la vallée. Je comptais sur la lune pour m'éclairer, mais je n'avais pas prévu qu'elle brillerait autant. J'étais visible à au moins cent mètres à la ronde.

Je passai derrière le café-restaurant et me dirigeai vers l'ancien campement de David. L'emplacement avait été minutieusement nettoyé. Il avait même répandu des feuilles et des aiguilles de pin pour éliminer toute trace de sa présence. Avant de parvenir à l'endroit que j'avais repéré, je devais parcourir une cinquantaine de mètres à découvert, non loin de la cabane des gardes forestiers, que je distinguais clairement. À travers la vitre latérale du poste j'aperçus deux responsables en pleine conversation. L'un d'eux se leva de sa chaise et décrocha le téléphone.

Je m'accroupis, mis mon sac sur mes épaules et marchai plié en deux vers la berge sablonneuse qui bordait la rivière ; je pénétrai finalement dans l'eau, foulant des galets lisses et enjambant des rondins d'arbre qui se désagrégeaient. Une symphonie de rainettes et de grillons se fit entendre autour de moi. Je jetai un œil vers les gardes forestiers : apparemment, ils continuaient à parler et ne m'avaient pas repéré. La rivière n'était pas très large. À l'endroit le plus profond, le courant me sembla relativement rapide et l'eau atteignait le haut de mes cuisses, mais en quelques secondes je me trouvai sur la berge opposée, au milieu d'un bosquet de pins.

J'avançai prudemment afin de trouver le chemin de randonnée qui me permettrait d'entrer dans la vallée. À l'est, le sentier disparaissait dans les ténèbres ; tandis que je regardais fixement dans cette direction, de nouveaux doutes envahirent mon esprit. Quels étaient ces bruits mystérieux qui préoccupaient David ? Quelles surprises me réserveraient ces lieux plongés dans l'obscurité totale ?

Je chassai ma peur. Je savais que je devais poursuivre ma route, mais par prudence je marchai seulement quelques minutes sur le sentier avant de le quitter et de pénétrer dans une zone boisée. J'y installai ma tente et m'étendis pour y passer le reste de la nuit. Mieux valait continuer mon expédition en plein jour.

J'enlevai mes bottes mouillées pour les faire sécher et m'endormis.

Le lendemain matin, je me réveillai à l'aube en pensant à la remarque sibylline de David me conseillant d'être attentif à mes intuitions et de les *conserver*. Étendu dans mon sac de couchage, je me remémorai la septième révélation qui insistait notamment sur la logique sous-jacente de la synchronicité. En effet, chacun d'entre nous, une fois qu'il a compris ses mécanismes de domination (les scénarios de son passé), peut repérer les questions centrales de l'étape actuelle de sa vie – des problèmes liés à sa carrière, à ses amis, à l'endroit où il devrait vivre, aux décisions qu'il devrait prendre. Si nous restons vigilants, notre instinct, notre intuition nous indiqueront alors la direction et les décisions souhaitables, les personnes à qui nous devons nous adresser pour trouver des réponses.

Ensuite, bien sûr, une coïncidence est censée se produire : elle révélera pourquoi nous étions poussés à suivre une telle voie, fournira de nouvelles informations utiles et nous permettra de progresser dans notre existence. Mais comment le fait de conserver mon intuition pourrait-il m'aider ?

Me glissant hors de mon sac de couchage, j'écartai le rabat de ma tente et regardai au-dehors. N'apercevant rien d'anormal, je sortis ; saisi par l'air frais du matin, je redescendis vers la rivière, où je me débarbouillai dans l'eau froide. Ensuite je rassemblai mes affaires et pris la direction de l'est, grignotant une barre de müesli et me dissimulant le plus possible derrière les grands arbres qui bordaient la rivière. Après avoir parcouru environ cinq kilomètres, une vague de peur et de nervosité s'abattit sur moi. Je me sentis brusquement fatigué, m'assis et m'appuyai contre un arbre, essayant de me concentrer sur ce qui m'entourait et d'augmenter mon énergie intérieure. Le ciel était totalement dégagé et les rayons du soleil matinal dansaient à travers les arbres et sur le sol autour de moi. Je remarquai une petite plante verte avec des fleurs jaunes à quelques mètres et me pénétrai de sa beauté. Déjà baignée par la lumière éclatante du soleil, elle m'apparut tout à coup encore plus éblouissante, et le vert de ses feuilles encore plus somptueux. Une bouffée de parfum atteignit mes narines ainsi que l'odeur de moisi de l'humus noir et des feuilles jonchant le sol.

Simultanément, j'entendis l'appel de plusieurs corbeaux perchés sur des arbres. La diversité de leurs cris me stupéfia, mais curieusement je ne pus distinguer d'où ils provenaient exactement. Tandis que je mobilisais toute mon attention pour mieux écouter, je devins pleinement conscient des dizaines de sons différents qui composaient ce chœur matinal : les chants d'oiseaux dans les arbres au-dessus de moi, le ronflement d'un bourdon parmi les pâquerettes sauvages au bord de la rivière, l'eau qui clapotait autour des rochers et des branches cassées… et ensuite un autre bruit, à peine perceptible, un faible bourdonnement discordant. Je me levai et regardai autour de moi. D'où venait ce bruit ?

Je ramassai mon sac à dos et pris la direction de l'est. Les feuilles qui tapissaient le sol crissaient sous mes pieds ; je devais donc m'arrêter régulièrement pour tendre l'oreille afin de continuer à entendre le bourdonnement. Mais il ne cessait pas. J'arrivai à la lisière de la forêt, puis je pénétrai dans un champ tapissé de sauge et de fleurs sauvages de toutes les couleurs qui parvenaient jusqu'à mes genoux. La brise griffait les sommités des plantes et y traçait des sillons. Quand je fus presque arrivé au bout du pré, j'aperçus des buissons de mûres sauvages auprès d'un arbre déraciné. Leur beauté me frappa et je m'en approchai pour les examiner de plus près : ils étaient chargés de fruits.

J'eus alors une sensation aiguë de déjà-vu. La scène me parut soudain familière, comme si j'étais déjà venu dans cette vallée et y avais mangé des mûres. Comment était-ce possible ? Je m'assis sur le tronc d'arbre et dégustai lentement les baies sauvages. À ce moment l'image d'un étang, dont l'eau m'apparut aussi claire que le cristal, me vint à l'esprit ; plusieurs cascades en gradins se trouvaient à l'arrière-plan et le site me sembla, lui aussi, familier. L'angoisse m'étreignit à nouveau.

Soudain, un animal s'échappa bruyamment des ronces, et je sursautai. Il prit la direction du nord puis s'arrêta brusquement. La sauge le cachait à ma vue ; j'ignorais de quelle espèce d'animal il s'agissait, mais je pouvais suivre sa trace dans l'herbe. Au bout de quelques minutes, il revint sur ses pas à toute allure, resta immobile un instant et fonça en direction du nord pour s'arrêter de nouveau au bout de plusieurs mètres. Je supposai qu'il s'agissait d'un lièvre, bien que son comportement me parût très bizarre.

Pendant cinq ou six minutes j'observai l'endroit où je l'avais entrevu pour la dernière fois, puis j'avançai lentement dans cette direction. Lorsque j'arrivai à quelques pas de lui, il détala à toute vitesse vers le nord. Avant qu'il eût disparu au loin, je réussis à apercevoir brièvement la queue blanche et les pattes de derrière d'un lièvre.

Je souris et continuai à marcher en direction de l'est, le long du sentier ; arrivé au bout de la clairière, je pénétrai dans une épaisse forêt. Je remarquai un petit ruisseau, que j'aurais pu facilement enjamber ; il venait de la gauche et se jetait dans la rivière. Il s'agissait certainement du point de repère que m'avait indiqué David. Je devais maintenant me diriger vers le nord. Malheureusement il n'y avait pas de sentier dans cette direction ; de plus, le long du ruisseau, de jeunes arbres touffus et des ronces épineuses s'entremêlaient pour former une barrière impénétrable. Je ne pouvais passer par là ; je devais retourner sur mes pas jusqu'au pré que je venais de traverser pour découvrir une zone moins hostile et contourner l'obstacle.

Je foulai l'herbe de nouveau et marchai à la lisière des arbres, à la recherche d'une brèche dans ces sous-bois très denses. À ma grande surprise, je tombai sur la piste que le lièvre avait tracée dans la sauge et la suivis jusqu'au moment où je retrouvai le petit ruisseau. Ici les sous-bois étaient moins touffus et je pus me frayer un passage jusqu'à une zone plantée d'arbres plus massifs et plus anciens, tout en suivant le ruisseau, droit vers le nord.

Au bout d'environ un kilomètre et demi, j'aperçus une rangée de contreforts qui se dressaient un peu plus loin, encadrant le ruisseau. Je continuai à avancer et me rendis compte que ces escarpements formaient comme les parois d'un canyon et qu'il n'y avait apparemment qu'une seule voie d'accès.

Quand j'y parvins, je m'assis à côté d'un grand hickory et examinai attentivement les environs. À cent mètres devant moi, de chaque côté du ruisseau, se dressaient deux murailles de calcaire abruptes, hautes comme des maisons ; un peu plus loin, elles s'inclinaient vers l'extérieur pour former un énorme canyon en forme de bol, d'environ trois kilomètres de large et d'au moins six de long. Je repensai au bourdonnement et tendis l'oreille pendant cinq ou dix minutes, mais il semblait avoir cessé.

Finalement je fouillai dans mon sac, en retirai un petit réchaud à butane et allumai le brûleur. Je remplis une casserole avec de l'eau de mon bidon, y vidai le contenu d'un sachet de légumes lyophilisés et plaçai le tout sur le feu. Pendant quelques minutes je regardai les volutes de la vapeur s'élever dans le ciel et disparaître dans la brise. Pendant ma rêverie je vis encore l'étang et les cascades, mais cette fois j'étais intégré à la scène, j'allais à la rencontre de quelqu'un. J'effaçai l'image de mon esprit. Que se passait-il ? Ces images devenaient de plus en plus précises. D'abord David à une autre époque ; maintenant ces cascades.

Percevant un mouvement dans le canyon, je jetai un coup d'œil au ruisseau et ensuite au-delà, vers un arbre qui se trouvait à quelque distance et avait déjà perdu la totalité de ses feuilles. Il était maintenant couvert de corbeaux ; plusieurs descendirent en volant jusqu'au sol. J'eus l'impression qu'il s'agissait des mêmes corbeaux que j'avais aperçus auparavant. Pendant que je les observais, ils s'envolèrent tous brusquement et effectuèrent plusieurs rondes spectaculaires au-dessus de l'arbre. Au même moment, j'entendis de nouveau leur croassement, mais, comme tout à l'heure, la puissance de leurs cris ne correspondait pas à la distance ; ils semblaient maintenant beaucoup plus près.

L'eau qui bouillait en faisant jaillir de petites gouttes et la vapeur qui sifflait attirèrent de nouveau mon attention sur le réchaud de camping. Ma potée débordait. D'une main je saisis la casserole en me munissant d'une serviette et de l'autre je baissai la flamme. Quand l'ébullition cessa, je remis la casserole sur le feu et regardai l'arbre au loin. Les corbeaux étaient partis.

J'avalai rapidement ma potée, nettoyai la vaisselle, empaquetai mes affaires et me dirigeai vers le canyon. Dès que j'eus dépassé les murailles de calcaire escarpées, les couleurs devinrent plus vives. Une prairie de sauge avait pris un ton mordoré, assez étonnant, et je remarquai qu'elle était parsemée de centaines de fleurs sauvages – jaunes, blanches et orange. Soufflant depuis les collines à l'est, la brise apportait le parfum d'azalées sauvages.

Tout en continuant à suivre le ruisseau qui se dirigeait vers le nord, je ne perdais pas de vue le grand arbre à ma gauche au-dessus duquel les corbeaux avaient tournoyé. Quand il se trouva nettement derrière moi, je remarquai que le ruisseau s'élargissait brusquement. Je me frayai un chemin à travers des saules et des roseaux, et me rendis compte que j'étais arrivé devant un étang qui alimentait non seulement le ruisseau que je suivais, mais un second qui se séparait du premier et se dirigeait vers le sud-est. Ce bassin était-il celui de ma vision ? me demandai-je. Non, car il n'y avait pas de cascades.

Une autre surprise m'attendait : au bout de l'étang, le ruisseau avait complètement disparu. D'où venait donc cette eau ? Je découvris soudain que le bassin et le ruisseau que j'avais suivi étaient tous deux alimentés par une énorme source souterraine qui surgissait à cet endroit précis.

À ma gauche, à une quinzaine de mètres devant moi, je remarquai un monticule sur lequel se dressaient trois sycomores, au fût déjà développé – un endroit parfait pour méditer un moment. Je m'approchai et m'assis entre eux en m'appuyant contre un de leurs troncs. Les deux autres sycomores se trouvaient à quelques pas de moi, et je pouvais apercevoir à la fois l'arbre aux corbeaux à ma gauche et la source à ma droite. Quelle direction devais-je prendre maintenant ? Je risquais d'errer pendant des jours sans rencontrer Charlène. Et quelles indications m'apporteraient mes images mentales ?

Je fermai les yeux et tentai de faire revenir la vision antérieure du bassin et des cascades, mais j'avais beau déployer tous mes efforts, je ne pouvais revoir les détails exacts. Je finis par abandonner et contemplai de nouveau l'herbe et les fleurs sauvages, puis les deux sycomores devant moi. Leurs troncs ressemblaient à un collage écailleux : une écorce grise et blanche, rayée par des coups de pinceau ocre avec de multiples taches d'ambre. Tandis que je me concentrais sur la beauté de cette scène, ces couleurs s'intensifièrent et devinrent irisées. J'inspirai profondément et regardai de nouveau le pré et les fleurs. L'arbre aux corbeaux s'illumina.

Je ramassai mon sac et marchai vers l'arbre. Immédiatement l'image du bassin et des chutes d'eau me traversa l'esprit. Cette fois-ci j'essayai de me souvenir de toute la scène. L'étang couvrait une grande surface et l'eau qui s'y déversait descendait en cascatelles une série de degrés escarpés. Si les deux plus petites cascades coulaient d'une hauteur d'environ cinq mètres, la dernière tombait d'une hauteur double. De nouveau, dans cette image qui se projetait dans mon esprit, je marchais à la rencontre de quelqu'un.

Le son d'un véhicule sur ma gauche m'arrêta net. Je m'agenouillai pour me cacher derrière des buissons. De la forêt, surgit une Jeep grise qui traversa la clairière en direction du sud-est. Je savais que les gardes forestiers interdisaient aux véhicules privés de pénétrer dans cette zone, aussi m'attendais-je à voir la portière de la voiture ornée d'un écusson de l'Office des Eaux et Forêts. Mais, à ma grande surprise, elle en était dépourvue. Quand la Jeep se trouva à une cinquantaine de mètres, elle s'arrêta. À travers le feuillage, je distinguai un homme seul au volant ; il inspectait les environs avec des jumelles, aussi dus-je m'aplatir sur le sol pour me dissimuler complètement à sa vue. Qui cela pouvait-il être ?

Le véhicule redémarra et disparut rapidement dans la forêt. Je m'assis, tentant de percevoir de nouveau le bourdonnement. Toujours rien. Devais-je retourner en ville ? Chercher un autre moyen de retrouver Charlène ? J'hésitais mais tout au fond de moi je connaissais la réponse : je n'avais pas le choix. Je fermai les yeux, pensai de nouveau à David me conseillant de garder présentes à l'esprit mes intuitions, et finalement l'image complète du bassin et des cascades se reforma comme sur un écran. Je me levai et me dirigeai à nouveau vers l'arbre aux corbeaux tout en essayant de conserver en mémoire tous les détails de la scène.

Soudain j'entendis le cri perçant d'un autre oiseau, cette fois un faucon qui s'envolait à toute allure vers le nord. Comme il passait derrière l'arbre, je ne réussis pas à me rendre compte de sa taille. J'accélérai le pas, en essayant de le suivre des yeux le plus longtemps possible.

Cette apparition augmenta mon énergie et même après que le rapace eut disparu à l'horizon, je continuai à me déplacer dans la direction qu'il avait prise, marchant pendant près d'une demi-heure sur une série d'éminences rocailleuses. Au sommet du troisième coteau, je m'arrêtai brusquement en entendant, au loin, un clapotis : une rivière ? Non, une chute d'eau.

Prudemment je descendis la pente et traversai une gorge profonde qui évoqua en moi de nouveau une sensation de déjà-vu. J'escaladai le monticule suivant et, une fois sur la crête, j'aperçus alors l'étang et les cascades, exactement tels que je les avais imaginés – en fait l'endroit était beaucoup plus grand et plus beau que dans ma vision. Le bassin lui-même s'étendait sur près d'un hectare et il était niché dans un berceau d'énormes rochers et d'affleurements ; le ciel de l'après-midi, d'un bleu éclatant, se reflétait dans son eau claire comme le cristal. À droite et à gauche du bassin se dressaient plusieurs hauts chênes, eux-mêmes entourés par tout un ensemble de jeunes érables, de gommiers et de saules montrant toutes les nuances de vert et de pourpre.

Au bout du bassin je distinguai un fin rideau de brume et des gouttelettes qui jaillissaient dans tous les sens ; l'eau bouillonnante des deux plus petites chutes, situées un peu plus haut sur la corniche, dégageait encore plus d'écume. L'eau s'écoulait directement dans le sol et circulait silencieusement sous la terre pour alimenter la source près de l'arbre aux corbeaux.

Pendant que j'admirais la beauté de ce paysage, mon impression de déjà-vu se renforça. Les sons, les couleurs, le paysage du haut de la colline – tout cela me semblait extrêmement familier. J'étais déjà venu ici. Mais quand ?

Je descendis vers l'étang et explorai les alentours. Je m'approchai du bord pour goûter la saveur de l'eau, puis des cascades pour sentir les gouttelettes m'éclabousser ; je montai sur les rochers pour palper les troncs d'arbres. Je voulais me fondre dans la beauté de cet endroit. Finalement je m'étendis sur un rocher plat qui surplombait le bassin, regardai le soleil puis fermai les yeux ; les rayons caressaient mon visage lorsqu'une autre impression familière me traversa – une chaleur humaine et une qualité d'attention particulières que je n'avais pas éprouvées depuis des mois. En fait, jusqu'à cet instant, j'avais oublié cette sensation exacte et sa nature, bien qu'elle fût maintenant parfaitement reconnaissable. J'ouvris les yeux et me tournai brusquement : je savais maintenant qui j'allais rencontrer.

Chapitre 2

VOIR UNE REVUE DE VIE

Sur un rocher situé au-dessus de moi, à moitié dissimulé par une saillie, se tenait Wil, les mains sur les hanches. Il arborait un large sourire mais son visage me sembla un peu flou ; je dus plisser fortement les yeux et me concentrer pour le distinguer plus clairement.

— Je savais que tu viendrais, affirma-t-il en descendant agilement du surplomb et en sautant pour atterrir à mon côté. Je t'attendais.

Stupéfait, je le regardai et il m'attira vers lui pour me donner une chaleureuse accolade ; à part une légère luminescence, son visage et ses mains paraissaient normaux.

— Je n'arrive pas à croire que tu sois ici, balbutiai-je. Que t'est-il arrivé après ta disparition au Pérou ? Où étais-tu passé ?

Il me fit signe de m'asseoir en face de lui sur un rocher voisin.

— Je vais tout t'expliquer, dit-il, mais d'abord raconte-moi. Pourquoi es-tu venu dans cette vallée ?

Je lui relatai les faits : comment j'avais appris la disparition de Charlène, interprété sa mystérieuse carte et rencontré David. Wil me posa plusieurs questions précises sur ma conversation avec l'Indien puis se pencha vers moi :

– La dixième révélation porte sur la renaissance spirituelle qui se manifeste actuellement sur notre planète, à la
lumière d'une autre dimension. Mais tu dois d'abord découvrir
la véritable nature de tes intuitions. Je suppose que David te l'a
expliqué ?

– Oui, répondis-je. Est-ce exact ?

Il réfléchit quelques instants puis me demanda :

– Que t'est-il arrivé depuis que tu es entré dans la vallée ?

– J'ai immédiatement commencé à capter des images, dis-
je. Certaines provenaient d'un passé lointain, mais ensuite j'ai
vu à plusieurs reprises ce bassin, dans ses moindres détails – les
rochers, les cascades –, et j'ai même pressenti que quelqu'un
m'attendait ici, mais je ne savais pas qu'il s'agissait de toi.

– Que faisais-tu dans cette vision ?

– Je me dirigeais vers cet endroit et tout à coup j'apercevais l'étang et les cascades.

– Alors il s'agissait de ton *avenir potentiel*.

Je l'interrogeai du regard.

– Je ne suis pas sûr de bien saisir.

– La première partie de la dixième révélation, comme te
l'a expliqué David, porte sur une meilleure compréhension de
nos intuitions. Lorsque nous appliquons les leçons des neuf premières révélations, nos intuitions nous apparaissent comme des
perceptions purement machinales ou des impressions vagues et
passagères. Mais plus nous nous familiarisons avec elles, plus
nous parvenons à saisir leur nature. Rappelle-toi ce qui t'est
arrivé au Pérou. Tes intuitions ne t'apportaient-elles pas des
images ? Tu visualisais non seulement les gens que tu allais rencontrer, mais des situations et des lieux précis, et cela te poussait à partir dans telle ou telle direction. N'est-ce pas ainsi que
tu as su à quel moment tu devais te rendre aux ruines de Celestine ?

« Ici, dans cette vallée, tu as vécu les mêmes expériences.
Tu as reçu une image mentale d'un événement potentiel – trouver les chutes et rencontrer quelqu'un – et tu as continué à avancer, tu as su provoquer la coïncidence qui t'a permis de dénicher
cet endroit et de me rencontrer. Si tu avais chassé cette image,

ou douté de la possibilité de découvrir les chutes, tu serais passé à côté de la synchronicité et aurais été déçu. Mais tu as pris cette image au sérieux ; tu l'as *conservée* dans ton esprit.

– David m'a expliqué que je devais apprendre à « conserver mon intuition », dis-je.

Wil approuva d'un hochement de tête.

– Et les autres images ? demandai-je. Les scènes du passé ? Les signes émis par les animaux ? Qu'en dit la dixième révélation ? As-tu vu le Manuscrit ?

Wil balaya toutes mes questions d'un revers de la main.

– Tout d'abord, laisse-moi te raconter mon expérience dans l'autre dimension, ce que j'appelle l'*Après-Vie*. Au Pérou, j'ai réussi à conserver mon niveau d'énergie, alors que vous tous aviez peur et perdiez votre vibration ; j'ai été transporté dans un monde incroyable, où régnaient la beauté et la clarté. Je me trouvais toujours au même endroit mais tout était cependant différent. Ce monde de lumière m'a impressionné à un point tel que je suis encore incapable de te le décrire. Pendant un long moment je n'ai fait qu'évoluer dans cet univers extraordinaire, et je vibrais de façon encore plus intense. En outre, j'ai découvert un phénomène tout à fait étonnant. Par ma seule volonté je pouvais me projeter n'importe où sur la planète ; il me suffisait de visualiser la destination choisie. Je me baladais partout où j'en avais envie ; je vous ai cherchés, toi, Julia et les autres, mais je ne suis pas arrivé à vous trouver.

« Et j'avais aussi un autre pouvoir. Si je me représentais l'image d'une étendue vierge, je pouvais quitter la planète pour une dimension purement imaginaire où je pouvais créer tout ce que je voulais en le visualisant. Je fabriquais des océans, des montagnes, de superbes panoramas, des images de gens qui se comportaient exactement comme je le désirais, etc. Et ces images me semblaient aussi réelles que s'il s'agissait de personnes ou de paysages terrestres.

« Pourtant, ce monde fabriqué, je ne le trouvais pas très enrichissant. Le fait de créer de façon arbitraire ne me procurait aucune satisfaction réelle. Au bout d'un certain temps, je suis rentré chez moi et j'ai réfléchi à ce que je voulais faire. À cette époque je pouvais encore atteindre une densité suffisante pour parler avec les gens parvenus à un niveau de conscience supérieur. Je pouvais manger et dormir, même si je n'en avais pas besoin. Mais je négligeais un facteur important : je ne me préoccupais plus de susciter et de vivre des coïncidences. Me sentant déjà si léger, j'avais commis l'erreur de croire que je conserverais ma connexion intérieure ; je cherchais trop à contrôler les situations et j'avais perdu la voie. Il est très facile de s'égarer à ce niveau de vibration, quand on peut si aisément et si rapidement créer quelque chose en recourant à sa seule volonté.

— Et ensuite, que t'est-il arrivé ? demandai-je.

— Je me suis concentré sur l'intérieur de moi-même, en cherchant à me relier de façon plus intense avec l'énergie divine, comme nous l'avons toujours pratiqué. Je n'ai rien eu d'autre à faire. À partir de ce moment, ma vibration est devenue encore plus forte qu'avant et j'ai de nouveau reçu des intuitions. C'est alors que j'ai vu une image de toi.

— Quel rôle jouais-je dans ces visions ?

— Je ne sais pas exactement car l'image était floue. Mais lorsque j'ai fait appel à mon intuition et que je l'ai conservée dans mon esprit, j'ai pénétré dans une nouvelle zone de l'Après-Vie où je pouvais réellement voir d'autres âmes, plus exactement des groupes d'âmes. Je n'étais pas en mesure de leur parler, mais je comprenais vaguement leurs pensées et captais leurs connaissances.

— Ont-elles pu te communiquer le texte de la dixième révélation ? demandai-je.

Il déglutit et me regarda comme s'il allait lancer une bombe.

— Non, la dixième révélation n'a jamais été transcrite.

— Comment ? Elle ne fait pas partie du Manuscrit originel ?

— Non.

— Dis-moi, elle existe au moins ?

— Oui, bien sûr, mais pas sur terre. Elle n'est pas encore arrivée dans la dimension matérielle et n'existe que dans l'Après-Vie. Lorsqu'un nombre suffisant de gens sur notre planète percevront intuitivement cette information, alors elle deviendra suffisamment réelle dans la conscience de certains pour qu'un individu la couche sur le papier. C'est ce qui s'est passé avec les neuf premières révélations. En fait, on constate que cela s'est produit pour tous les textes spirituels, y compris les prophéties les plus sacrées. L'information existe d'abord dans l'Après-Vie ; quand elle finit par être perçue de façon suffisamment claire dans la dimension matérielle, celui qui est destiné à l'écrire la retranscrit. C'est pourquoi l'on dit que ces écrits sont d'inspiration divine.

— Pourquoi a-t-il fallu tant de temps pour que quelqu'un perçoive le message de la dixième dimension ?

Wil eut l'air perplexe.

— Je ne sais pas. Le groupe d'âmes avec lequel je communiquais semblait le savoir mais je n'ai pas réussi à bien comprendre. Mon niveau d'énergie n'était pas assez élevé. Cela s'explique sans doute par le fait que les hommes ont de plus en plus peur. Nous vivons dans un monde qui évolue du matérialisme vers une nouvelle conception spirituelle globale.

— Alors tu penses que nous allons bientôt connaître la dixième révélation ?

— Oui, les groupes d'âmes l'ont vue arriver, petit à petit, dans tous les pays, au fur et à mesure que l'humanité acquiert une perspective plus élevée ; celle-ci provient de la connaissance de l'Après-Vie. Mais il faut qu'un nombre suffisant de personnes l'assimilent, exactement comme les neuf premières révélations, pour vaincre la Peur.

— Sais-tu sur quoi porte le reste de la dixième révélation ?

— Oui, apparemment le fait de connaître les neuf premières ne suffit pas. Nous devons apprendre à accomplir notre destinée, à saisir la relation spéciale qui existe entre la dimension matérielle et l'Après-Vie. Il nous faut découvrir le sens de notre naissance, d'où nous venons, le dessein global que l'humanité essaye de réaliser.

Une pensée me traversa soudain l'esprit.

— Attends une minute. Tu avais bien réussi à voir une copie de la neuvième révélation. Que disait-elle sur la dixième ?

Wil se pencha vers moi.

– Elle affirmait que les neuf premières révélations décrivent l'évolution spirituelle, à la fois sur le plan personnel et collectif ; mais pour vraiment appliquer ces révélations, les vivre au quotidien et mener à bien notre destinée, nous avons besoin de mieux assimiler le processus. Selon la dixième révélation, la planète doit d'abord vivre une transformation spirituelle, non seulement à partir de la perspective terrestre, mais aussi à partir de celle de l'Après-Vie. Nous comprendrons mieux pourquoi nous essayons d'unir les deux dimensions, pourquoi nous devons réaliser cet objectif historique ; cette connaissance, une fois intégrée dans la culture, permettra d'atteindre ce but. La dixième révélation mentionne également la Peur : en même temps qu'émergera une nouvelle conscience spirituelle, une réaction de polarisation se produira ; il se formera une opposition fondée sur la crainte et cette opposition cherchera à contrôler l'avenir au moyen de différentes technologies nouvelles – des technologies encore plus dangereuses que la menace nucléaire et qui sont sur le point d'être découvertes. La dixième révélation permettra de supprimer cette polarisation.

Il s'arrêta brusquement et fit un signe de tête en direction de l'est.

– Tu as entendu ?

Je tendis l'oreille mais ne perçus que le bruit des chutes.

– Quoi ? demandai-je.

– Ce bourdonnement.

– Je l'ai entendu auparavant. De quoi s'agit-il ?

– Je ne sais pas exactement. Mais on le perçoit aussi dans l'autre dimension. Les âmes que j'ai vues m'ont semblé très perturbées par ce bruit.

Tandis que Wil parlait, je vis clairement le visage de Charlène se projeter dans mon esprit.

– Penses-tu que ce bourdonnement soit lié à ces nouvelles technologies ? demandai-je, un peu distrait.

Brusquement absent, Wil ne répondit pas.

– L'amie que tu cherches, demanda-t-il, a-t-elle des cheveux blonds et de grands yeux très inquisiteurs ?

– Oui.

– Je viens de voir une image de son visage.

Étonné, je le regardai fixement.

– Moi aussi.

Il se détourna et contempla les cascades pendant un moment tandis que je suivais la direction de son regard. Autour des chutes d'eau, l'écume blanche et l'éclat irisé des gouttelettes formaient un majestueux décor pour notre conversation. Je sentais l'énergie croître en moi.

– Tu n'as pas encore assez d'énergie, dit-il. Mais étant donné que ce lieu est si tonifiant, je pense pouvoir t'aider. Si nous nous concentrons tous les deux sur le visage de ton amie, nous pénétrerons dans la dimension spirituelle et découvrirons peut-être où elle se trouve et ce qui se passe dans cette vallée.

– Crois-tu que moi aussi je puisse y parvenir ? demandai-je. Tu devrais peut-être y aller seul et je t'attendrais ici.

Son visage devint flou. Wil sourit et posa sa main sur mon dos, me communiquant de l'énergie.

– Ne vois-tu pas que notre présence ici a un but précis ? L'humanité commence à pressentir l'existence de l'Après-Vie et à capter la dixième révélation. Nous avons maintenant l'occasion d'explorer ensemble l'autre dimension. Notre destin nous dicte de le faire.

À ce moment j'entendis, en arrière-plan, le bourdonnement qui recouvrait même le bruit des chutes d'eau. En fait, je le sentis jusque dans mon plexus solaire.

– Le bourdonnement s'amplifie, affirma Wil. Partons. Charlène a peut-être des ennuis.

– Qu'allons-nous faire ? demandai-je.

– Recréer l'image de ton amie que nous avons reçue, me répondit Wil en se rapprochant un peu de moi, sa main toujours posée sur mon dos.

– La sauvegarder ?

– Oui. Comme je te l'ai dit, nous apprenons à reconnaître la valeur de nos intuitions et à croire à leur efficacité. Nous souhaiterions que les coïncidences se produisent plus fréquemment, mais la plupart d'entre nous n'ont pris conscience de leur importance que depuis peu ; la culture dans laquelle nous vivons est marquée par le pessimisme, l'absence d'espérance et de foi. Cependant, si nous sommes très attentifs, si nous examinons dans ses moindres détails l'avenir potentiel que nous visualisons, si nous nous efforçons de conserver ces images dans notre esprit, si nous y croyons intensément, alors toutes nos représentations mentales tendront à se concrétiser plus facilement.

— Notre volonté peut donc tout ?

— Non. Souviens-toi de mon expérience dans l'Après-Vie. Tu peux créer n'importe quoi rien qu'en le désirant, mais ce n'est pas enrichissant. Ici-bas, cela se passe de la même façon, mais tout évolue plus lentement. Sur terre, nous pouvons créer presque tout ce que nous souhaitons, mais notre satisfaction ne devient réelle que lorsque nous écoutons vraiment notre guide intérieur et notre guide divin. Alors seulement notre volonté nous permet de progresser vers les avenirs potentiels que nous avons visualisés. Avec la source divine, nous devenons en quelque sorte des cocréateurs. Tu vois maintenant les prémisses de la dixième révélation ? Nous allons apprendre à maîtriser nos capacités de visualisation comme elles sont utilisées dans l'Après-Vie : quand nous y parviendrons, nous serons en harmonie avec cette dimension et cela contribuera à unir la Terre et le Ciel.

Je hochai la tête, car je comprenais son explication. Après avoir inspiré profondément plusieurs fois, Wil exerça une pression plus forte sur mon dos et me demanda de recréer les détails du visage de Charlène. Pendant un moment rien ne se passa, puis soudain je sentis une poussée d'énergie qui imprima une rotation à mon corps et je fus projeté en avant dans un mouvement brutal.

À une vitesse fantastique je traversai une sorte de tunnel multicolore. Parfaitement conscient, je m'étonnai de n'éprouver aucune peur, mais plutôt un sentiment de reconnaissance, de satisfaction et de paix, comme si j'étais déjà venu là auparavant. Quand le mouvement qui m'entraînait cessa, je me trouvai environné d'une chaude lumière blanche. Je cherchai Wil des yeux : il se tenait légèrement derrière moi, à ma gauche.

— Et voilà, dit-il en souriant.

Ses lèvres ne bougeaient pas, mais je pouvais clairement entendre sa voix. Apparemment il n'avait pas changé mais son corps semblait illuminé de l'intérieur.

Lorsque je tendis le bras pour toucher sa main, je remarquai que mon corps avait pris lui aussi le même aspect. Au moment où je voulus toucher Wil, je sentis qu'un champ d'énergie de plusieurs centimètres d'épaisseur l'entourait. Si j'essayais de pénétrer ce champ, je ne faisais que m'éloigner de mon ami.

Wil se retenait pour ne pas pouffer. Son expression était si drôle qu'elle me fit éclater de rire.

— Stupéfiant, tu ne trouves pas ? demanda-t-il.

— Il s'agit d'une vibration encore plus intense que dans les ruines de Celestine, répondis-je. Où sommes-nous ?

Wil resta silencieux et examina les alentours. Nous étions suspendus, immobiles, en plein ciel, et il n'y avait pas d'horizon. Seulement une lumière blanche dans toutes les directions.

Wil m'expliqua finalement :

— Il s'agit d'un point d'observation ; je suis venu ici brièvement, la première fois que j'ai visualisé ton visage. Ce jour-là, j'ai rencontré d'autres âmes.

— Que faisaient-elles ?

— Elles observaient les défunts.

— Comment ? Tu veux dire qu'ils viennent ici juste après leur mort ?

— Oui.

— Pourquoi sommes-nous ici ? Charlène a-t-elle de graves ennuis ?

Il se tourna franchement vers moi.

— Non, je ne crois pas. Souviens-toi de ce qui m'est arrivé quand j'ai commencé à te visualiser. Je me suis rendu dans de nombreux endroits avant de te rencontrer près des trois cascades. Il y a probablement quelque chose ici à quoi nous devons assister avant de pouvoir trouver ton amie. Attendons de voir ce qui se passe avec ces âmes.

Il fit un signe de tête vers la gauche où plusieurs entités d'apparence humaine se matérialisaient devant nous, à une dizaine de mètres.

– Wil, comment saurons-nous si leurs intentions sont amicales ? demandai-je avec méfiance. Comment procéder si elles
tentent de s'emparer de nous ou de nous faire du mal ?

Son visage prit une expression grave.

– Sur terre, comment sens-tu que quelqu'un essaye de te
contrôler ?

– Je m'en rends compte facilement, je devine quand on
veut me manipuler.

– Comment ?

– Je sens qu'on cherche à me voler de l'énergie lorsque
mon discernement faiblit et que ma capacité de prendre des
décisions diminue.

– Exactement. Tu devines que ton interlocuteur ne suit pas
les enseignements des révélations. Ces principes fonctionnent
de la même façon dans l'autre dimension.

Les entités prirent une forme plus précise, mais je restai
sur mes gardes. Soudain je sentis émaner d'elles une énergie
positive, chargée d'amour ; leurs corps se composaient d'une
lumière de couleur blanchâtre et ambrée qui se mouvait et cha-
toyait par intermittence. Les traits de leurs visages semblaient
humains mais nous ne pouvions pas les regarder en face. Je
n'arrivais même pas à évaluer leur nombre. À un moment, trois
ou quatre âmes évoluèrent devant nous ; je clignai des yeux, et
soudain j'en vis six, puis de nouveau trois qui oscillaient, apparaissaient et disparaissaient. Toutes ensemble, elles formaient
un nuage doré et animé, qui vacillait, dans un décor tout blanc.

Au bout de quelques minutes, une nouvelle forme se maté-
rialisa derrière les autres. Je la distinguais mieux car son corps
était lumineux comme celui de Wil et le mien. Il s'agissait d'un
homme d'une cinquantaine d'années qui lançait des regards
furieux autour de lui ; il se détendit un peu lorsqu'il aperçut le
groupe d'âmes.

À ma grande surprise, quand je concentrai mon attention
sur lui, je m'aperçus que je captais ses pensées et ses sentiments. Je jetai un coup d'œil à Wil ; ce dernier hocha la tête
pour me signifier qu'il percevait aussi les réactions de cet inconnu.

Je me concentrai de nouveau sur cet homme. Malgré un certain détachement et malgré l'amour et l'encouragement qui l'entouraient, son décès subit l'avait mis en état de choc. Quelques minutes auparavant, il faisait son jogging habituel et courait vers le sommet d'une colline, quand il fut terrassé par une crise cardiaque. Après une brève douleur, il plana au-dessus de son corps et vit un groupe de passants accourir pour lui venir en aide. Une équipe de secours d'urgence arrivée rapidement tenta en vain de le ranimer.

Assis à côté de son corps dans l'ambulance, il entendit avec horreur le responsable des secouristes décréter qu'il était mort. Il essaya désespérément de communiquer avec eux mais personne ne pouvait l'entendre. À l'hôpital un médecin confirma que son cœur avait littéralement explosé : personne n'aurait pu le sauver.

Une partie de lui-même essayait d'accepter son décès ; l'autre résistait. Il appela à l'aide et se trouva instantanément dans un tunnel multicolore au bout duquel se trouvait l'endroit où nous nous tenions maintenant. Tandis que nous l'observions, il prit conscience de la présence des âmes et se dirigea vers elles ; sa silhouette m'apparut de plus en plus floue et se mit à ressembler à celle des âmes.

Puis il recula vers nous et soudain nous le vîmes dans un bureau rempli d'ordinateurs, de graphiques sur les murs et de gens affairés. Tout avait l'air parfaitement réel, sauf les murs semi-transparents qui nous permettaient de voir ce qui se passait à l'intérieur ; le ciel au-dessus du bureau n'était pas bleu mais d'une étrange couleur olivâtre.

– Il est en train de se leurrer lui-même, m'expliqua Wil. Il recrée le bureau où il travaillait sur terre et agit comme s'il était encore vivant.

Les âmes se rapprochèrent et d'autres surgirent de plus en plus nombreuses ; leurs silhouettes apparaissaient et disparaissaient, vacillant dans la lumière ambrée. Elles semblaient envoyer à l'homme de l'amour et des informations que je ne pouvais comprendre. Le bureau devint flou, puis disparut complètement.

Une expression de résignation se peignit sur le visage du défunt et il rejoignit les âmes.

– Rapprochons-nous, me dit Wil en me poussant dans le dos.

Je sentis toute l'énergie que dégageait son bras. J'acquiesçai dans mon for intérieur, et aussitôt j'eus la sensation de me déplacer. Les âmes et l'homme m'apparurent beaucoup plus clairement. Leurs visages rayonnaient, comme celui de Wil et le mien, mais leurs mains et leurs pieds, au lieu d'être nettement formés, étaient constitués de simples rayons de lumière. Je pouvais maintenant me concentrer sur les entités durant quatre ou cinq secondes, puis je les perdais de vue et devais cligner de nouveau des yeux pour les retrouver.

Le groupe d'âmes et le défunt regardaient un point lumineux qui brillait intensément et se déplaçait dans notre direction. Il grossit jusqu'à devenir un énorme rayon qui illuminait tout. Ne pouvant regarder cette clarté en face, je me tournai de façon à voir seulement la silhouette de l'homme qui, lui, fixait apparemment sans difficulté le rayon de lumière.

Je pus de nouveau saisir ses pensées et ses émotions. Cette clarté le remplissait d'un extraordinaire sentiment d'amour et d'apaisement. Tandis que cette sensation l'envahissait, ses facultés de remémoration augmentèrent et il survola l'ensemble de sa vie à partir d'une perspective plus large, tout en découvrant des détails étonnamment précis.

Immédiatement il put revoir les circonstances de sa naissance et les premières années de sa vie familiale. Il s'appelait John Donald Williams ; son père était un homme à l'esprit plutôt lent ; quant à sa mère, elle ne s'occupait pratiquement pas de lui : elle passait peu de temps à la maison car elle menait une vie sociale très active. Enfant coléreux et méfiant, Williams faisait partie du clan des Interrogateurs : il voulait briller, réussir ce qu'il entreprenait, devenir un super savant, un super matheux. Il passa un doctorat de physique au Massachusetts Institute of Technology à l'âge de vingt-trois ans et enseigna dans quatre universités prestigieuses avant d'être embauché au ministère de la Défense, puis dans une grande société privée s'occupant des ressources énergétiques.

Il se lança dans le travail à corps perdu, négligeant pendant des années sa santé, sa forme physique et son alimentation. Les médecins diagnostiquèrent finalement chez lui une maladie cardiaque chronique. Il se mit à faire du jogging régulièrement mais, ce jour-là, il préjugea de ses forces, et l'effort lui fut fatal. Il était mort à la fleur de l'âge, à cinquante-huit ans.

À ce moment l'opinion de Williams changea ; il se mit à souffrir et à regretter la façon dont il avait mené sa vie. Il comprit que ses parents et son éducation l'avaient en quelque sorte programmé : il devait précocement devenir arrogant, avoir la conviction d'être important et de faire partie d'une élite. Sa principale arme avait été l'utilisation du ridicule : il rabaissait les autres en critiquant leurs capacités, leur conception du travail ou leur personnalité. Mais maintenant il s'apercevait que, tout au long de sa vie, des individus avaient été placés sur son chemin pour l'aider à combattre son insécurité latente. Tous étaient arrivés exactement au moment adéquat pour lui montrer la bonne voie, mais il les avait complètement ignorés.

Malgré tous les signes lui indiquant de choisir ses emplois avec plus de discernement et de ralentir la cadence, il avait gardé des œillères jusqu'à la fin. La recherche qu'il menait sur les nouvelles technologies avait de multiples implications dangereuses pour l'humanité, mais il ne les avait jamais prises en considération. Il avait laissé ses employeurs lui bourrer le crâne, lui inculquer de nouvelles théories, et même des principes de physique qu'il maîtrisait mal, sans même se poser de questions sur leur valeur. Ces procédures marchaient – et cela seul lui importait parce qu'elles menaient au succès, à la reconnaissance sociale. Il avait succombé à son besoin d'être admiré... encore une fois. « Mon Dieu, pensa-t-il, j'ai échoué dans ce travail comme dans les autres. »

Sa pensée changea brusquement de cours et lui fit revivre une autre scène, dans une existence antérieure. Il se trouvait dans les Appalaches du Sud, au début du XIXe siècle, dans un avant-poste militaire. Des lanternes jetaient une lumière vacillante sur les parois de toile d'une tente où plusieurs hommes étudiaient une carte. Tous les officiers supérieurs présents pensaient que la guerre était inévitable ; il fallait donc organiser rapidement une attaque.

Occupant le poste d'aide de camp du général en chef, Williams se rallia à l'opinion des autres officiers. «Je n'ai pas le choix, conclut-il ; si j'exprime mon désaccord, je devrai dire adieu à ma carrière militaire. » De toute façon, même s'il l'avait voulu, il n'aurait pas réussi à convaincre ses compagnons d'armes. Il fallait lancer cette offensive, qui serait sans doute la dernière grande bataille de la guerre contre les Indiens menée dans l'Est.

Une sentinelle interrompit la réunion pour communiquer une information au général. La fille d'un colon voulait immédiatement voir le commandant en chef. Regardant à travers l'ouverture de la tente, Williams avait aperçu une frêle femme blanche, d'une trentaine d'années peut-être, au regard désespéré. Fille d'un missionnaire, elle venait annoncer que les Indiens proposaient une nouvelle initiative de paix. Elle avait personnellement négocié avec eux et encouru de grands risques.

Mais le général refusa de la recevoir : il resta dans la tente tandis qu'elle parlait très haut pour se faire entendre, puis il la fit finalement expulser du camp sous la menace des fusils ; il ne voulait même pas prendre connaissance de son message. De nouveau Williams se contrôla. Son chef subissait d'énormes pressions : il avait promis à ses supérieurs que la région serait pacifiée, accessible à l'expansion économique. Pour que la vision des gros bonnets de la finance et de l'industrie et de leurs alliés politiques puisse se réaliser, la guerre était nécessaire. Pas question de laisser les colons et les Indiens créer ensemble une culture spécifique de la Frontière. Non, il fallait façonner, manipuler et contrôler l'avenir pour défendre au mieux les intérêts de ceux qui apportaient stabilité et prospérité à leurs congénères. L'idée de laisser les petites gens décider de leur sort leur paraissait totalement irresponsable et les effrayait.

Williams savait qu'une guerre satisferait les magnats des chemins de fer et du charbon ainsi que ceux du pétrole – industrie en pleine expansion – et qu'elle assurerait également son propre avenir. Il lui suffisait de se taire et de jouer le jeu. Ce qu'il allait faire, même si en silence il désapprouvait cette offensive – contrairement au second aide de camp du général. Il se rappelait avoir regardé son collègue de l'autre côté de la tente, un petit homme qui boitait légèrement. Personne ne savait pourquoi, car sa jambe ne présentait aucun défaut. Ce parfait lèche-bottes connaissait les projets secrets des cartels ; il se plaisait à faire partie des initiés, admirait leurs projets, voulait y participer. En outre, il existait une autre raison.

Cet homme, comme le général et les autres politiciens, appartenait à la catégorie des Intimidateurs qui craignaient les Indiens et voulaient qu'ils soient chassés de là. Ceux-ci ne pouvaient que se montrer hostiles à l'expansion d'une économie industrielle qui envahirait leurs terres et détruirait leur civilisation. Mais les Blancs redoutaient encore plus une idée puissante, régénératrice, que seule une poignée d'anciens connaissaient dans ses détails. Cette notion imprégnait toute leur culture et aurait eu le pouvoir d'inciter les gouvernants à changer de perspective, à se souvenir d'une autre vision de l'avenir.

Williams découvrit que la femme missionnaire avait convaincu tous les grands chamans d'unir leurs efforts, une dernière fois, pour partager leur savoir, trouver les mots adéquats pour le diffuser – dernière tentative pour s'expliquer et prouver la valeur de leur conception à un monde de plus en plus hostile. Williams savait, au plus profond de lui-même, qu'ils auraient dû écouter la femme, mais il était resté silencieux ; d'un rapide signe de tête le général avait écarté la possibilité d'une réconciliation et ordonné le déclenchement des hostilités.

Tandis que Williams se remémorait le passé, il se retrouva au-dessus d'une gorge, dans une forêt profonde, d'où l'on pouvait observer l'affrontement qui allait se dérouler. La cavalerie déboula sur une crête et surprit les Indiens ; ceux-ci montèrent à leur rencontre puis tendirent une embuscade aux cavaliers à partir des falaises qui surplombaient le défilé. À une courte distance, un homme de haute taille et une femme se terraient au milieu des rochers. L'homme, un jeune universitaire, assistant d'un membre du Congrès, était venu là pour une mission d'observation. Terrifié par la proximité du champ de bataille, il comprit qu'il avait commis une erreur, une terrible erreur. Il se passionnait pour l'économie, non pour la violence. Il pensait que les Blancs et les Indiens n'avaient nul besoin de se battre, que les plans du développement de cette région pouvaient être adaptés, modifiés de façon à y intégrer les deux cultures.

La femme qui se trouvait à côté de lui dans les rochers était la jeune missionnaire que Williams avait aperçue un peu plus tôt à la porte de la tente des officiers. Elle se sentait abandonnée, trahie. Son effort aurait pu porter ses fruits, elle le savait, si les chefs des deux camps avaient écouté sa proposition. Mais elle ne renoncerait pas, elle se l'était promis, avant la disparition de toute violence. Elle répétait sans cesse :

– On peut y mettre fin ! On peut y mettre fin !

Soudain, sur la pente derrière eux, deux cavaliers blancs foncèrent sur un Indien. C'était le même chef véhément que j'avais vu dans mon rêve éveillé quand je parlais à David, celui qui avait contesté si violemment les idées de la femme blanche. Il se tourna rapidement et décocha une flèche dans la poitrine de l'un de ses poursuivants. L'autre soldat sauta de son cheval et se jeta sur lui. Les deux adversaires luttèrent furieusement, et le soldat plongea finalement son couteau dans la gorge de l'Indien. Le sang jaillit et coula sur la terre battue.

L'universitaire affolé supplia la femme de s'enfuir avec lui mais, d'un geste, elle lui intima de rester, de garder son calme. Pour la première fois Williams aperçut un vieux chaman près d'un arbre non loin d'eux ; sa forme tremblotait, apparaissant et disparaissant de mon champ de vision. Un second peloton de cavalerie surgit alors au sommet de la colline et fit feu dans toutes les directions. Les balles déchiquetèrent l'homme blanc et la femme. Souriant et se dressant de toute sa taille, l'Indien défia les soldats et il fut abattu également.

À ce moment l'attention de Williams se déplaça vers une colline qui dominait toute la scène. Un autre homme, un montagnard, observait les combats. Il portait une veste et des pantalons de daim et tirait une mule. Il tourna le dos, descendit la colline dans la direction opposée, dépassa le bassin et les chutes d'eau puis disparut hors de ma vue. Stupéfait, je me rendis compte que la bataille s'était déroulée exactement à cet endroit, dans la vallée, au sud des trois cascades.

Lorsque mon attention se reporta sur Williams, celui-ci revivait l'horreur du bain de sang et de la haine. Il comprenait que son incapacité à agir durant la guerre contre les Indiens avait conditionné sa dernière vie, mais, exactement comme dans son existence antérieure, il n'avait pas réussi à prendre conscience de sa mission. Il s'était trouvé aux côtés de l'assistant parlementaire qui avait été tué avec la fille du missionnaire, et n'était pas parvenu à se souvenir de leur objectif. Williams revit une scène qu'il avait vécue avec le jeune homme au sommet d'une colline, entouré d'un cercle de grands arbres ; à ce moment-là son ami aurait du se rappeler son projet et aller chercher cinq autres personnes dans la vallée pour former un groupe de sept personnes qui tous ensemble lutteraient pour éliminer la Peur.

Cette idée le plongea dans un souvenir encore plus ancien. La Peur avait été le grand ennemi des hommes durant leur longue et tortueuse histoire et Williams savait que la société actuelle était en train de se polariser, donnant aux Intimidateurs la dernière occasion historique de prendre le pouvoir et d'exploiter les nouvelles technologies pour leurs objectifs propres.

Il souffrait au point de vouloir rentrer sous terre. Les membres du groupe des sept devaient se retrouver, c'était d'une importance vitale. La situation historique était mûre pour l'apparition de tels groupes : si un nombre suffisant de ces groupes se formait, et si une majorité d'entre eux *comprenaient* la Peur, alors seulement la polarisation pourrait être éliminée et l'on réussirait à mettre un terme aux expériences dans la vallée.

Très lentement, je pris conscience que j'étais revenu à l'endroit qui baignait dans une douce lumière blanche. Les visions de Wiliams avaient pris fin, lui et les autres entités avaient rapidement disparu. Je perçus un mouvement derrière moi et me sentis pris de vertige et égaré.

Wil se tenait à ma droite.

— Que s'est-il passé ? demandai-je. Où est-il parti ?

– Je l'ignore, répondit-il.

– Que lui arrivait-il ?

– Il assistait à une *Revue de Vie*.

Je hochai la tête.

– Sais-tu ce que c'est ? me demanda-t-il.

– Oui, répondis-je. Les personnes qui ont eu des expériences de mort imminente racontent souvent qu'elles ont revu le scénario de leur vie entière en quelques secondes. Il s'agit de cela, non ?

Wil réfléchit.

– Oui, mais la prise de conscience de ce phénomène a un grand impact sur l'humanité. La connaissance de l'Après-Vie nous ouvre des perspectives spirituelles nouvelles. Des milliers de gens ont eu des expériences de mort imminente ; plus on les diffuse et plus on réfléchit sur le récit de leurs expériences, plus cette réalité s'intègre à notre compréhension quotidienne. Après notre mort nous devrons réexaminer toute notre existence ; et nous souffrirons de toutes les occasions manquées, de toutes les circonstances où nous aurions dû agir mais ne l'avons pas fait. Cette perspective nous incite à mémoriser toutes les images intuitives qui nous viennent à l'esprit, à les garder fermement en tête. Nous vivons d'une façon moins passive. Nous ne voulons pas passer à côté d'un seul événement important. Nous voudrions éviter de souffrir lorsque nous réexaminerons notre existence plus tard, sinon, nous nous rendrons compte que nous avons tout gâché, que nous avons été incapables de prendre les décisions adéquates.

Soudain Wil marqua une pause, relevant la tête comme s'il entendait quelque chose. Immédiatement je sentis une secousse dans mon plexus solaire et entendis à nouveau le bourdonnement discordant qui disparut quelques minutes après.

Wil regardait autour de lui. Des lueurs grises intermittentes scintillaient sur le décor blanc qui nous entourait.

– Quelque chose affecte aussi cette dimension, me dit-il. Je ne sais pas si nous pouvons maintenir notre vibration.

Nous attendîmes. Les lueurs grises diminuèrent progressivement d'intensité et le décor redevint d'un blanc uniforme.

– Rappelle-toi l'avertissement dans la neuvième révélation à propos des nouvelles technologies, ajouta Wil, ainsi que le commentaire de Williams à propos de ceux qui ont peur et essayent de maîtriser ces techniques.

– Et qu'en est-il du retour du *groupe des sept* ? demandai-je. Et les visions de Williams à propos de cette vallée au XIXe siècle ? Wil, j'ai eu les mêmes, moi aussi. Que signifient-elles ?

Le visage de mon ami devint plus grave.

– Il est prévu que nous voyions tout cela. Et je pense que *toi*, *tu* fais partie de ce groupe des sept.

Soudain le bourdonnement augmenta de nouveau d'intensité.

– Williams a dit que nous devons d'abord comprendre la Peur pour parvenir à la vaincre, souligna Wil. Voilà notre prochaine tâche : trouver un moyen de comprendre cette Peur.

À peine Wil avait-il fini d'exprimer sa pensée que j'entendis un bruit assourdissant qui me fit trembler des pieds à la tête. Je reculai et Wil tendit le bras vers moi ; son visage se déforma puis disparut. J'essayai d'attraper son bras, mais il avait brusquement disparu aussi, et je tombai, impuissant, dans un puits multicolore.

Chapitre 3

SURMONTER LA PEUR

Chassant ma sensation de vertige, je me rendis compte que je me trouvais de nouveau sur le site des trois cascades. De l'autre côté, sur un rocher qui me surplombait, j'aperçus mon sac à dos, exactement à l'endroit où je l'avais posé auparavant. Je regardai autour de moi : aucun signe de Wil. Que s'était-il passé ? Pourquoi avait-il disparu ?

D'après ma montre, moins d'une heure s'était écoulée depuis que Wil et moi étions entrés dans l'autre dimension. Je réfléchis à l'expérience que je venais de vivre : je me sentais rempli d'amour, de tranquillité, et n'avais éprouvé jusqu'alors que très peu d'angoisse. Les couleurs autour de moi me parurent ternes et sourdes.

Non sans une certaine lassitude j'allai chercher mon sac à dos, et alors je sentis la Peur monter en moi. J'étais trop à découvert parmi les rochers et décidai de retourner vers les collines au sud ; ensuite je prendrais une décision. Je franchissais le premier monticule et commençais à redescendre quand je repérai un petit homme roux, âgé peut-être d'une cinquantaine d'années, qui marchait sur ma gauche. Son visage était orné d'une barbiche et il portait des vêtements de randonnée. Je tentai de me cacher, mais il m'avait déjà vu et se dirigea droit vers moi.

– Je tourne en rond depuis un moment, dit-il en souriant avec circonspection quand il arriva devant moi. Pouvez-vous m'indiquer comment rejoindre la ville ?

– Prenez vers le sud jusqu'à la source, puis suivez la rivière principale à l'ouest jusqu'au poste des gardes forestiers, lui répondis-je.

Il sembla soulagé.

– Tout à l'heure, un peu à l'est d'ici, j'ai rencontré quelqu'un qui m'a expliqué comment revenir en arrière, mais j'ai dû mal suivre ses indications. Allez-vous vers la ville vous aussi ?

J'examinai attentivement son visage et devinai que son esprit était partagé entre la tristesse et la colère.

– Non, répondis-je. Je cherche une amie qui se balade dans le coin. À quoi ressemblait la personne que vous avez rencontrée ?

– C'était une femme blonde aux yeux clairs, répondit-il. Elle parlait très vite. Je n'ai pas réussi à saisir son nom. Comment s'appelle votre amie ?

– Charlène Billings. Vous souvenez-vous d'un autre détail à propos d'elle ?

– Elle m'a raconté quelque chose à propos de la forêt domaniale ; je crois qu'elle doit être un de ces chercheurs qui traînent dans le coin. Mais il s'agit juste d'une hypothèse. Après m'avoir conseillé de quitter la vallée, elle m'a dit qu'elle allait reprendre ses affaires et partir elle aussi. Elle pense qu'il se prépare quelque chose de bizarre, qui menace tout le monde. Ses propos m'ont paru très mystérieux. Franchement je n'ai rien compris à ses mises en garde.

Aussi amicalement que possible, je hasardai :

– Il s'agit peut-être de mon amie. Où l'avez-vous rencontrée exactement ?

– À environ sept cents mètres d'ici, répondit-il en pointant la direction du sud. Elle se promenait toute seule et se dirigeait vers le sud-est.

– Je vais vous accompagner jusqu'à la source, proposai-je.

Je ramassai mon sac à dos et, tandis que nous descendions le coteau, il me demanda :

– Savez-vous où allait votre amie ?

– Non.

– À la recherche d'un espace mystique ? Du pays de l'Utopie ? lança-t-il avec un sourire cynique.

Je me rendis compte qu'il voulait me provoquer.

– Je l'ignore, répondis-je. Vous ne croyez pas que l'Utopie puisse devenir réalité ?

– Non, bien sûr que non. On n'est plus aussi naïf qu'au Moyen Âge.

Je lui jetai un coup d'œil, la fatigue m'envahissait. Je devais mettre un terme à cette conversation.

– Apparemment nous n'avons pas les mêmes idées.

Il rit.

– Il ne s'agit pas d'une divergence d'opinions mais d'un fait. Aucune utopie ne se réalisera jamais. La situation ne s'améliore pas, elle empire chaque jour. L'économie échappe à tout contrôle et finira par exploser.

– Pourquoi dites-vous cela ?

– Simple question démographique. Pendant de longues années, il a existé dans les pays occidentaux une importante classe moyenne, une classe qui a promu l'ordre et la raison, persuadée que le système économique capitaliste pouvait apporter des bienfaits à tous.

« Mais cette conviction s'écroule maintenant. Vous pouvez le constater partout. Chaque jour, de moins en moins de gens croient dans ce système ou respectent ses règles. Et tout cela parce que la classe moyenne se réduit à toute vitesse. Le développement technologique ôte toute valeur au travail et divise la société en deux groupes : les possédants et les déshérités ; d'un côté, ceux qui ont des capitaux dans les multinationales ; de l'autre, ceux qui n'ont droit qu'à des emplois de service, subalternes. Ajoutez-y la faillite de l'enseignement et vous aurez une idée de la gravité du problème.

– Vous tenez des propos terriblement pessimistes, dis-je.

– Je suis réaliste. J'énonce des faits. La plupart des gens se démènent de plus en plus, uniquement pour survivre. Avez-vous vu les derniers sondages sur le stress ? Les tensions psychologiques prennent une ampleur démesurée. Plus personne ne se sent en sécurité, et le pire est devant nous, non derrière. La population croît à une vitesse exponentielle ; plus les techniques se développent, plus l'écart augmente entre ceux qui ont reçu une formation et ceux qui n'en ont pas. Les possédants vont contrôler de plus en plus l'économie internationale, tandis que la drogue et la criminalité continueront à frapper sans cesse davantage les déshérités.

« Et, selon vous, continua-t-il, que va-t-il se passer dans les pays sous-développés ? Déjà une grande partie du Moyen-Orient et de l'Afrique se trouve sous la coupe de fondamentalistes religieux qui souhaitent détruire notre civilisation. À leurs yeux, l'Occident représente un empire satanique et ils veulent le remplacer par une espèce de théocratie dévoyée. Dans ce système les dirigeants religieux occuperont tous les postes de responsabilité ; ils auront le pouvoir et l'autorité de condamner à mort ceux qu'ils considèrent comme des hérétiques, où qu'ils se trouvent.

« Comment ces gens peuvent-ils prêcher ce genre de boucherie au nom de la spiritualité ? Et pourtant le nombre de leurs adeptes augmente chaque jour. La Chine continue à tuer les nouveau-nés de sexe féminin, par exemple. Pouvez-vous croire une chose pareille ?

« Je vous le dis : la loi et l'ordre, le respect pour la vie humaine sont en train de disparaître. Le monde plonge en pleine dégénérescence, des charlatans rusés en prennent la tête et diffusent massivement des valeurs mafieuses comme la convoitise et l'esprit de revanche. Et il est probablement trop tard pour stopper ce processus. En plus, tout le monde s'en fiche. Les politiciens ne feront rien. Ils ne s'intéressent qu'à leurs avantages personnels et aux façons de les conserver. Le monde change trop vite. Personne ne peut en suivre l'évolution ; résultat, la société est comme un immense supermarché où chaque client chercherait uniquement à passer le premier à la caisse après avoir raflé tout ce qu'il peut avant qu'il soit trop tard. Ce type de comportement se généralise dans toutes les cultures et dans toutes les professions.

Il reprit son souffle et me regarda. Je m'étais arrêté sur la crête d'une des buttes pour admirer le coucher de soleil. Nos regards se croisèrent. Il sembla se rendre compte qu'il avait été emporté trop loin par sa longue tirade et à ce moment j'eus l'impression de l'avoir déjà rencontré. Je lui dis mon nom et il se présenta : « Joël Lipscomb ». Nous nous dévisageâmes pendant un long moment mais il ne me dit pas s'il me connaissait ou non. Pourquoi le croisais-je dans cette vallée ?

Dès que je formulai cette question dans mon esprit, j'en connus la réponse. Joël exprimait la Peur que Williams avait mentionnée. Je frissonnai. Je devais surmonter cette épreuve.

Je le regardai d'un air grave.

— Pensez-vous vraiment que la situation soit aussi désespérée ?

— Oui, bien sûr, répondit-il. Je suis journaliste, et cette attitude devient commune dans la profession. Autrefois nous essayions au moins de faire notre boulot avec une certaine intégrité. Plus maintenant. Ce qui prime, c'est la médiatisation outrancière et le goût du sensationnel. Plus personne ne recherche la vérité ou n'essaye de présenter honnêtement les problèmes. Les journalistes font la chasse au scoop, aux scandales – ils creusent pour déterrer les moindres parcelles de fange qu'ils peuvent dénicher.

« Même lorsque certaines personnes sont innocentes, on les dénonce car les articles calomnieux font augmenter le tirage et la diffusion. Dans un monde de citoyens apathiques et désorientés, seul l'incroyable se vend bien. Et malheureusement ce type de pratique plonge la profession dans un véritable cercle vicieux. Un journaliste qui débute et constate cette situation pense que, pour survivre dans ce marigot, il doit faire comme les crocodiles. Sinon, il se dit qu'il n'aura aucun avenir et restera un marginal : il se met donc, comme ses collègues, à falsifier intentionnellement de prétendus reportages d'investigation. Cela se produit tout le temps.

Nous avancions en direction du sud et descendions une pente particulièrement rocailleuse.

— D'autres professions connaissent les mêmes problèmes, continua Joël. Bon sang, regardez les avocats. Peut-être que, à une certaine époque, le métier d'homme de robe avait encore une signification et que tous les acteurs d'un procès partageaient le même respect pour la vérité, la justice. Plus maintenant. Voyez les procès de célébrités couverts par la télévision. À présent, les avocats déploient tous leurs efforts pour corrompre la justice ; ils essayent de convaincre les jurés d'hypothèses fantaisistes et mensongères, qui ne reposent sur aucune preuve, uniquement pour éviter à leurs clients d'être condamnés. Et d'autres hommes de loi commentent ces techniques comme si elles étaient normales et justifiées dans notre système juridique actuel – ce qui est faux.

« En principe, dans nos sociétés, tout individu a droit à un procès équitable. Les avocats ont pour fonction d'assurer l'impartialité et la civilité, non de déformer la vérité et de saper la justice pour sauver leur client à n'importe quel prix. La télévision montre au grand jour ces pratiques corrompues et leurs causes : les avocats cherchent à accroître leur réputation par tous les moyens pour obtenir des honoraires plus élevés à chaque nouvelle affaire qu'ils plaident. Ils ne se dissimulent même plus parce qu'ils pensent que tout le monde s'en fout – ce qui est effectivement le cas. Les autres professions agissent de la même façon.

« Les industriels cherchent à faire des économies, à maximiser les profits à court terme au lieu de planifier à long terme. Nous nous comportons ainsi parce que nous savons, consciemment ou non, que notre succès sera éphémère. Et nous le faisons quitte à piétiner la confiance que les autres nous accordent et à défendre nos propres intérêts à leur détriment.

« Bientôt tous les consensus subtils et les idées qui permettent à la civilisation de tenir debout seront totalement ébranlés. Pensez à ce qui se passera quand le chômage atteindra un certain niveau dans les quartiers défavorisés. Déjà on ne contrôle plus la criminalité. Les policiers ne vont pas continuer à risquer leur vie pour une population qui ne reconnaît même pas leurs efforts. Pourquoi se feraient-ils malmener à la barre des témoins, deux fois par semaine, par des avocats qui de toute façon ne cherchent pas à découvrir la vérité ? Pourquoi se tordraient-ils de douleur, perdraient-ils leur sang dans des ruelles obscures, si tout le monde s'en moque ? Mieux vaut faire semblant de ne rien voir, passer leurs vingt années de service aussi tranquillement que possible, et même ramasser au passage quelques pots-de-vin. Et la situation empire chaque jour. Qui va arrêter cette évolution ?

Il marqua une pause et je jetai un coup d'œil vers lui pendant que nous marchions.

– Vous pensez sans doute qu'une renaissance spirituelle va changer tout cela ? me demanda-t-il.

– Bien sûr.

Pour rester à ma hauteur, il enjamba avec une certaine difficulté un tronc abattu.

– Écoutez, me dit-il, j'ai cru pendant un temps à ces trucs spirituels, aux buts cachés, à la destinée et aux neuf révélations. Je pouvais même observer des coïncidences intéressantes se manifester dans ma propre vie. Mais j'ai décidé que tout ça était bidon. L'esprit humain peut inventer toutes sortes d'idées idiotes ; nous ne nous en rendons même pas compte quand nous les fabriquons. Si vous analysez le fond de ces théories, tout ce baratin sur la spiritualité n'est que pure rhétorique.

Je voulus riposter à ses arguments mais je changeai d'avis. Mon intuition me dictait de l'écouter d'abord développer son raisonnement.

– Oui, dis-je. Certaines personnes ont parfois cette impression.

– Prenez par exemple la légende de cette vallée, continua-t-il. Autrefois j'accordais crédit à ce genre de fables absurdes. Il s'agit seulement d'un lieu couvert d'arbres et de buissons comme des milliers d'autres. (Il posa sa main sur un grand chêne lorsque nous passâmes devant.) Vous croyez que cette forêt domaniale va survivre ? N'y comptez pas. Vu la façon dont les hommes polluent les océans, saturent l'écosystème avec des substances cancérigènes qu'ils fabriquent eux-mêmes, gaspillent du papier et d'autres produits dérivés des arbres, cet endroit deviendra une poubelle, comme le reste de la planète.

En fait, de nos jours, personne ne s'intéresse plus au sort de la nature. Comment le gouvernement s'en tire-t-il ? Il fait construire ici des routes aux frais des contribuables et ensuite vend le bois en dessous de sa valeur marchande. Ou alors il troque les sites les plus beaux contre des terres stériles, uniquement pour contenter les promoteurs.

« Vous pensez probablement que cette vallée a des propriétés spirituelles. Pourquoi pas ? Nous aimerions tous qu'un miracle se produise, spécialement quand on considère à quel point la qualité de notre vie se dégrade. Mais en fait rien d'ésotérique ne se produit. Nous ne sommes que des animaux, des êtres suffisamment intelligents et malchanceux pour avoir compris que nous vivons et mourons sans jamais connaître le but de notre existence. Nous pouvons prétendre et souhaiter tout ce que nous voulons, mais dans le fond nous ne savons rien et ne pouvons rien savoir.

Je le regardai de nouveau.

– Vous ne croyez en aucune forme de spiritualité ?

Il rit.

– Si un Dieu existe, ce doit être un monstre sacrément cruel. Comment peut-on imaginer que la moindre spiritualité se manifeste dans ce monde ? Où diable se cacherait-elle ? Regardez la réalité quotidienne. Quelle sorte de Dieu aurait pu créer un univers où les enfants meurent dans d'horribles tremblements de terre, où des crimes absurdes se commettent à chaque instant, où la faim sévit partout, alors que les restaurants jettent des tonnes de nourriture tous les jours ?

« D'un autre côté, serait-ce la volonté de Dieu ? Ceux qui prédisent la fin du monde auraient-ils raison ? Selon eux, nous ne sommes sur terre que pour mettre notre foi à l'épreuve, vérifier qui obtiendra le salut et qui en sera indigne. Dieu a-t-il imaginé de détruire la civilisation pour séparer les élus des damnés ?

Il esquissa un sourire qui disparut rapidement quand il reprit le cours de ses pensées. Il accéléra le pas parce que je marchais vite. Nous pénétrâmes dans le champ de sauge et j'aperçus l'arbre aux corbeaux à environ un kilomètre de là.

– Savez-vous ce que pensent de la situation actuelle les millénaristes et les adventistes, ceux qui annoncent la fin du monde ? demanda-t-il. J'ai réalisé une enquête vraiment passionnante sur eux, il y a plusieurs années.

– Non, dis-je pour l'encourager à continuer.

– Ils étudient les prophéties cachées dans la Bible, spécialement le Livre de l'Apocalypse. D'après eux, nous vivons ce qu'ils appellent les *derniers jours*, l'époque où toutes les prédictions se vérifieront. Les conditions historiques sont mûres : le Christ va revenir et créer un royaume céleste sur terre. Mais, avant que cela ne se produise, la planète subira une série de guerres, de catastrophes naturelles et de cataclysmes annoncés dans les Écritures. Ils connaissent toutes ces prédictions et passent leur temps à observer très attentivement les événements mondiaux, dans l'attente du prochain événement programmé.

– Quel sera-t-il ? demandai-je.

– Un traité de paix au Moyen-Orient permettra de reconstruire le Temple à Jérusalem. Ensuite, les vrais croyants tomberont dans une gigantesque extase collective et quitteront la surface de la terre pour le Paradis.

Je m'arrêtai et le regardai :

– Ils croient vraiment que les élus vont commencer à disparaître ?

– Oui, la Bible l'affirme. Ensuite viendra une période de tourments de sept années durant laquelle tous les maux s'abattront sur les hommes restés sur notre planète. Apparemment tout est destiné à s'écrouler : de gigantesques tremblements de terre provoqueront la ruine de l'économie mondiale ; le niveau des mers et des océans s'élèvera et de nombreuses villes seront englouties ; le pillage et la criminalité se déchaîneront, etc. Alors apparaîtra un démagogue, probablement en Europe, qui proposera un plan pour tout remettre d'aplomb, à condition bien sûr d'avoir les pleins pouvoirs. Il instituera une économie électroniquement centralisée qui coordonnera les échanges dans l'immense majorité des zones du globe. Mais pour profiter des avantages de l'automatisation, il faudra jurer allégeance à ce dirigeant et se faire greffer une puce dans la main, qui enregistrera toutes les interactions financières.

«Cet Antéchrist protégera d'abord Israël et facilitera la conclusion du traité de paix, puis il attaquera les autres pays, déclenchant un conflit mondial qui inclura les nations islamiques, la Russie et finalement la Chine. Suivant les prophéties, juste au moment où Israël sera sur le point de succomber, les anges de Dieu descendront du Ciel et gagneront la guerre, instaurant une utopie spirituelle qui durera mille ans.

Il s'éclaircit la gorge et me regarda.

– Entrez dans une librairie spécialisée dans ce genre de documentation et regardez. Vous verrez énormément d'essais et de romans sur ces prophéties, et il en sort de nouveaux constamment.

– Pensez-vous que ces prophètes de la fin du monde ont raison ?

Il secoua la tête.

– Non, sauf sur un point : nous vivons à une époque où l'avidité et la corruption se déchaînent sur cette terre. Si un dictateur apparaît un jour et prend le pouvoir, ce sera parce qu'il aura trouvé un moyen de tirer profit du chaos.

– Pensez-vous que cela arrivera ?

– Je ne sais pas, mais je peux vous dire une chose. Si l'effondrement de la classe moyenne se poursuit, si les pauvres s'appauvrissent davantage, si la criminalité augmente dans les quartiers populaires et s'étend aux quartiers favorisés, si, pour couronner le tout, une série de grandes catastrophes naturelles et de krachs économiques se produisent, alors des bandes de maraudeurs affamés se livreront au pillage généralisé et nous vivrons dans la terreur permanente. Devant le déchaînement de cette violence, si un politicien apparaît et propose un moyen de nous sauver, de rétablir l'ordre en échange de nos libertés civiques, je suis convaincu que nous n'hésiterons pas à lui accorder les pleins pouvoirs.

Nous nous arrêtâmes pour boire un peu d'eau de ma gourde. Nous ne nous trouvions plus qu'à une cinquantaine de mètres de l'arbre aux corbeaux.

Je me sentis revigoré mais au loin je perçus à nouveau la faible discordance du bourdonnement.

Joël plissa les yeux pour m'observer attentivement.

– Vous entendez quelque chose ?

Je me tournai vers lui.

– Un bruit étrange, un bourdonnement que je perçois par intermittence. J'ai l'impression que l'on pratique certaines expériences dans cette vallée.

– Quel genre d'expériences ? Qui les dirige ? Pourquoi n'ai-je rien entendu ?

J'allais lui expliquer quand nous fûmes interrompus par un autre bruit. Nous écoutâmes attentivement.

– Une voiture arrive, dis-je.

Venant de l'ouest, deux Jeeps grises approchaient. Nous courûmes nous cacher derrière un bouquet de hauts églantiers. Elles passèrent à une centaine de mètres de nous sans s'arrêter et continuèrent vers le sud-est, en suivant le même chemin qu'avait suivi la Jeep précédente.

– Je n'aime pas ça, déclara Joël. Qui cela peut-il être ?

– Eh bien, ce ne sont pas les gardes forestiers, et aucune autre voiture n'est censée pénétrer dans cette zone. À mon avis il s'agit des types qui mènent ces expériences.

Son visage prit une expression horrifiée.

– Si vous le désirez, lui proposai-je, vous pouvez retourner en ville par un chemin plus direct. Continuez en direction du sud-ouest jusqu'à cette crête là-bas. Au bout d'un kilomètre, vous tomberez sur une rivière et vous la suivrez en direction de l'ouest jusqu'à la ville. Avec un peu de chance, vous arriverez avant la nuit.

– Vous ne rentrez pas avec moi ?

– Pas maintenant. Je vais prendre la direction du sud, rejoindre la rivière et voir si je rencontre mon amie.

Il plissa le front.

– Ils ne peuvent pas mener des expériences sans qu'au moins certains responsables de l'Office des Eaux et Forêts soient au courant.

– Je sais.

– Vous n'avez pas l'intention d'entreprendre une action contre eux, j'espère ? Cette affaire vous dépasse.

Je ne répondis pas ; une pointe d'anxiété me traversa.

Il écouta un instant pour s'assurer que personne ne venait et ensuite s'éloigna rapidement. Il se retourna une fois et me fit un signe de tête.

Je l'observai jusqu'au moment où il traversa la clairière et disparut dans la forêt de l'autre côté, puis me dirigeai rapidement vers le sud, en pensant à Charlène. Que faisait-elle ici ? Où se rendait-elle ? Je n'avais toujours aucun indice.

En marchant vite je rejoignis la rivière au bout d'une trentaine de minutes. À l'ouest, un groupe de nuages cachait complètement le soleil et le crépuscule projetait des tons gris sinistres sur les bois. Me sentant sale et fatigué, je savais que la conversation de Joël et la vision des Jeeps avaient sérieusement miné mon moral. Détenais-je maintenant assez de preuves pour aller trouver les autorités ? Était-ce la meilleure façon d'aider Charlène ? Plusieurs options dansaient dans ma tête, et toutes me poussaient à retourner en ville.

Les bois n'étant pas très touffus aux abords immédiats de la rivière, je décidai de traverser à gué et de pénétrer dans la forêt plus épaisse de l'autre côté, tout en sachant qu'il s'agissait d'une propriété privée.

Une fois sur l'autre rive, je m'arrêtai brusquement en entendant de nouveau une Jeep puis me mis à courir. À cinquante mètres devant moi, le terrain s'élevait vers un monticule couvert de pierres et haut de six mètres environ. Je le gravis rapidement, atteignis le sommet, continuai à courir et sautai sur un amas de rochers. J'avais l'intention de les escalader en vitesse pour me cacher de l'autre côté. Quand mon pied atteignit le bloc le plus élevé, une pierre se détacha et roula, provoquant un début d'éboulement. Mon pied se déroba sous moi, je tombai, rebondis sur ma hanche et atterris dans une petite ravine tandis que les blocs de pierre s'ébranlaient dans ma direction. Certains d'entre eux, gros comme d'énormes potirons, risquaient de s'écraser sur ma poitrine. J'eus le temps de rouler sur la gauche et de lever les bras pour me protéger, mais je savais que je ne réussirais pas à les éviter complètement.

Du coin de l'œil, je vis alors une fine forme blanche s'interposer entre moi et les rochers : aussitôt j'eus l'étrange certitude qu'ils ne m'atteindraient pas. Je fermai les yeux et les entendis s'écraser autour de moi. Je rouvris finalement les paupières et tentai de voir à travers la poussière, tout en essuyant la terre et les débris qui couvraient mon visage. Les rochers s'étaient immobilisés de chaque côté de mon corps. Comment était-ce possible ? Quelle était cette forme blanche que j'avais aperçue ?

Pendant un moment j'observai les alentours et décelai un léger mouvement derrière l'un des rochers. Un jeune lynx s'approcha doucement et me regarda droit dans les yeux. Je savais qu'il était assez grand pour pouvoir s'enfuir, pourtant il restait là à m'observer.

Le vrombissement du véhicule qui se rapprochait fit finalement fuir le petit lynx vers les bois. Je me redressai et courus quelques mètres avant d'atterrir maladroitement sur un autre rocher. Une douleur fulgurante parcourut ma jambe quand mon pied gauche se déroba de nouveau. Je tombai par terre et parcourus les deux derniers mètres jusqu'aux arbres en rampant. Je me réfugiai derrière un chêne gigantesque tandis que la voiture s'arrêtait au bord de la rivière, repartait en roulant lentement pendant quelques minutes, puis fonçait en direction du sud-est.

Le cœur battant, je m'assis et enlevai ma botte pour examiner ma cheville qui commençait déjà à enfler. Pourquoi suis-je tombé ? pensai-je. Tandis que j'allongeais ma jambe, j'aperçus une femme qui m'observait attentivement à une dizaine de mètres de là. Lorsqu'elle se mit à marcher vers moi, je me sentis paralysé.

– Rien de cassé ? me demanda-t-elle.

C'était une femme grande, d'environ quarante ans, qui portait un survêtement ample et des chaussures de tennis. Des mèches de cheveux noirs dépassaient de sa queue de cheval et dansaient dans la brise au-dessus de ses tempes. Elle tenait un petit sac à dos vert dans sa main droite.

– J'étais assise là-bas et je vous ai vu tomber, dit-elle. Je suis médecin : me permettez-vous de vous examiner sommairement ?

Elle semblait s'intéresser à mon sort, mais le ton de sa voix exprimait une certaine réserve.

– Ce serait gentil, dis-je un peu étourdi, ne pouvant croire à la coïncidence.

Elle s'agenouilla à côté de moi. Tout en palpant doucement ma jambe et mon pied, elle observait les alentours du ruisseau.

– Vous vous baladez seul ?

– Oui, je suis ici à la recherche de quelqu'un, Charlène Billings, expliquai-je, et je lui donnai son signalement mais sans lui fournir d'autres détails.

– Je m'appelle Maya Ponder, déclara-t-elle, et je n'ai rencontré personne qui ressemble à votre amie.

Je décidai de lui accorder ma confiance, lui dis mon nom et où j'habitais.

– Je suis née à Asheville, continua-t-elle, mais j'ai monté récemment une clinique avec un associé, à quelques kilomètres au sud d'ici. Nous avons acheté seize hectares dans la vallée, juste à côté de la forêt domaniale, et aussi seize hectares au sud de cette crête.

J'ouvris une poche de mon sac à dos et en sortis ma gourde.

– Voulez-vous un peu d'eau ? proposai-je.

– Non merci.

Elle fouilla dans son propre sac, en sortit une gourde et l'ouvrit. Mais, au lieu de boire, elle humecta une petite serviette et enveloppa mon pied, ce qui me fit grimacer de douleur.

Elle me regarda droit dans les yeux et dit :

– Vous vous êtes fait une entorse.

– C'est grave ? demandai-je.

Elle hésita.

– Qu'en pensez-vous ?

– Je ne sais pas. Je vais essayer de me lever.

Je voulus me mettre debout mais elle m'arrêta.

– Attendez une minute, dit-elle. Avant de tenter de marcher, analysez votre attitude. Quelle est selon vous la gravité de votre foulure ?

– Que voulez-vous dire ?

– La rapidité de votre rétablissement dépend de *votre* façon de penser, non de mon diagnostic.

Je regardai ma cheville.

– Elle est sans doute en très mauvais état. Dans ce cas, je serai obligé de retourner en ville, d'une façon ou d'une autre.

– Et alors ?

– Je ne sais pas. Si je ne peux pas marcher, quelqu'un d'autre devra chercher Charlène à ma place.

– Savez-vous pourquoi cet accident s'est produit à ce moment précis ?

– Non, je n'en ai aucune idée. Et je me demande pourquoi cela vous semble important.

– Parce que, je vous le répète, votre attitude devant les causes d'un accident ou d'une maladie influence fréquemment votre guérison.

Je l'examinai avec attention, parfaitement conscient que je repoussais ses explications. Une partie de moi estimait que je n'avais pas de temps à perdre avec des discussions de ce genre. « Je ne vais pas me poser autant de questions pour une broutille », pensai-je. Bien que le bourdonnement eût cessé, je savais que les expériences continuaient. J'étais environné de menaces, la nuit allait bientôt tomber… et Charlène courait peut-être un danger.

Je me sentais coupable vis-à-vis de Maya. Pourquoi ? J'essayai de chasser cette impression.

– Quel genre de médecin êtes-vous ? demandai-je en buvant un peu d'eau de ma gourde.

Elle sourit, et pour la première fois je vis son énergie s'élever. Elle avait décidé, elle aussi, de me faire confiance.

– Je vais vous l'expliquer, commença-t-elle. La médecine évolue très rapidement de nos jours. Nous ne considérons plus le corps comme une machine dont les pièces usées pourraient être réparées ou remplacées. Notre santé est déterminée par nos processus mentaux, ce que nous pensons de la vie et spécialement de nous-mêmes, à la fois consciemment et inconsciemment.

« Cette découverte représente un tournant fondamental. Autrefois, le médecin incarnait à la fois l'expert et le guérisseur ; quant au patient, il adoptait une attitude passive et espérait que le médecin aurait toutes les réponses. Mais nous savons maintenant que le psychisme du sujet joue un rôle crucial. La peur et le stress sont des facteurs clés, ainsi que la façon dont nous les affrontons. Parfois nous sommes conscients de notre peur, mais souvent nous la refoulons totalement.

« C'est le comportement bravache, macho par excellence : nous nions le problème, l'écartons et jouons les héros – mais la peur continue à nous dévorer inconsciemment. Il est très important d'adopter une attitude positive si l'on veut rester en bonne santé, mais pour que cette attitude soit vraiment efficace, il faut agir consciemment, en ayant recours à l'amour et non à des conduites macho. Nos peurs inexprimées créent des blocages, des obstacles dans le flux d'énergie qui parcourt notre corps, et ces blocages finissent par créer des problèmes. Nos peurs continuent à se manifester de façon toujours plus intense jusqu'à ce que nous décidions de les affronter. Les problèmes physiques viennent en dernier. L'idéal serait de traiter ces blocages bien plus tôt, de façon préventive, avant que la maladie ne se développe.

– Alors vous pensez qu'on peut prévenir ou guérir tous les maux ?

– Oui, la durée de vie de chacun restera toujours variable – et c'est probablement la volonté du Créateur –, mais le plus souvent ni les maladies ni les accidents ne sont inéluctables.

– Votre théorie s'applique donc à un accident comme ma foulure aussi bien qu'à des maladies plus graves ?

Elle sourit.

– Oui, dans de nombreux cas.

J'étais troublé.

– Écoutez, je n'ai guère le temps de discuter de tout cela maintenant. Je suis vraiment inquiet pour mon amie et je dois faire quelque chose.

– Je sais, mais cette conversation ne vous retardera pas beaucoup. Si vous partez immédiatement, le sens d'une coïncidence importante risque de vous échapper.

Elle me regarda droit dans les yeux pour voir si j'avais saisi son allusion au Manuscrit.

– Vous connaissez les neuf révélations ? demandai-je.

Elle hocha la tête.

– Que dois-je faire, selon vous ?

– Eh bien, ma méthode donne souvent de bons résultats. Essayez d'abord de vous rappeler la nature de vos pensées juste avant votre problème de santé – dans ce cas, votre foulure. Qu'est-ce qui vous préoccupait ? Et quelle est la peur que votre accident a mise au jour ?

Je réfléchis un moment, puis lui répondis :

– J'étais effrayé, j'éprouvais des sentiments ambivalents. La situation dans cette vallée se révélait beaucoup plus inquiétante que je ne le pensais. Je m'estimais incapable d'y faire face. D'un autre côté, je savais que Charlène avait besoin d'aide. J'étais désorienté et partagé sur la décision à prendre.

– Alors vous vous êtes foulé la cheville ?

Je me penchai vers elle.

– Suggérez-vous que je serais tombé volontairement pour ne pas avoir à prendre de décision ? N'est-ce pas une explication un peu simpliste ?

– Vous seul le savez. Mais parfois l'explication d'un accident n'est effectivement pas très compliquée. De plus, ne perdez pas votre temps à vous défendre ou à me prouver quelque chose. Jouez le jeu. Essayez de vous rappeler les origines de votre accident. Cherchez en vous-même.

– Comment dois-je procéder ?

– Rétablissez le calme dans votre esprit et recevez cette information.

– De façon intuitive ?

– En utilisant votre intuition, en priant, de la façon qui vous semble la plus adéquate.

Je lui résistai de nouveau, car je ne savais pas si j'arriverais à me détendre et à vider mon cerveau. Finalement je fermai les yeux et, pendant un moment, mes pensées cessèrent de se bousculer dans ma tête ; puis une série de souvenirs concernant Wil et les événements de la journée affluèrent. Je les laissai défiler puis fis de nouveau le vide dans mon esprit. Aussitôt après je me vis à l'âge de dix ans : je m'éloignais en boitant d'un terrain de football, parfaitement conscient que je simulais une contusion. Dans le mille ! pensai-je. Je feignais m'être fait une entorse quand je voulais éviter d'agir sous pression. Je l'avais complètement oublié ! Je me rendis compte qu'au cours de ma vie je m'étais fréquemment foulé la cheville, dans toutes sortes de situations. Tandis que j'analysais ce souvenir, un autre flash surgit dans mon esprit, une scène brumeuse, se déroulant des siècles auparavant : me croyant sûr de moi et irrésistible, j'étais en fait très arrogant ; je travaillais dans une pièce obscure, éclairée par une chandelle, puis on enfonçait la porte et on me traînait dehors, terrorisé.

J'ouvris les yeux et regardai Maya.

— J'ai peut-être trouvé quelque chose.

Je lui racontai mon souvenir d'enfance, mais l'autre vision me semblait trop vague pour que je puisse la décrire, aussi la gardai-je pour moi.

— Qu'en pensez-vous ? me demanda ensuite Maya.

— Je ne sais pas : au départ ma foulure semblait tout à fait fortuite. J'ai du mal à imaginer que mon accident ait été provoqué par ma volonté d'éviter certains problèmes. De plus, je me suis trouvé dans des situations bien pires, à de nombreuses reprises, et je ne me suis pas foulé la cheville. Pourquoi l'aurais-je fait aujourd'hui ?

Elle réfléchit.

— Qui sait ? Peut-être allez-vous enfin débusquer vous-même cette habitude que vous avez prise. Les accidents, la maladie, la guérison sont tous des phénomènes plus mystérieux que nous le croyons. Nous pouvons influer sur ce qui nous arrivera à l'avenir, y compris notre santé – même si, je le répète, ce pouvoir doit rester entre les mains du sujet lui-même. Cette capacité est restée jusqu'ici inexplorée.

« J'avais une bonne raison de ne pas vous donner mon opinion sur la gravité de votre état. J'ai appris à communiquer mes diagnostics avec beaucoup de prudence à mes patients. Aujourd'hui ceux-ci éprouvent presque de la vénération pour les praticiens ; quand l'un d'eux émet une opinion, ils ont tendance à le croire aveuglément. Il y a une centaine d'années, les médecins de campagne connaissaient bien ce phénomène et affectaient toujours d'être extrêmement optimistes. Si le médecin disait que le patient allait se rétablir, très souvent ce dernier faisait sienne cette idée et déployait tous ses efforts pour recouvrer la santé. Au cours des dernières années, cependant, pour des raisons éthiques, le corps médical a décidé de ne plus déformer la vérité et de présenter aux patients la description scientifique la plus précise et la plus neutre possible de leur état.

« Malheureusement, cela a eu des effets pervers : parfois des malades mouraient peu après nous avoir entendus leur expliquer qu'ils se trouvaient en phase terminale. Le pouvoir de notre esprit nous oblige à nous montrer très prudents. Nous voulons l'orienter dans un sens positif. Le corps peut se régénérer de façon miraculeuse. Dans le passé on considérait les membres comme des masses solides : aujourd'hui on les voit comme dcs systèmes d'énergie capables de se transformer du jour au lendemain. Connaissez-vous les dernières recherches scientifiques sur les effets de la prière ? Elles prouvent que la visualisation spirituelle fonctionne et elles remettent complètement en cause l'ancien modèle de la guérison purement physique. Nous devons imaginer maintenant un nouveau modèle.

Elle marqua une pause et versa un peu d'eau sur la serviette autour de ma cheville puis continua :

– Il faut d'abord repérer la peur liée au problème physique, puis dénouer le blocage d'énergie afin d'ouvrir la voie à la guérison consciente. Ensuite il faut faire entrer le maximum d'énergie et la concentrer sur le point de blocage exact.

J'allais lui demander comment procéder, mais elle m'arrêta.

– Allez-y, élevez au maximum votre niveau d'énergie.

J'acceptai de suivre ses conseils. Je commençai à observer la beauté de la nature qui m'entourait et à rechercher une connexion spirituelle à l'intérieur de moi-même, en évoquant une intense sensation d'amour. Progressivement les couleurs devinrent plus vives et ma sensibilité s'aiguisa. Je sentis que Maya élevait sa propre énergie en même temps que moi.

Quand ma vibration eut atteint un niveau maximum, je la regardai. Elle me sourit.

– Bien, maintenant concentrez votre énergie sur votre blocage.

– Comment ?

– Utilisez la douleur. Elle est là pour vous aider à focaliser votre énergie.

– Quoi ? Ne dois-je pas plutôt m'en débarrasser ?

– Malheureusement nous l'avons toujours cru, mais en fait la douleur est un signal lumineux.

– Un signal lumineux ?

– Oui, affirma-t-elle, en appuyant à plusieurs endroits sur mon pied. Quelle est l'intensité de la douleur maintenant ?

– Lancinante mais supportable.

Elle enleva la serviette.

– Concentrez votre attention sur la douleur et essayez de la sentir au maximum. Déterminez son emplacement exact.

– Pas la peine, je sais qu'elle se trouve dans la cheville.

– Oui, mais où exactement ?

J'étudiai ma douleur. Je croyais qu'elle englobait toute la cheville. Mais alors que j'allongeais ma jambe en pointant mes doigts de pied vers le ciel, je découvris le foyer précis du mal : dans la partie supérieure gauche de l'articulation, à environ trois centimètres sous la peau. Maya avait raison.

– Ça y est, dis-je, je l'ai repérée.

– Maintenant concentrez-vous sur cette zone spécifique. Investissez-vous au maximum.

Pendant quelques minutes, je restai silencieux. Je me recueillis de façon intense et explorai complètement ce point dans ma cheville. Je remarquai que toutes les autres perceptions de mon corps – ma respiration, la position de mes mains et de mes bras, la sueur poisseuse derrière mon cou – disparaissaient très loin à l'arrière-plan.

– Sentez totalement la douleur, me rappela-t-elle.

– D'accord, dis-je. J'y suis.

– Que se passe-t-il ? demanda-t-elle.

– Je la sens encore, mais sa nature a changé. Elle devient plus chaude, moins gênante, et ressemble plus à un picotement.

Tandis que je parlais, j'eus de nouveau mal comme avant.

– Que s'est-il passé ? demandai-je.

– La douleur ne sert pas seulement à nous informer que quelque chose ne va pas. Elle indique aussi où se trouve exactement la difficulté ; ainsi nous pouvons la suivre dans notre corps comme un signal lumineux puis concentrer notre attention et notre énergie exactement au bon endroit. Apparemment, douleur et attention concentrée ne peuvent coexister dans le même espace. Bien sûr, quand la douleur est aiguë et la concentration impossible, nous devons utiliser des analgésiques pour diminuer son intensité. Cependant, à mon avis, mieux vaut ne pas l'éliminer totalement afin d'utiliser l'effet signal lumineux.

Elle marqua une pause et me regarda.

– Et maintenant ? demandai-je.

– Il faut ensuite envoyer consciemment de l'énergie spirituelle sur l'endroit exact indiqué par la douleur ; l'amour transmis régénérera les cellules concernées et leur permettra de fonctionner de nouveau parfaitement.

J'écarquillai les yeux.

– Allez-y, dit-elle. Reconnectez-vous complètement. Je vais vous guider pendant cette partie de l'expérience.

Je lui fis signe dès que je fus prêt.

– Sentez la douleur avec tout votre être, commença-t-elle, et maintenant visualisez le trajet de votre énergie pleine d'amour jusqu'au cœur de la douleur : elle doit porter à une vibration supérieure cet endroit précis de votre corps, y compris ses cellules. Voyez comme les particules effectuent un bond quantique vers un modèle d'énergie pure qui est leur état optimum. Sentez littéralement une sensation de picotement à cet endroit tandis que la vibration s'accélère.

Elle se tut pendant une bonne minute, puis reprit :

– Maintenant, tout en continuant à rester concentré sur votre point douloureux, sentez votre énergie, le picotement, qui monte le long de vos jambes... passe par vos hanches...

parcourt votre abdomen et votre poitrine… et finalement rejoint votre cou et votre tête. Sentez dans tout votre corps le picotement qui se mêle à la vibration spirituelle. Voyez comment chaque organe fonctionne avec une efficacité maximale.

Je suivis exactement ses instructions et, au bout d'un certain temps, tout mon corps se sentit plus léger, plus rempli d'énergie. Je maintins cet état durant environ dix minutes, puis j'ouvris les yeux et regardai Maya.

S'aidant d'une lampe de poche pour s'éclairer dans l'obscurité, elle était en train d'installer ma tente sur un bout de terrain plat entre deux pins. Elle me regarda et me demanda :

– Ça va mieux ?

J'approuvai d'un signe de tête.

– Avez-vous compris les différentes étapes du processus jusqu'ici ?

– Je crois. J'ai envoyé de l'énergie à l'intérieur de la douleur.

– Oui, mais l'exercice antérieur était tout aussi important. Vous devez commencer par examiner la signification de la blessure ou de la maladie, ce qu'elle révèle à propos d'une de vos peurs qui vous bloque et se manifeste dans votre corps. Ainsi vous pourrez dénouer le blocage causé par la peur et permettre à la visualisation d'agir.

« Une fois que le blocage disparaît, vous pouvez utiliser la douleur comme un signal lumineux, élever la vibration dans cette zone de votre organisme puis dans le corps entier. Mais il est vital de commencer par détecter l'origine de votre peur. Quand elle est ancienne, il faut souvent avoir recours à l'hypnose ou à l'intervention d'un thérapeute.

Je lui parlai alors de la vision que j'avais eue de moi, dans un temps reculé, au Moyen Âge peut-être, et dans laquelle plusieurs personnes avaient enfoncé ma porte et m'avaient violemment entraîné à l'extérieur d'une pièce.

Elle réfléchit.

– Parfois la racine du blocage remonte très loin dans le passé. Mais plus vous l'explorerez, plus vous commencerez à travailler sur la peur qui vous handicape, mieux vous comprendrez qui vous êtes, quel est l'objectif de votre vie présente sur terre. Et alors vous pourrez passer à la dernière étape du processus de la guérison, la plus importante, je crois. Vous devez vous *rappeler* vos objectifs existentiels. La véritable guérison se produit quand nous pouvons visualiser un nouvel avenir enthousiasmant. Seule *l'inspiration* nous maintient en bonne santé.

Je la regardai pendant un moment, puis je dis :

– Tout à l'heure vous avez affirmé que la prière fonctionne aussi. Quelle est la meilleure façon de prier pour quelqu'un qui est mal en point ?

– Nous essayons de le découvrir. Cela a sans doute un rapport avec la huitième révélation : il faut envoyer vers cette personne l'énergie et l'amour qui coulent en nous et proviennent de la source divine ; en même temps il faut visualiser l'individu concerné en train de se souvenir de son véritable but dans la vie. Bien sûr, parfois la personne pense seulement qu'il est temps pour elle de passer dans l'autre dimension. Quand cela arrive, nous devons l'accepter.

Maya avait fini d'installer la tente et elle ajouta :

– N'oubliez pas que ces techniques doivent être combinées avec celles de la médecine traditionnelle. Si nous étions à proximité de ma clinique, je vous ferais passer un examen complet, mais ce soir, à moins que vous soyez d'un autre avis, je vous suggère de rester ici. Mieux vaut que vous bougiez le moins possible.

Elle sortit mon réchaud, l'alluma et plaça sur le feu une casserole contenant de l'eau et de la soupe en sachet.

– Je rentre en ville. J'ai besoin d'une attelle pour votre cheville et de quelques médicaments qui nous seront peut-être utiles. Je reviendrai demain vous examiner. J'apporterai un poste radio émetteur, au cas où nous devrions appeler des secours.

J'approuvai de la tête.

Elle versa le contenu de sa gourde dans la mienne et me regarda. Derrière elle, la dernière écharpe de lumière disparaissait à l'ouest.

– Votre clinique se trouve-t-elle près d'ici ? demandai-je.

– Oui, seulement à six kilomètres au sud, après la crête, mais il est impossible de s'y rendre directement, expliqua-t-elle. Il faut prendre la route principale qui passe au sud de la ville.

– Pourquoi vous promeniez-vous par ici ?

Elle sourit et eut l'air un peu embarrassée.

– C'est bizarre. J'ai rêvé la nuit dernière que je faisais une randonnée dans la vallée. Ce matin j'ai donc décidé de venir ici. J'ai travaillé très dur dernièrement et je suppose que j'avais besoin de réfléchir à mes activités à la clinique. Mon associé et moi possédons une grande expérience en ce qui concerne les médecines parallèles, la médecine chinoise, les plantes, etc. Et en même temps nos ordinateurs nous fournissent les données les plus pointues de la médecine traditionnelle. Je rêvais d'avoir ce genre de centre de santé depuis des années.

Elle marqua une pause pendant un moment, puis reprit :

– Avant que vous arriviez, je me trouvais assise là-bas et mon énergie est montée à un niveau extraordinaire. J'ai pu voir le film de ma vie, toutes mes expériences depuis ma plus tendre enfance jusqu'à aujourd'hui. Mon existence se déroulait devant moi, de façon tout à fait claire. Jamais je n'avais réussi à mettre en pratique aussi efficacement la sixième révélation.

« Ce que j'ai vécu m'a préparée à l'étape actuelle. Ma mère a souffert toute sa vie d'une maladie chronique ; mais elle refusait de participer à sa guérison. À l'époque, les médecins ne savaient pas grand-chose à ce sujet, mais durant mon enfance son refus d'explorer ses propres peurs me mettait en colère. Je notais les données nouvelles que je pouvais trouver sur les régimes, les vitamines, les niveaux de stress, la méditation, et leur rôle dans la santé ; je les lui communiquais en espérant qu'elle se départirait un jour de son attitude passive. Durant mon adolescence j'étais déchirée entre le désir de devenir pasteur et celui d'étudier la médecine. Je ne sais pas, quelque chose me poussait à imaginer comment utiliser la réflexion, la foi, pour changer l'avenir, pour guérir.

« Quant à mon père, continua-t-elle, c'était un sacré numéro. Il travaillait dans un laboratoire de biologie mais n'exposait jamais les résultats de ses découvertes, sinon dans des articles spécialisés ou des rapports scientifiques. Il prétendait faire de la "recherche pure". Ses collaborateurs le vénéraient comme un dieu. Personne ne pouvait l'approcher, il incarnait l'autorité suprême. J'avais atteint l'âge adulte et il était déjà mort d'un cancer quand j'ai découvert sa véritable passion – le système immunitaire, et particulièrement la façon dont la responsabilité de l'individu et la passion pour la vie fortifient nos défenses.

« Il a été le premier à pressentir cette relation, et toutes les recherches actuelles confirment son intuition. Mais je n'en ai jamais parlé avec lui. D'abord je me suis demandé pourquoi j'étais née dans cette famille et pourquoi mon père se comportait de cette façon. Mais j'ai fini par accepter le fait : mes parents possédaient exactement la combinaison de traits de caractère et de centres d'intérêt qui ont influencé ma propre évolution. C'est pourquoi, quand j'étais jeune, j'appréciais tellement leur compagnie. En observant ma mère, j'ai appris que chacun d'entre nous doit assumer la responsabilité de sa propre guérison. Nous ne pouvons pas nous contenter de nous en décharger sur les autres. La guérison consiste fondamentalement à surmonter les peurs qui dominent notre vie, que nous ne voulons pas affronter, et à trouver notre propre source d'inspiration, notre vision de l'avenir, à la création duquel nous contribuerons.

« Auprès de mon père, j'ai appris que les médecins doivent descendre de leur tour d'ivoire, se montrer plus attentifs à l'intuition et aux visions de leurs patients. La combinaison de ces deux apports – maternel et paternel – m'a poussée à imaginer un nouveau paradigme médical, fondé sur la capacité des patients à contrôler leurs vies et à trouver le bon chemin. Tel est mon message, je crois : au fond de nous-mêmes nous savons comment participer à notre propre guérison, que ce soit sur le plan physique ou psychologique. Nous pouvons devenir inspirés et désirer façonner un avenir supérieur, idéal, et dans ce cas, *des miracles se produisent.*

Elle se leva, jeta un bref coup d'œil sur ma cheville puis me regarda.

– Je dois partir, me dit-elle. Essayez de ne pas prendre appui sur votre pied. Vous avez besoin de vous reposer. Je reviendrai demain matin.

Je devais avoir l'air un peu angoissé, parce qu'elle s'agenouilla à nouveau devant moi et posa ses deux mains sur ma cheville.

– Ne vous inquiétez pas, affirma-t-elle. Avec suffisamment d'énergie on peut tout guérir, tout résoudre, la haine… la guerre. Il faut seulement que plusieurs personnes se rassemblent avec la vision correcte. Elle tapota doucement mon pied. Nous pouvons tout guérir ! Nous pouvons tout !

Elle sourit puis se releva et s'éloigna.

J'eus soudain envie de la rappeler et de lui raconter comment j'avais fait un voyage dans l'autre dimension et appris certaines choses sur la Peur et sur les sept personnes qui devaient se regrouper. Mais je me calmai, laissai la fatigue m'envahir et la regardai disparaître dans la forêt sans éprouver la moindre inquiétude. « Il ne sera pas trop tard demain », pensai-je… parce que je soupçonnais déjà qui elle était.

Chapitre 4

SE SOUVENIR

Le lendemain matin, je fus brusquement réveillé par le cri perçant d'un faucon au-dessus de ma tête. Pendant quelques minutes, j'écoutai attentivement, imaginant les superbes tonneaux qu'il devait effectuer dans les airs. Il poussa encore un cri puis se tut. Je m'empressai de m'asseoir et regardai à travers l'ouverture de la tente; la journée s'annonçait nuageuse mais chaude, et une brise légère agitait les cimes des arbres.

Je pris une bande dans mon sac à dos et enveloppai soigneusement toute mon articulation; lorsque je fis tourner prudemment mon pied, je n'éprouvai qu'une douleur bénigne. Ensuite je rampai en dehors de la tente et me mis debout. Au bout de quelques instants je m'appuyai sur mon pied et essayai de faire un pas en avant. La cheville semblait fragile mais, si je boitais légèrement, elle paraissait pouvoir soutenir mon poids. Je m'étonnai: la technique de Maya avait-elle fonctionné, ou la lésion des ligaments était-elle bénigne? Impossible de répondre à cette question.

Je fouillai de nouveau dans mon sac, en retirai quelques vêtements de rechange, puis j'attrapai les assiettes sales de la veille au soir. Avec précaution, attentif au moindre son ou mouvement suspect, je me dirigeai vers la rivière. Après avoir repéré un endroit où personne ne pouvait m'apercevoir, je me déshabillai et entrai dans l'eau : elle était froide mais revigorante. Je restai un moment sans penser à rien, en essayant d'oublier l'angoisse que je sentais croître en moi et regardai fixement le vert des feuilles au-dessus de ma tête.

Soudain, je commençai à me rappeler l'un de mes rêves de la nuit précédente. J'étais assis sur un rocher... quelque chose se passait... Wil se trouvait là... ainsi que d'autres personnes. Je me souvenais vaguement d'un champ couleur bleu et ambre. Je ne parvins pas à me remémorer d'autres moments de mon rêve.

Au moment où j'ouvrais un flacon de savon liquide, je remarquai que les arbres et les buissons autour de moi m'apparaissaient soudain beaucoup plus grands et précis. Le souvenir de mon rêve avait augmenté mon énergie et je me sentais plus léger. Tandis que je me lavais rapidement et nettoyais les assiettes dans la rivière, j'aperçus un gros rocher à ma droite qui ressemblait beaucoup à celui de mon rêve. Je laissai en plan mes assiettes et l'inspectai plus attentivement. Plat, d'environ trois mètres de diamètre, il correspondait exactement, par sa forme et sa couleur, à ce que j'avais vu durant la nuit précédente.

En quelques minutes je démontai ma tente, rangeai toutes mes affaires dans mon sac et le dissimulai sous de grosses branches tombées par terre. Je retournai ensuite près du rocher, m'assis et essayai de me rappeler le champ bleu et la position exacte que Wil occupait dans mon rêve. Il se trouvait légèrement derrière moi, sur la gauche. À ce moment une image claire de son visage apparut dans mon esprit, telle une photo en gros plan. M'efforçant de conserver tous les détails dans ma tête, je recréai son image et l'entourai du champ bleu.

Quelques secondes plus tard, je sentis comme un coup dans mon plexus solaire et fus de nouveau entraîné à toute vitesse dans un tunnel multicolore. Quand je m'immobilisai, un décor bleu pâle et lumineux m'entourait, et Wil se tenait à mon côté.

— Dieu, merci, te voilà, dit-il en se rapprochant de moi. Tu étais brusquement si opaque que je n'arrivais pas à te retrouver.

— Que s'est-il passé ? demandai-je. Pourquoi le bourdonnement est-il devenu si fort ?

— Je ne sais pas.

— Où sommes-nous maintenant ?

— À un niveau particulier, celui où les rêves se produisent.

J'examinai attentivement la teinte bleue. Rien ne bougeait.

— Tu es déjà venu ici ?

— Oui, avant de te trouver à côté des trois cascades, mais ce jour-là je ne savais pas pourquoi.

Pendant un moment, nous observâmes les alentours, puis Wil me demanda :

— Que t'est-il arrivé quand tu es retourné là-bas ?

Je me mis à lui décrire avec volubilité mes dernières rencontres, à commencer par les prévisions de Joël sur les catastrophes écologiques et l'effondrement de nos sociétés. Wil m'écouta attentivement, assimilant au fur et à mesure chaque aspect du tableau brossé par Joël.

— Il se faisait le porte-parole de la Peur, commenta-t-il.

Je hochai la tête.

— Tu as raison. Penses-tu que ces prédictions pessimistes vont vraiment se réaliser ? demandai-je.

— Beaucoup de gens commencent à le croire — et ça c'est dangereux. Souviens-toi de ce que nous enseigne la neuvième révélation : plus la renaissance spirituelle progressera, plus elle devra maîtriser la polarisation de la Peur.

Je croisai le regard de Wil.

— J'ai aussi rencontré une femme.

Wil écouta le récit de mon expérience avec Maya et fut particulièrement intéressé par son traitement de ma foulure.

Quand je terminai, ses yeux pensifs fixaient le lointain.

— D'après moi, Maya est la réincarnation de la fille du colon dans la vision de Williams, ajoutai-je. La femme qui essayait d'empêcher la guerre avec les Indiens.

— Peut-être sa conception de la guérison nous fournira-t-elle la clé pour affronter et vaincre la Peur, répondit Wil.

Je l'incitai à continuer.

— Oui, tout cela se tient, ajouta-t-il. Réfléchis bien. Tu es venu ici pour retrouver Charlène et tu as rencontré David : il t'a expliqué que la dixième révélation permettrait de mieux comprendre la renaissance spirituelle en cours sur cette planète, si nous découvrons notre relation avec l'Après-Vie. Selon lui, la dixième révélation nous aiderait à clarifier la nature de nos intuitions, à les conserver dans notre esprit, à voir notre chemin synchronistique de façon plus complète.

« Ensuite, tu as appris à maintenir tes intuitions et tu m'as trouvé auprès des chutes. Je t'ai alors confirmé que la conservation des intuitions et de nos images mentales fonctionnait aussi dans l'Après-Vie et que les êtres humains sont en train d'entrer en syntonie avec cette autre dimension. Peu après, nous avons tous deux vu Williams passer en revue toute sa vie et se tourmenter parce qu'il n'arrivait pas à se souvenir de quelque chose qu'il voulait faire : il devait se joindre à un groupe de gens pour essayer d'affronter cette Peur qui menace notre éveil spirituel.

« Il a dit que nous devons comprendre cette Peur et entreprendre quelque chose contre elle. Ensuite nous avons été séparés et tu es tombé sur un journaliste, Joël, qui a tenu de grands discours mais pour te communiquer quoi ? Sa vision terrifiante de l'avenir. En fait, sa peur que notre civilisation disparaisse.

« Ensuite, bien sûr, tu as rencontré une femme qui consacre sa vie à soigner les autres. Elle les aide à vaincre les blocages provoqués par la peur. Pour ce faire, elle aiguillonne leur mémoire, afin qu'ils discernent la raison pour laquelle ils sont sur cette terre. *Se souvenir* joue donc un rôle clé.

Soudain quelque chose se déplaça et attira notre attention. Un autre groupe d'âmes semblait se former à une trentaine de mètres.

– Elles sont probablement ici pour aider quelqu'un dans son rêve, dit Wil.

Je le regardai fixement.

– Elles nous aident à rêver ?

– Oui, d'une certaine façon. D'autres âmes étaient là quand tu as rêvé la nuit dernière.

– Comment sais-tu ce que j'ai rêvé ?

– Quand tu es brusquement revenu dans le monde physique, j'ai essayé de te retrouver mais je n'y suis pas parvenu. Ensuite, pendant que j'attendais, j'ai commencé à voir ton visage et cela m'a amené jusqu'ici. La dernière fois que je suis venu à cet endroit, je ne pouvais pas bien saisir le sens de ce que je voyais, mais maintenant je crois que je comprends mieux ce qui se produit quand nous rêvons.

Je secouai la tête, en signe d'incompréhension.

Il fit un geste en direction des âmes.

– Apparemment tout se passe de façon synchronistique. Ces êtres que tu vois se sont probablement trouvés ici exactement comme cela m'est arrivé auparavant, par coïncidence, et maintenant ils attendent de voir qui va rendre visite à leur corps de rêve.

À l'arrière-plan, le bourdonnement augmenta et je ne pus lui répondre. Je me sentais désorienté, la tête me tournait. Wil se rapprocha de moi et posa sa main sur mes épaules.

– Reste avec moi ! m'ordonna-t-il. Il y a certainement une raison pour laquelle nous devons voir ce que nous voyons.

Je luttais pour vider mon esprit et remarquai alors une nouvelle forme dans l'espace à côté des âmes. Au début je crus que d'autres âmes arrivaient, mais ensuite je compris qu'il s'agissait d'un panorama beaucoup plus vaste qu'auparavant : un tableau énorme se projetait devant nous, comme un hologramme, avec des personnages, un décor et des dialogues. Un individu occupait le centre de l'action, un homme dont la silhouette me parut vaguement familière. Après m'être concentré pendant quelques instants, je reconnus Joël.

Comme dans un film, nous observions le déroulement d'une scène. Je m'efforçais de la suivre, mais mon esprit était encore très brumeux ; je ne pouvais pas comprendre vraiment bien ce qui se déroulait. L'épisode progressait, les âmes se rapprochaient du journaliste, les dialogues devenaient plus intenses. Au bout de quelques minutes, la séquence parut se terminer et tous les personnages disparurent.

– Que s'est-il passé ? demandai-je.

– L'homme au centre de la scène rêvait, m'expliqua Wil.

– J'ai reconnu Joël, l'homme dont je t'ai parlé, répondis-je.

Surpris, Wil se tourna vers moi et me demanda :

– Tu en es sûr ?

– Oui.

– As-tu compris ce qu'il rêvait ?

– Non, pas du tout. Et toi ?

– Il a rêvé d'une guerre, je crois. Il cherchait à s'enfuir d'une ville ravagée par les bombes qui explosaient tout autour de lui. Il courait comme un fou, ne pensant qu'à sauver sa peau. Quand il a réussi à échapper à cette scène d'horreur, il est monté au sommet d'une montagne pour regarder la ville. Il s'est alors souvenu qu'il avait reçu l'ordre de rejoindre un groupe de soldats et de leur remettre un nouveau dispositif qui rendrait les armes de l'ennemi inopérantes. Avec épouvante il a alors compris que les soldats et la ville avaient été systématiquement détruits sous ses yeux parce qu'il n'avait pas accompli sa mission.

– Un vrai cauchemar ! commentai-je.

– Oui, mais il a un sens. Quand nous rêvons, nous voyageons inconsciemment jusqu'à la dimension du sommeil. D'autres âmes arrivent pour nous aider. N'oublie pas la fonction des rêves : ils clarifient pour nous la façon d'affronter des situations quotidiennes. La septième révélation nous enseigne à interpréter les rêves, en confrontant nos images nocturnes à notre vie réelle.

Je me tournai vers Wil et le regardai.

– Mais quel rôle jouent les âmes ?

Dès que j'eus posé cette question, nous commençâmes de nouveau à nous déplacer. Wil gardait sa main posée sur mes épaules. Quand nous nous arrêtâmes, la lumière qui nous entourait vira au vert, un vert très vif, mais je pus observer de superbes vagues ambrées qui circulaient autour de nous. Quand je me concentrai très fort, les formes ambrées devinrent des âmes.

Je jetai un œil à Wil : un grand sourire illuminait son visage. L'atmosphère de ce lieu semblait empreinte de fête et de joie. Tandis que j'observais les âmes, plusieurs se placèrent juste devant nous et formèrent un groupe serré. Leurs visages rayonnaient mais il m'était difficile de me concentrer sur elles plus de quelques secondes.

– Elles débordent d'amour, dis-je.

– Essaie de capter un peu de leur savoir, me conseilla Wil.

Je me concentrai intensément sur elles et compris que ces âmes étaient en relation avec Maya. En fait, elles se réjouissaient de ses récentes découvertes à propos d'elle-même, surtout parce qu'elle avait compris comment son père et sa mère avaient conditionné sa destinée. Elles semblaient savoir que Maya avait fait un bilan de vie, selon les enseignements de la sixième révélation, et allait très bientôt se souvenir du sens de sa naissance.

Je me tournai vers Wil. Il m'informa que lui aussi apercevait les mêmes images.

À ce moment, le bourdonnement s'amplifia de nouveau ; mon estomac se serra. Wil me saisit par les épaules. Quand le bruit cessa, ma vibration diminua brutalement d'intensité ; j'attachai mon regard sur le groupe d'âmes, tentant de m'ouvrir à leur énergie et de m'y connecter pour essayer de stimuler la mienne. À mon grand étonnement, elles devinrent brusquement floues et s'éloignèrent de moi pour se placer deux fois plus loin.

– Que s'est-il passé ? demandai-je.

– Tu as essayé de te relier à elles pour augmenter ton énergie, déclara Wil, au lieu de plonger à l'intérieur de toi-même et de te brancher directement sur la source divine. J'ai commis la même erreur que toi, une fois. Ces âmes ne te laisseront pas les confondre avec la source d'énergie divine. Elles savent qu'une telle méprise ne t'aiderait pas dans ton développement personnel.

Je me concentrai à l'intérieur de moi et récupérai mon niveau d'énergie antérieur.

– Comment pouvons-nous les faire revenir ? demandai-je.

À peine eus-je prononcé ces mots qu'elles revinrent à leur ancienne place.

Wil et moi échangeâmes un regard, puis il commença à fixer intensément le groupe d'âmes. Une expression de surprise se peignit sur son visage.

– Que vois-tu ? demandai-je.

Il fit un signe de tête dans leur direction sans cesser de les considérer, et je me concentrai également sur elles, en essayant de nouveau de capter leur savoir. Au bout de quelques minutes, je commençai à voir Maya. Elle baignait dans un décor vert. Ses traits semblaient légèrement différents et brillaient avec éclat, mais j'étais absolument certain qu'il s'agissait d'elle. Tandis que je me concentrais sur son visage, une image holographique apparut devant nous – une image de Maya pendant l'une des guerres contre les Indiens au XIXe siècle. Elle se tenait dans une cabane en rondins avec plusieurs autres personnes et parlait avec ferveur de la possibilité d'arrêter le conflit.

Il lui semblait relativement aisé d'accomplir un tel exploit : il suffisait de se rappeler comment acquérir l'énergie nécessaire. Il fallait que les personnes appropriées se réunissent dans ce but. Un jeune homme, richement habillé, l'écoutait attentivement. Je m'aperçus qu'il s'agissait de l'homme de haute taille qui avait été tué avec elle par la suite. La vision passa en accéléré puis s'arrêta à sa tentative manquée de parler aux chefs militaires, puis à la colline où elle et son compagnon avaient été tués.

Après sa mort, elle se réveilla dans l'Après-Vie et passa en revue toute son existence. Elle était consternée de constater son propre entêtement et sa naïveté. Elle savait qu'elle avait eu tort à propos de la guerre : ce n'était pas encore le moment de l'arrêter. À l'époque, les êtres humains ne se souvenaient pas suffisamment des connaissances léguées par l'Après-Vie pour accomplir cet exploit. Pas encore.

Après que Maya eut passé sa vie en revue, nous la vîmes rejoindre le décor vert, tandis que le même groupe d'âmes, qui se trouvait maintenant devant nous, l'entourait. Curieusement leurs visages semblaient avoir tous la même expression : malgré leurs propres traits, tous ressemblaient à Maya.

Je jetai un regard interrogateur à Wil.

– C'est le *groupe d'âmes* de Maya, affirma-t-il.

– Que veux-tu dire ?

– C'est un groupe d'âmes avec lesquelles elle résonne étroitement, expliqua-t-il sur un ton véhément. Cela semble logique. Durant l'un des voyages que j'ai faits avant de te trouver, j'ai rencontré un autre groupe qui, d'une certaine façon, *te* ressemblait. Il s'agissait sans doute de *ton* groupe d'âmes.

Avant que je puisse lui répondre, un mouvement se produisit dans le cercle d'âmes devant nous. De nouveau une image de Maya émergea. Encore entourée par son groupe dans un décor vert, elle semblait se tenir tranquillement debout devant une lumière blanche et intense, semblable à celle qui entourait Williams pendant sa Revue de Vie. Elle avait conscience d'assister à un événement très important. Sa capacité de se déplacer dans l'Après-Vie avait diminué et son attention se tournait de nouveau vers la Terre. Elle pouvait voir sa future mère, après son second mariage, assise dans une balançoire sous un porche, se demandant si sa santé résisterait à une nouvelle grossesse.

Maya commençait à comprendre le progrès qu'elle réaliserait en naissant dans le ventre de cette femme. Celle-ci éprouvait de fortes craintes pour sa santé et cela engendrerait chez sa fille un vif intérêt pour ces questions. Ce foyer stimulerait son intérêt pour la médecine et les techniques de guérison ; si Maya grandissait aux côtés de cette femme, elle n'accumulerait pas des connaissances pour le plaisir, elle n'inventerait pas de belles théories pour satisfaire son ego, mais les testerait et les confronterait aux défis de la vie réelle. Maya se savait de caractère un peu irréaliste et fantasque, et son impétuosité lui avait déjà coûté cher. Cela ne se reproduirait plus, grâce à la mémoire inconsciente des événements qui s'étaient déroulés au XIXᵉ siècle et qui lui commandaient la prudence. Non, elle avancerait lentement, serait plus solitaire, et la compagnie de cette mère serait bénéfique.

Wil intercepta mon regard.

– Nous sommes en train de voir ce qui s'est passé quand elle a commencé à examiner sa future vie actuelle, expliqua-t-il.

Maya imaginait maintenant comment sa relation avec sa mère se développerait. Dès l'enfance, elle serait exposée à la négativité de cette femme, à ses peurs, à sa tendance à critiquer les médecins. Cela l'inciterait à s'intéresser à la relation entre l'esprit et le corps ainsi qu'à la responsabilité du patient dans sa propre guérison. Elle transmettrait ces informations à sa mère, qui s'impliquerait alors dans son propre rétablissement et serait son premier patient. Par la suite elle deviendrait un supporter

clé, un témoignage vivant des bienfaits de la nouvelle médecine.

Maya se concentra ensuite sur son futur père, assis à côté
de la femme sur la balançoire. De temps en temps cette dernière
posait une question et il répondait par une très courte phrase. Il
aspirait surtout à rester assis, à contempler le vide et à ne pas
parler. Son cerveau bouillonnait sous la pression de ses idées. Il
entrevoyait de nouvelles possibilités de recherche et songeait
aux questions inédites qu'il allait poser – en particulier sur la
relation entre l'inspiration spirituelle et le système immunitaire.
Maya voyait les avantages de l'attitude distante adoptée par son
père. Grâce à lui, elle pourrait maîtriser sa propre tendance à se
leurrer ; dès l'enfance, elle devrait penser par elle-même et
devenir réaliste. Elle et son père finiraient par discuter de questions scientifiques : plus expansif, il lui communiquerait des
informations techniques enrichissantes qui donneraient un fondement solide à ses nouvelles méthodes de soins.

Sa naissance auprès de tels parents aurait également des
avantages pour eux. Ses parents stimuleraient dès l'enfance son
intérêt pour les méthodes de guérison, tandis qu'elle les pousserait dans une direction prédestinée : sa mère accepterait
d'avoir une attitude active face à la maladie, son père combat-
trait sa tendance à fuir les autres et à ne vivre que dans son petit
monde personnel.

Sa vision fit un saut dans le temps et s'immobilisa sur le
déroulement de sa jeunesse. Sur son chemin elle croiserait de
nombreuses personnes qui chacune, à un moment adéquat, sur
un sujet précis, féconderait son apprentissage et son expérience.
À la faculté de médecine elle rencontrerait exactement les patients et les praticiens qui l'aideraient à développer sa conception d'une pratique médicale alternative.

Maya vit ensuite sa rencontre avec son associé, comment
ils ouvraient une clinique ensemble et définissaient un nouveau
modèle de guérison. Ensuite sa vision lui révéla qu'elle partici-
perait à un réveil spirituel. Sous nos yeux, elle découvrit les
neuf révélations puis rencontra un groupe de réflexion, l'un de
ces nombreux groupes qui allaient commencer à graviter autour

du monde entier. Les membres de ces groupes se rappelleraient qui ils étaient dans l'autre dimension et contribueraient à vaincre la polarisation de la Peur.

Elle se vit soudain en train d'avoir des entretiens importants avec un homme grand, athlétique, intelligent et portant un vêtement militaire. Surpris, je me rendis compte qu'elle le connaissait déjà : c'était l'homme en compagnie duquel elle avait été assassinée au XIXe siècle. Je me concentrai intensément sur lui et reçus un autre choc. Je l'avais également aperçu dans la Revue de Vie de Williams, car il s'agissait du collègue de travail qu'il n'avait pas réussi à aider.

Ensuite, sa vision s'éleva à un niveau qui dépassait mes capacités de compréhension, et son corps fusionna avec la lumière aveuglante qui se trouvait derrière lui. Sa vision personnelle de sa future existence participait apparemment d'une vision plus large qui englobait toute l'histoire et l'avenir de l'humanité. Elle semblait voir sa vie future dans une perspective ultime, clairement située à l'intérieur de l'évolution globale de l'humanité, intégrant son passé comme son futur. Je sentais tout cela mais n'arrivais pas à distinguer les images.

La vision de Maya prit fin et elle réapparut dans le décor vert, entourée de son groupe d'âmes. Maintenant elles regardaient une scène se déroulant sur terre. Apparemment, ses futurs parents avaient décidé d'avoir un enfant et allaient faire l'acte d'amour qui assurerait sa conception.

L'énergie du groupe d'âmes de Maya avait augmenté et il paraissait maintenant enveloppé d'un tourbillon blanchâtre et ambré, qui tirait son intensité de la lumière brillante à l'arrière-plan. Je pouvais sentir moi-même l'énergie, au plus profond de moi, ainsi qu'un amour et une vibration presque aussi puissants que la jouissance sexuelle. Sur terre, le couple était étroitement enlacé, et au moment de l'orgasme, une onde d'énergie d'un vert blanchâtre surgit de la lumière, traversa Maya ainsi que son groupe d'âmes et pénétra dans le couple. Cette énergie orgasmique parcourut leur corps, permettant l'union du spermatozoïde et de l'ovule qui allait inéluctablement mener à la création d'un nouvel être humain.

Nous pûmes observer le moment de la conception et la fusion miraculeuse des deux cellules en une seule. Lentement d'abord, puis plus rapidement, les noyaux se divisèrent et se différencièrent, formant finalement un embryon. À chaque fois qu'une cellule se divisait, l'image de Maya devenait plus floue. Finalement quand le fœtus se développa, elle disparut complètement. Il ne resta plus que son groupe d'âmes.

J'aurais pu capter encore d'autres données, mais ma concentration diminua considérablement. Soudain le groupe d'âmes disparut et je me retrouvai seul avec Wil. Nous nous dévisageâmes avec étonnement. Il semblait très exalté.

– À quoi avons-nous assisté ? demandai-je.

– À toute l'évolution de Maya, de sa naissance jusqu'à sa vie actuelle, qui était contenue dans la mémoire de son groupe d'âmes, répondit Wil. Nous sommes remontés dans le temps et avons appris comment elle connaissait dès le départ ses futurs parents, ce qu'elle pensait pouvoir accomplir, et même la façon concrète dont elle a été projetée dans la dimension physique au moment de sa conception.

D'un signe de tête, j'incitai Wil à continuer.

– L'acte sexuel ouvre un portail qui permet de passer de l'Après-Vie dans la dimension terrestre. Les groupes d'âmes vivent dans un état d'amour intense, d'une intensité orgasmique, qui dépasse ce que toi et moi pouvons connaître. L'apogée de l'acte sexuel donne un aperçu de l'Après-Vie, mais il ne dévoile qu'une faible partie de la vibration et de l'amour qui existent dans cette dimension ; en effet, à ce moment, le portail est ouvert et l'énergie se précipite, amenant avec elle une nouvelle âme. Nous avons vu comment cela se passe. L'union sexuelle représente un moment sacré durant lequel une partie du Ciel s'écoule vers la Terre.

J'approuvai en silence, réfléchissant aux implications de ce qu'il venait de dire, puis je déclarai :

– Maya semblait savoir quelle tournure prendrait sa vie si elle naissait de ces parents-là.

– Oui, apparemment, avant que nous naissions, chacun de nous a une vision de ce que sa vie peut être, de ce que seront ses parents, ses mécanismes de domination, et même de la façon dont il pourra dépasser ces scénarios préétablis avec ses parents et se préparer à ce qu'il veut accomplir.

— J'ai compris la plupart de ces séquences, mais tout de même cela m'a semblé bizarre. D'après le récit de Maya, sa vie réelle a été bien différente. Sa mère ne l'a jamais comprise et n'a jamais su faire face à sa maladie ; quant à son père, il était si distant qu'elle n'a découvert le contenu de ses recherches qu'après sa mort.

— Mais c'est normal, dit Wil. La vision offre apparemment un schéma directeur idéal de ce que notre moi supérieur entend accomplir durant sa vie, le scénario le plus optimiste, en quelque sorte, si nous suivons parfaitement nos intuitions. Ce qui se passe dans la vie constitue une approximation de cette vision, la meilleure que chacun d'entre nous peut réaliser dans les circonstances actuelles. Mais ce que vient de nous apprendre la dixième révélation sur l'Après-Vie éclaire notre expérience spirituelle sur terre, en particulier la perception des coïncidences et la façon dont fonctionne la synchronicité.

« Lorsqu'une intuition ou un rêve nous indique une direction à suivre et que nous nous y conformons, certains événements se produisent et nous apparaissent comme des coïncidences magiques. Nous nous sentons plus vivants et enthousiastes. Les événements semblent fixés par le destin, comme s'ils devaient se produire.

« Ce que nous venons de voir place tout cela dans une perspective plus vaste. Nos intuitions, nos images mentales d'un avenir possible proviennent en fait de notre Vision de Naissance, de ce que nous voulions faire de notre vie à cette étape précise de notre voyage. Cela ne se réalisera peut-être pas, car chacun d'entre nous a son libre arbitre ; mais lorsque nous agissons conformément à notre vision originelle, nous nous sentons inspirés ; nous sommes persuadés d'être sur le chemin de la destinée que nous avions l'intention de suivre fidèlement.

— Mais quel rôle joue notre groupe d'âmes ?

— Nous sommes reliés à elles. Elles nous connaissent, partagent notre Vision de Naissance et nous accompagnent durant toute notre vie. Ensuite, dans l'autre dimension, elles restent à nos côtés quand nous revoyons notre existence. Elles agissent comme un réservoir qui contient nos souvenirs, qui conserve les informations sur les différentes étapes de notre évolution.

Il marqua une pause et me regarda droit dans les yeux.

– Et apparemment, quand nous sommes dans l'Après-Vie et que l'une d'entre elles retourne à la dimension matérielle, nous rejoignons le groupe d'âmes qui la soutient et acquérons le même pouvoir qu'elles.

– Alors, lorsque nous sommes sur terre, notre groupe d'âmes nous transmet des intuitions et nous oriente ?

– Non, pas du tout, les intuitions et les rêves nous sont propres et proviennent de notre connexion spirituelle intérieure avec le divin. Les groupes d'âmes nous envoient seulement de l'énergie supplémentaire et élèvent notre esprit d'une façon spéciale que je n'ai pas encore réussi à discerner. Lorsque nous nous élevons de cette façon, nous pouvons plus aisément nous rappeler ce que nous savions déjà.

J'étais fasciné par les éclaircissements de Wil.

– Alors cela explique le sens de mon rêve et celui de Joël ?

– Oui. Quand nous rêvons, nous rejoignons notre groupe d'âmes, et cela nous remet en mémoire notre objectif à ce moment précis de notre vie. Nous recevons des aperçus sur notre but existentiel originel. Ensuite quand nous nous réveillons, nous conservons ce souvenir, bien que parfois sous forme symbolique. Dans ton cas, parce que tu es plus ouvert à la spiritualité, tu as retenu de façon littérale les informations fournies par ton rêve.

« Joël, lui, était moins ouvert à la spiritualité ; son rêve a revêtu une forme plus embrouillée. Son souvenir était confus et sa conscience a reçu un message symbolique à propos d'une guerre. Il n'a compris que l'idée générale de sa Vision de Naissance : il devait rester pour aider à résoudre un problème dans la vallée, et s'il s'enfuyait il le regretterait.

– Alors les groupes d'âmes nous envoient toujours de l'énergie, dis-je, et espèrent que nous nous rappellerons notre Vision de Naissance ?

– Oui.

– Et pourquoi donc le groupe d'âmes de Maya se réjouis-sait-il tant ?

Le visage de Wil devint plus grave.

– Il se réjouissait parce que Maya voyait clairement pour-quoi elle était née de ces parents précis et comment les expé-riences de son enfance l'avaient préparée à consacrer sa carrière à soigner les autres, à les aider à se guérir eux-mêmes. Mais… ce n'était que la première partie de sa Vision de Naissance. Elle doit encore se souvenir d'autres éléments.

« J'étais présent lorsqu'elle a de nouveau rencontré l'homme en compagnie duquel elle avait été tuée au XIXe siècle. Mais il y a d'autres informations que je n'ai pas pu comprendre. Et toi ?

– Tout n'était pas très clair. La vision évoquait la Peur qui se développe actuellement. Elle confirmait que Maya faisait partie du groupe de sept personnes que Williams a vu revenir sur terre. Ce groupe possédait une vision plus vaste, sous-jacente à nos objectifs de vie, dont nous aurons besoin pour chasser la Peur.

Wil et moi nous nous regardâmes pendant un long moment, puis je ressentis une nouvelle vibration qui provenait de mon expérience précédente. L'image d'une rencontre entre un homme de haute taille et Maya me vint à l'esprit. Elle avait également vu cette même scène. Qui était cet homme ?

J'allais mentionner cette image à Wil quand le souffle me manqua. Une douleur insupportable me traversa l'estomac. En même temps un hurlement strident me fit reculer ; comme la première fois je tendis le bras vers Wil et je vis son visage deve-nir flou. Je luttai pour continuer à voir ce qui se passait, puis je perdis complètement l'équilibre et tombai de nouveau en chute libre.

Chapitre 5

S'OUVRIR À LA CONNAISSANCE

« Nom d'une pipe ! pensai-je, étendu de tout mon long sur le rocher dont les aspérités me rabotaient le dos, je suis revenu auprès de la rivière. »

Pendant un long moment j'observai fixement le ciel gris ainsi que ses gros nuages annonciateurs de pluie et j'écoutai l'eau couler non loin de moi. Je me dressai sur un coude et regardai aux alentours, éprouvant une sensation de lourdeur et de fatigue, exactement comme la fois précédente, lorsque j'avais quitté l'autre dimension.

Je me relevai maladroitement ; une légère douleur traversa ma cheville et je retournai en boitillant dans la forêt. Je sortis mon sac de sa cachette et me préparai un petit déjeuner ; je me mouvais très lentement et ne pensais à rien. Mon cerveau demeurait étonnamment vide, comme après une longue méditation. Puis j'essayai d'accroître peu à peu mon énergie, inspirant profondément plusieurs fois et bloquant ma respiration. Soudain j'entendis de nouveau le bourdonnement et une nouvelle image me vint à l'esprit. Je marchai vers l'est, dans la direction du bruit, cherchant à en identifier l'origine.

Terrifié, j'avais envie de m'enfuir à toutes jambes. Mais le bourdonnement cessa aussitôt après et j'entendis un froissement de feuilles derrière moi. Je me retournai tout à coup : Maya venait à ma rencontre.

– Surgissez-vous toujours au bon moment ? m'étonnai-je.

– Qu'est-ce que vous racontez ? Vous êtes fou ! Cela fait un bout de temps que je vous cherche. Où étiez-vous passé ?

– En bas, à côté de la rivière.

– Impossible, je ne vous ai pas vu. (Elle me dévisagea une seconde puis jeta un coup d'œil à mon pied.) Comment va votre cheville ?

J'essayai de sourire.

– Bien. Écoutez, il faut que je vous parle.

– Moi aussi, j'ai une information à vous communiquer. Il se passe quelque chose de très bizarre. L'un des gardes forestiers m'a vue rentrer en ville, hier soir, et je lui ai parlé de votre accident. Il semblait ne pas vouloir que cela s'ébruite et a insisté pour envoyer une camionnette vous chercher ce matin. Je lui ai indiqué où vous campiez, et il m'a fait promettre que je l'accompagnerais ce matin. Comme j'ai trouvé son attitude très suspecte, je suis partie avant lui ; mais il va probablement arriver ici d'une minute à l'autre.

– Alors nous devons décamper tout de suite, dis-je en me précipitant sur mes affaires pour les emballer.

– Attendez ! Expliquez-moi ce qui se passe, me demanda-t-elle d'un air inquiet.

Je m'arrêtai et lui fis face.

– Quelqu'un – je ne sais pas qui – mène des expériences dans cette vallée. Je pense que mon amie Charlène est impliquée dans cette affaire, d'une façon ou d'une autre, ou qu'elle est en danger. Au moins l'un des responsables de l'Office des Eaux et Forêts a dû autoriser cette opération.

Elle écarquilla les yeux, essayant de digérer ces nouvelles.

Je ramassai mon sac à dos et lui pris la main.

– S'il vous plaît, Maya, accompagnez-moi pendant quelques minutes, j'ai encore beaucoup d'autres choses à vous dire.

Elle hocha la tête et attrapa son sac. Tandis que nous marchions vers l'est, le long de la rivière, je lui racontai toute l'histoire, depuis ma rencontre avec David et Wil, jusqu'à la Revue de Vie de Williams et ma discussion avec Joël. Avant de lui parler de sa Vision de Naissance, je m'arrêtai pour m'asseoir sur un petit monticule rocheux. Elle s'accroupit, puis s'appuya contre un arbre à ma droite.

– Vous êtes impliquée dans cette affaire, vous aussi, dis-je. Il est évident que vous connaissez déjà l'un de vos objectifs de vie : introduire sur cette terre des techniques de soins alternatives, mais vous en avez un autre. Vous êtes censée faire partie du groupe de sept personnes que Williams a vu se réunir.

– Comment le savez-vous ?

– Wil et moi avons assisté à votre Vision de Naissance.

Elle secoua la tête et ferma les yeux.

– Maya, nous venons tous sur terre avec une vision de notre vie future et de nos buts existentiels. Les intuitions, les rêves et les coïncidences ont tous pour fonction de nous maintenir sur le bon chemin, de nous rappeler l'orientation que nous désirions donner à notre vie.

– Que voulais-je faire d'autre ?

– Je ne sais pas exactement ; je n'ai pas réussi à comprendre. Mais cela avait un rapport avec cette Peur collective dont les hommes prennent de plus en plus conscience. Les expériences qui sont menées dans cette vallée sont provoquées par cette Peur... Maya, vous vouliez utiliser ce que vous aviez appris sur la guérison pour contribuer à mettre fin aux expériences dangereuses qui sont menées dans cette vallée. Vous devez vous en souvenir !

Elle se dressa comme un ressort et détourna les yeux.

– Ah non ! Vous n'avez pas le droit de me mettre ce genre de responsabilité sur le dos ! Je ne me rappelle rien de tout cela. Je fais exactement ce que je dois faire en exerçant la médecine. Vous cherchez à me manipuler, je n'aime pas du tout ça, vous entendez ! Maintenant que j'ai finalement réussi à monter ma clinique exactement comme je le souhaitais, vous ne pouvez pas me demander de m'engager dans cette affaire. Vous vous trompez de personne !

Je la regardai, essayant de trouver d'autres arguments. J'entendis de nouveau le bourdonnement.

– Pouvez-vous percevoir ce bruit, Maya, un son discordant dans l'air ? C'est un bourdonnement, produit par les expériences dont je vous ai parlé. Essayez de l'entendre, là maintenant !

Elle tendit l'oreille pendant un moment puis déclara :

– Je n'entends rien.

Je lui saisis le bras.

– Essayez d'élever votre énergie !

Elle se dégagea.

– Je n'entends aucun bourdonnement !

J'inspirai profondément.

– D'accord, je suis désolé. Je fais peut-être fausse route. Peut-être les choses ne sont-elles pas censées se passer de cette façon.

Elle me regarda pendant quelques instants.

– Je connais quelqu'un au bureau du shérif. Je vais essayer de le joindre. C'est tout ce que je peux faire.

– Je ne sais pas si cela sera très utile, dis-je. Apparemment la plupart des gens ne peuvent pas entendre ce bruit.

– Voulez-vous que je l'appelle ?

– Oui, mais conseillez-lui de mener l'enquête discrètement, sans en parler à personne, et de se méfier des gardes forestiers.

Je ramassai à nouveau mon sac à dos.

– J'espère que vous me comprenez, s'excusa-t-elle. Je ne peux pas me mêler à cette histoire. J'ai l'impression que quelque chose d'horrible pourrait se produire.

– Mais c'est uniquement à cause de l'échec de votre intervention au XIXe siècle, ici, dans cette vallée. Avez-vous le moindre souvenir à ce propos ?

Elle ferma les yeux et semblait ne plus vouloir m'écouter.

Je me vis soudain en vêtements de daim, escaladant en courant une colline et traînant derrière moi une mule. Je connaissais cette image. Le montagnard, c'était moi. La vision continua : je parvenais au sommet de la colline puis m'arrêtais pour regarder derrière moi. De mon point d'observation je pouvais distinguer les trois cascades et la gorge de l'autre côté. J'aperçus Maya, l'Indien et le jeune assistant parlementaire. Comme dans la vision antérieure, la bataille ne faisait que commencer. Une vague d'angoisse me submergea. Je tirai sur la bride de mon cheval et continuai à marcher, incapable de les aider à échapper à leur destin.

Je chassai ces images de mon esprit.

– Bon, dis-je en renonçant. Je sais ce que vous éprouvez.

Maya s'approcha de moi.

– Je vous ai apporté de l'eau et de la nourriture. Qu'avez-vous l'intention de faire maintenant ?

– Je vais continuer vers l'est… pendant un moment. Je sais que Charlène allait dans cette direction.

Elle regarda mon pied.

– Êtes-vous sûr que votre cheville tiendra le coup ?

– Je ne vous ai pas remerciée pour ce que vous avez fait. Quant à ma cheville, tout ira bien, je crois, je ne ressens qu'une petite douleur. Je suppose que je ne connaîtrai jamais la gravité réelle de cette foulure.

– Quand les choses se passent de cette façon, on ne le sait jamais.

J'approuvai de la tête, mis mon sac sur mes épaules et pris la direction de l'est. Je me retournai vers Maya pour la saluer une dernière fois. Elle eut un air coupable pendant un instant, puis une expression de soulagement se peignit sur son visage.

Je marchais en direction du bourdonnement, sur la rive gauche de la rivière, et m'arrêtais de temps en temps pour reposer mon pied. Vers midi le bruit cessa, aussi en profitai-je pour faire une pause déjeuner et examiner la situation. Comme ma cheville était légèrement enflée, je me reposai pendant une heure et demie avant de repartir. Après avoir parcouru presque deux kilomètres supplémentaires, la fatigue m'envahit et je m'arrêtai de nouveau. Vers le milieu de l'après-midi, je cherchai un emplacement pour camper.

J'avais avancé au milieu de la forêt qui s'étendait à droite de la rivière, mais devant moi je voyais une série de coteaux et de vallons couverts d'arbres au moins tricentenaires. À travers une brèche au milieu des branches, j'aperçus une crête plus haute qui s'élevait vers le sud-est, peut-être à un kilomètre et demi.

Je repérai un petit monticule herbeux près du sommet de la première colline – un emplacement parfait pour y passer la nuit. Tandis que je m'approchais, je perçus un mouvement dans les arbres. Je me glissai derrière un rocher et observai. Était-ce un animal ou un homme ? J'attendis pendant plusieurs minutes, puis m'éloignai prudemment vers le nord. Tandis que j'avançais à pas lents, je vis un homme de haute taille, à une centaine de mètres au sud du monticule que j'avais aperçu auparavant. Il semblait en train de s'installer. Tantôt accroupi, tantôt se déplaçant sans bruit, il montait adroitement une tente qu'il camoufla avec des branches. Un instant je crus qu'il s'agissait de David mais ses gestes et sa taille étaient différents. Puis il disparut de ma vue.

J'attendis quelques minutes puis décidai de continuer vers le nord afin de ne pas être repéré. Je marchais depuis cinq minutes lorsque l'inconnu surgit tout à coup devant moi.

– Qui êtes-vous ? me demanda-t-il.

Je me présentai et, décidant de lui faire confiance, je lui racontai que je cherchais une amie.

– Cet endroit est dangereux, déclara-t-il. Je vous conseille de faire demi-tour. Il s'agit d'une propriété privée.

– Et *vous*, pourquoi êtes-vous ici ? demandai-je.

Il m'observa attentivement mais ne me répondit pas.

Je me souvins alors de ce que m'avait dit David.

– Vous ne seriez pas Curtis Webber, par hasard ? lui demandai-je.

Il me dévisagea encore un instant puis brusquement me sourit.

– Vous connaissez David Lone Eagle !

– Je n'ai parlé que quelques instants avec lui, mais il m'a dit que je vous rencontrerais dans le coin. Il doit se balader, lui aussi, dans la vallée et se débrouillera pour vous retrouver.

Curtis hocha la tête et regarda en direction de sa tente.

– La nuit va bientôt tomber et personne ne doit nous voir. Rejoignons mon campement. Vous pourrez y dormir ce soir.

Je le suivis, et nous descendîmes le coteau puis remontâmes jusqu'à une zone densément boisée. Pendant que je plantais ma tente, il alluma son réchaud pour faire du café et ouvrit une boîte de thon. Je lui offris le pain que Maya m'avait apporté.

– Vous m'avez dit que vous cherchiez quelqu'un, me demanda Curtis. De qui s'agit-il ?

Je lui racontai brièvement la disparition de Charlène et l'informai que David l'avait vue pénétrer dans la vallée et que quelqu'un l'avait vue prendre cette direction. Je ne mentionnai pas ce qui s'était passé dans l'autre dimension mais lui parlai du bourdonnement et des mystérieuses Jeeps que j'avais vues.

– Le bourdonnement, répondit-il, provient d'une sorte de centrale électrique ; pour une raison inconnue, quelqu'un procède à des expériences dans les parages. Je n'en sais guère plus. J'ignore si ces expériences sont menées en secret par une agence gouvernementale ou un groupe privé. La plupart des gardes forestiers semblent tout ignorer de cette affaire, mais un ou plusieurs responsables du parc national sont peut-être au courant.

– Avez-vous contacté les médias ou les autorités locales à ce propos ?

– Pas encore. Le fait que la plupart des personnes n'entendent pas le bruit pose un sacré problème. (Il regarda la vallée.) Si je savais à quel endroit ils se trouvent ! Entre les terrains privés et ceux de l'État il y a des milliers d'hectares à explorer. Je pense qu'ils veulent mener leurs expériences discrètement et s'en aller avant que quiconque découvre de quoi il s'agit. À condition qu'ils réussissent à éviter une catastrophe.

– Que voulez-vous dire ?

– Ils peuvent complètement détruire cet endroit, le transformer en un zone nébuleuse, une sorte de Triangle des Bermudes où les lois de la physique changent constamment de façon imprévisible. (Il me regarda droit dans les yeux.) Les scientifiques arrivent à faire maintenant des choses incroyables. La plupart des gens n'ont aucune idée de la complexité des phénomènes électromagnétiques. Dans les dernières théories sur les réactions en chaîne, par exemple, on doit admettre que la radiation provient de neuf dimensions si l'on veut que les raisonnements mathématiques fonctionnent. Cette invention a la capacité de perturber le fonctionnement de ces dimensions. Elle peut provoquer d'énormes tremblements de terre ou même la désintégration complète de certaines régions.

– Comment le savez-vous ? demandai-je.

Son visage s'assombrit.

– Dans les années 1980, j'ai contribué à développer une partie de cette technologie. Je travaillais pour une multinationale, Deltech. Il s'agissait d'ailleurs d'un nom bidon, comme je le découvris après mon licenciement. Avez-vous entendu parler de Nicolas Tesla ? Eh bien, nous avons approfondi nombre de ses théories et fait le lien entre certaines de ses découvertes et d'autres technologies qu'explorait la société. Curieusement, ce procédé fait appel à plusieurs éléments hétérogènes, mais cela ne l'empêche pas de fonctionner. Le champ électromagnétique de la Terre est une sorte de batterie géante qui fournit énormément d'énergie électrique si vous réussissez à vous y connecter. Pour y parvenir il faut combiner trois éléments : une température ambiante, un générateur superconducteur et un inhibiteur électronique à rétroaction très compliqué qui augmente mathématiquement certaines résonances statiques de sortie. Ensuite vous reliez plusieurs générateurs entre eux, de façon à produire la charge et à l'amplifier, et avec les calibrages exacts, vous extrayez de l'espace environnant une énergie presque gratuite. Pour commencer, vous avez besoin d'une petite quantité de puissance, d'une cellule photo-électrique ou d'une batterie, et ensuite elle s'autoalimente. Un appareil de la taille d'une pompe à chaleur peut faire alimenter plusieurs maisons, voire une petite usine.

« À l'époque nous nous sommes heurtés cependant à deux problèmes importants. D'abord, l'étalonnage de ces minigénérateurs constituait une opération incroyablement compliquée. Même en disposant des ordinateurs les plus puissants sur le marché, nous n'y arrivions pas. Ensuite nous découvrîmes que, lorsque nous tentions d'augmenter la production au-delà d'une quantité relativement faible, comme le déplacement de la masse s'accroissait, l'espace autour du générateur devenait très instable et commençait à se fausser. Nous ne le savions pas à cette époque mais, en fait, nous nous étions branchés sur l'énergie d'une autre dimension, ce qui provoquait des phénomènes étranges. Un jour, nous avons fait disparaître le générateur entier, exactement comme cela s'est passé au cours de l'expérience de Philadelphie.

— Vous pensez qu'en 1943 ils ont vraiment fait disparaître un bateau et l'ont fait réapparaître à un autre endroit ?

— Bien sûr ! Il existe beaucoup de technologies secrètes, et leurs inventeurs sont rusés. Dans notre cas, ils ont réussi à dissoudre notre équipe et à tous nous licencier en moins d'un mois sans qu'aucune information ne filtre à l'extérieur parce que chaque équipe travaillait sur un élément isolé de la recherche. À l'époque je ne me suis pas posé de questions ni révolté. Mes chefs m'ont expliqué que les obstacles étaient trop importants pour que les investigations continuent et que nous étions arrivés à une impasse. J'ai avalé leurs bobards, mais j'ai appris plus tard que plusieurs chercheurs avaient été réembauchés par une autre société.

Il réfléchit un moment, puis continua :

— De toute façon je voulais faire autre chose. Je suis maintenant consultant pour de petites sociétés de novotique ; je les aide à améliorer les expérimentations, l'utilisation des ressources, le recyclage des déchets, ce genre de choses. Et plus je travaille avec ces entreprises, plus je suis convaincu que les neuf révélations ont un impact sur l'économie. Nous sommes en train de bouleverser complètement les méthodes de gestion. Mais je m'imaginais travailler encore longtemps avec les sources traditionnelles d'énergie. Depuis des années je ne m'intéressais plus aux expériences auxquelles j'avais participé auparavant. J'ai déménagé récemment dans cette région et vous pouvez imaginer ma stupéfaction quand je suis venu me promener dans cette vallée et que j'ai perçu le même bruit — ce bourdonnement si caractéristique — que j'avais entendu quotidiennement pendant des années alors que nous travaillions sur ce projet ultrasecret.

« Quelqu'un a continué les recherches et, si j'en juge d'après les résonances, l'équipe actuelle a considérablement progressé. J'ai alors voulu contacter deux personnes qui auraient pu analyser ce bruit et ensuite m'accompagner afin d'alerter l'Agence pour la protection de l'environnement ou une commission parlementaire. L'un est mort depuis dix ans ; l'autre, mon meilleur ami quand je travaillais pour cette multinationale, a eu une crise cardiaque et est décédé hier.

Sa voix se brisa.

– J'ai donc décidé d'explorer la vallée et de repérer l'emplacement tout seul. Sans doute ont-ils installé un laboratoire pour mener leurs expériences, me suis-je dit. Ils tirent leur énergie de l'espace et on en trouve partout, non ? Mais tout à coup j'ai eu une idée. S'ils sont arrivés à la dernière étape, les calibrages, ils travaillent donc sur le problème de l'amplification. Ils essaient sans doute de se brancher sur les tourbillons d'énergie de cette vallée pour stabiliser le processus.

Une vague de colère se refléta sur son visage.

– Une démarche irresponsable et absolument inutile. S'ils ont vraiment trouvé les étalonnages, alors il leur suffit d'utiliser leur invention avec de petites unités. En fait ce serait la meilleure façon de s'en servir. Ils mènent une expérience complètement folle. J'en sais assez pour estimer le danger qu'ils nous font courir. Ils peuvent détruire complètement cette vallée, ou même pire. S'ils dirigent leurs appareils sur les chemins interdimensionnels, qui sait ce qui peut se produire ?

Il s'arrêta soudain :

– Comprenez-vous de quoi je parle ? Avez-vous entendu parler des neuf révélations ?

Je le regardai droit dans les yeux pendant un moment puis je lui dis :

– Curtis, je dois vous raconter ce qui m'est arrivé dans cette vallée. Vous ne me croirez peut-être pas.

Il hocha la tête et m'écouta patiemment décrire mes rencontres avec Wil et mes voyages dans l'autre dimension. Quand j'évoquai le thème de la Revue de Vie, je lui demandai :

– Votre ami qui est mort récemment, il ne s'appelait pas Williams, par hasard ?

– Oui. Comment le savez-vous ?

– Nous l'avons vu arriver dans l'autre dimension après sa mort. Nous avons assisté à sa Revue de Vie.

Il parut ébranlé.

– J'ai du mal à vous croire. Je connais les révélations, même si je n'ai pas essayé de les mettre en pratique, et je crois en l'existence probable d'autres dimensions ; mais, en tant que scientifique, j'ai du mal à accepter la neuvième révélation, l'idée de communiquer avec les défunts. Vous dites que Williams est encore vivant, dans le sens que son esprit est intact ?

– Oui, et il pensait à vous.

Il me regarda très attentivement tandis que je lui expliquais ce qu'avait découvert Williams : Curtis et lui étaient censés coopérer pour éliminer la Peur… et stopper les expériences.

– Je ne comprends pas, dit-il. De quelle *Peur* parlait-il ?

– Je ne sais pas exactement. Une partie de nos contemporains refusent de croire qu'une nouvelle conscience spirituelle soit en train de naître. Ils pensent au contraire que notre civilisation entre dans une phase de dégénérescence. Cela crée une polarisation des opinions et des croyances. La société restera bloquée tant que durera cette polarisation. J'espérais que vous vous souviendriez de quelque chose à ce sujet.

Il parut déconcerté.

– Je ne sais absolument rien de cette prétendue polarisation mais en revanche je sais que *je vais* stopper ces expériences.

Il semblait de nouveau furieux et regarda ailleurs.

– Williams paraissait savoir comment procéder, dis-je.

– Eh bien, de toute façon, il ne pourra plus rien m'apprendre maintenant, n'est-ce pas ?

Lorsqu'il fit cette réflexion, j'entrevis à nouveau dans une image éclair Curtis et Williams réunis : ils conversaient sur le sommet herbeux d'une colline, entourés de plusieurs grands arbres.

Curtis nous servit un léger repas, il paraissait préoccupé, et notre dîner s'acheva en silence. Plus tard je m'étirai et, m'appuyant contre un petit noyer blanc, je regardai vers le sommet de la colline au-dessus de nous : quatre ou cinq chênes se dressaient sur la cime et formaient un demi-cercle presque parfait.

– Pourquoi n'avez-vous pas installé votre campement là-haut ? demandai-je à Curtis en lui désignant le site.

– Je ne sais pas, déclara-t-il. J'y ai pensé, mais ensuite je me suis dit que l'endroit était trop exposé, ou peut-être chargé de trop d'énergie. Cela s'appelle Codder's Knoll. Voulez-vous que nous allions y faire un tour ?

Je hochai la tête et me levai. Un crépuscule gris descendait sur la forêt. Me précédant, Curtis fit quelques commentaires sur la beauté de la végétation tandis que nous gravissions la pente. Arrivés au sommet, malgré la lumière qui diminuait, nous pouvions voir à environ quatre cent mètres au nord et à l'est. La lune presque pleine s'élevait au-dessus de la ligne des arbres.

– Nous ferions mieux de nous asseoir si nous ne voulons pas être repérés, me suggéra Curtis.

Nous restâmes silencieux pendant un long moment, admirant le paysage et sentant l'énergie autour de nous. Curtis sortit une lampe torche de sa poche et la posa par terre, derrière lui. J'étais fasciné par les couleurs des feuilles en ce début d'automne.

Curtis me regarda et me demanda :

– Sentez-vous quelque chose, une odeur de fumée ?

Craignant immédiatement un incendie de forêt, j'examinai les bois autour de moi et reniflai l'air ambiant.

– Non, je ne crois pas.

Quelque chose dans l'attitude de Curtis modifiait l'atmosphère, l'imprégnant de tristesse, de nostalgie.

– À quel genre de fumée pensez-vous ?

– De la fumée de cigare.

La lune nous éclairait, je pus donc voir qu'il souriait. Il réfléchissait à quelque chose certainement. Tout à coup, je sentis la fumée moi aussi.

– Qu'est-ce que c'est ? demandai-je en regardant aux alentours.

Il se tourna vers moi.

– Williams fumait des cigares qui avaient exactement cette odeur. Je n'arrive pas à croire qu'il soit mort.

Tandis que nous parlions, l'odeur disparut; je décidai d'oublier ce phénomène et d'admirer l'herbe et les grands chênes derrière nous. À ce moment je me rendis compte que nous nous trouvions exactement à l'endroit où Williams avait rencontré Curtis dans sa vision.

Quelques secondes plus tard, une forme apparut juste derrière les arbres.

– Apercevez-vous quelque chose là-bas? demandai-je calmement à Curtis, en pointant dans cette direction.

Dès que je parlai, la forme disparut.

Curtis écarquilla les yeux.

– Quoi? Non, je ne vois rien.

Je ne lui répondis pas. J'avais intuitivement reçu une information, exactement comme j'en avais obtenu des groupes d'âmes, sauf que cette fois la liaison était plus lointaine et brouillée. Cette information concernait les expériences sur l'énergie et apportait une donnée qui confirmait les soupçons de Curtis: les chercheurs essayaient effectivement de se brancher sur les tourbillons d'énergie dimensionnels.

– Je viens de me souvenir de quelque chose, dit brusquement Curtis. L'un des appareils sur lesquels travaillait Williams il y a des années avait pour but de faire converger les rayons à une très grande distance, un système de projection parabolique. Je parie qu'ils l'utilisent pour se brancher sur les tourbillons dimensionnels. Mais comment savent-ils où ils se *trouvent*?

Immédiatement je perçus une réponse. Quelqu'un communiquant facilement avec l'autre dimension leur indiquait les emplacements jusqu'à ce que leur ordinateur soit capable de repérer les variances spatiales. Je ne comprenais pas ce que cela signifiait.

– Il n'y a qu'une seule explication, dit Curtis. Ils ont dû trouver une personne capable de détecter les emplacements où l'énergie est très élevée. Ensuite ils ont réussi à élaborer un profil énergétique de ces sites et à se concentrer précisément dessus en le balayant avec un faisceau à convergence. Ce gars-là ne savait probablement même pas ce qu'ils manigançaient. (Il hocha la tête.) Il n'y a pas de doute, ces types sont vraiment nuisibles. Comment ont-ils pu faire une chose pareille ?

Comme pour répondre à sa question, une autre vague information me parvint : je ne pouvais la saisir entièrement, néanmoins elle semblait m'indiquer qu'il y avait effectivement une raison. Mais nous devions d'abord prendre conscience de la Peur et découvrir la façon de la vaincre.

Quand je regardai Curtis, il semblait plongé dans de sombres réflexions. Il finit par tourner les yeux vers moi et dit :

— J'aimerais savoir pourquoi cette Peur surgit maintenant.

— Dans une période de transition culturelle, dis-je, lorsque les vieilles certitudes et conceptions s'effondrent pour laisser progressivement la place à de nouvelles façons de penser, cela génère, à court terme, de l'angoisse. D'un côté, certaines personnes s'éveillent alors à la spiritualité, elles entretiennent une connexion intérieure d'amour qui les fortifie et leur permet d'évoluer plus rapidement ; mais de l'autre, les pessimistes ont l'impression que tout change trop vite et que nous sommes en train de prendre le mauvais chemin. Ils ont peur et veulent dominer les autres pour essayer d'élever leur énergie. Cette polarisation provoquée par la Peur peut se révéler très dangereuse parce que des hommes poussés par la crainte sont capables de justifier l'adoption de mesures extrêmes.

Tandis que je parlais, je m'aperçus que j'étais en train de développer les propos antérieurs de Wil et de Williams ; en même temps je me rendis compte que je l'avais toujours su.

— Je comprends, dit Curtis avec assurance. Voilà pourquoi ces gens n'hésiteront pas à saccager cette vallée. Ils croient que la civilisation va s'écrouler bientôt et ne se sentiront rassurés que s'ils possèdent davantage de pouvoir. Je ne les laisserai pas faire. Leur centrale partira en fumée.

Je lui jetai un regard lourd d'inquiétude.

— Que voulez-vous dire ?

— Exactement ce que vous avez entendu. J'étais un expert en démolition. Je sais comment procéder.

Je dus avoir l'air affolé car il ajouta :

– Ne vous inquiétez pas. Personne ne sera blessé. Je ne voudrais pas avoir une seule mort sur la conscience.

Une nouvelle information me parvint.

– Ne voyez-vous pas que toute forme de violence empire encore la situation ? affirmai-je.

– Que puis-je faire d'autre ?

Du coin de l'œil j'aperçus de nouveau la forme durant un court instant, puis elle disparut.

– Je ne sais pas exactement, répondis-je. Mais si nous les combattons avec colère, avec haine, ils ne verront en nous que des ennemis. Ils se protégeront et auront encore plus peur. Le groupe dont Williams a parlé était censé se réunir pour entreprendre un autre type d'action. Nous sommes censés nous souvenir de la totalité de nos Visions de Naissance et aussi… d'une *Vision du Monde*.

Je connaissais ce terme mais ne pouvais pas me rappeler où je l'avais entendu.

– Une Vision du Monde… (Curtis réfléchit longuement.) Je pense que David Lone Eagle a utilisé cette expression.

– Oui, dis-je, vous avez raison.

– Savez-vous ce que c'est ?

J'allais lui répondre que non lorsqu'une idée me vint.

– Il s'agit d'une conception – non d'un souvenir – de la façon dont nous atteindrons notre objectif existentiel. Cela introduit un autre niveau d'amour, une énergie qui peut à la fois mettre un terme à la polarisation et à ces expériences.

– Je ne vois pas comment, constata Curtis.

– Cela concerne le niveau d'énergie qui entoure les gens qui ont peur, suggérai-je en tâtonnant. Ils seront ébranlés, cesseront d'être la proie de la Peur et choisiront d'arrêter.

Pendant un long moment, nous restâmes silencieux, puis Curtis dit :

– Peut-être, mais comment attirer cette énergie sur eux ?

Je l'ignorais.

– J'aimerais savoir jusqu'où ils ont décidé de pousser leurs expériences, ajouta-t-il.

– D'où vient le bourdonnement ? demandai-je.

– Il s'agit d'une discordance provoquée par les liaisons entre les petits générateurs. Ils essaient encore de calibrer le dispositif. Plus le bruit est grinçant et dissonant, plus les appareils sont déphasés. (Il réfléchit un moment.) Je me demande sur quel tourbillon d'énergie ils vont se brancher.

J'éprouvai tout à coup une impression de nervosité singulière, non à l'intérieur de moi-même, mais à l'extérieur, comme si je me trouvais à côté de quelqu'un d'angoissé. Je regardai Curtis qui me sembla relativement calme. Derrière les arbres j'aperçus de nouveau les vagues contours d'une forme. Elle se mouvait comme si elle était agitée ou effrayée.

– J'imagine, remarqua Curtis distraitement, que si nous nous trouvions près de l'emplacement d'une cible, nous entendrions le bourdonnement et sentirions une espèce d'électricité statique dans l'air.

Nous nous regardâmes et j'entendis alors un faible son, à peine une vibration.

– Vous entendez ? dit Curtis, soudain inquiet.

Je le regardai et sentis mes poils se hérisser sur ma nuque et mes avant-bras.

– Qu'est-ce que c'est ?

Curtis observa ses propres bras un instant puis me jeta un regard horrifié.

– Nous devons immédiatement quitter cet endroit ! cria-t-il.

Il ramassa sa lampe de poche, se leva brusquement et me tira par la main pour que nous descendions rapidement la colline.

Soudain j'entendis le même grondement assourdissant que j'avais entendu avec Wil et une onde de choc nous projeta tous deux sur le sol. Simultanément la terre au-dessous de nous trembla violemment et une énorme crevasse se forma à moins de dix mètres de nous, accompagnée d'une explosion de poussière et de débris de toutes sortes.

Derrière nous, l'un des grands chênes, sapé par la secousse, se pencha et s'abattit sur le sol dans un bruit de tonnerre. Quelques secondes plus tard, une deuxième fissure se forma juste à côté de nous et le sol s'inclina. Curtis perdit l'équilibre et glissa vers le trou qui s'élargissait. Je m'accrochai à un arbuste et tendis la main pour rattraper mon compagnon. Pendant un moment je réussis à ne pas le lâcher, puis sa main glissa de la mienne et, impuissant, je le vis tomber. La crevasse s'élargit, projetant un autre nuage de poussière et de cailloux, la terre trembla encore une fois puis tout s'arrêta. Sous le chêne qui était tombé, une grosse branche craqua bruyamment, après quoi la nuit redevint silencieuse.

Tandis que la poussière se dissipait, je lâchai l'arbuste et rampai jusqu'au bord de l'énorme trou. Quand je pus voir distinctement, je me rendis compte que Curtis gisait prostré au bord de la crevasse. Pourtant j'étais sûr de l'avoir vu dégringoler. Il roula vers moi et se releva rapidement.

– Décampons d'ici ! cria-t-il. Cela peut recommencer !

Sans plus attendre, nous descendîmes la colline en courant jusqu'à notre campement. Curtis fonçait devant moi, je le suivais en boitillant. Quand il arriva devant nos tentes, il les arracha rapidement avec leurs piquets et fourra le tout en désordre dans les sacs. Je ramassai le reste de nos affaires et nous continuâmes vers le sud-ouest. Au bout d'environ un kilomètre, ma fatigue et la douleur de ma cheville m'obligèrent à m'arrêter. Nous avions atteint un terrain plus plat et couvert de broussailles.

Curtis examina le lieu.

– Peut-être serions-nous en sécurité ici, dit-il, mais il vaut mieux aller jusqu'à ces fourrés épais, là-bas.

Nous marchâmes encore pendant une quinzaine de mètres et pénétrâmes dans une zone densément boisée.

– Je pense qu'ici ça ira, affirma-t-il. Nous pouvons remonter nos tentes.

En quelques minutes, notre campement fut installé et camouflé sous de grosses branches. Essoufflés, nous nous assîmes et nous nous regardâmes.

– Que s'est-il passé exactement, d'après vous ? demandai-je.

Le visage de Curtis avait l'air sinistre et il fouilla dans son sac pour y prendre sa gourde.

— Ils font exactement ce que nous avons imaginé, expliqua-t-il. Ils essaient de brancher le générateur sur un espace lointain. (Il but une longue gorgée d'eau.) Ils vont détruire cette vallée. Nous devons les arrêter.

— Et la fumée de cigare que nous avons sentie ?

— Je ne sais trop quoi en penser, avoua Curtis. C'était comme si Williams se trouvait là. J'ai presque entendu les inflexions, le ton de sa voix, ce qu'il aurait dit dans une telle situation.

Je regardai Curtis droit dans les yeux.

— Il *était* effectivement là.

Curtis me tendit sa gourde.

— Comment est-ce possible ?

— Je ne sais pas, dis-je. Mais je pense qu'il est venu *vous* délivrer un message. Quand Wil et moi avons assisté à sa Revue de Vie, il était désespéré parce qu'il n'avait pas réussi à prendre conscience, à se souvenir de la raison pour laquelle il était né. Il était convaincu que lui et vous deviez faire partie du groupe de sept personnes qu'il a mentionné. Vous ne vous rappelez rien ? Il voulait sans doute vous faire comprendre que la violence ne les arrêtera pas. Nous devons procéder d'une autre façon, nous servir de cette Vision du Monde dont a parlé David.

Il avait l'air déconcerté.

— Et à propos du tremblement de terre, dis-je, j'aimerais savoir quelque chose. Je vous ai vu tomber dans le trou et pourtant, finalement, je vous ai trouvé au bord de la crevasse.

Il semblait très perplexe.

— En vérité j'ignore ce qui s'est passé. Je ne pouvais plus tenir votre main, j'ai lâché prise et j'ai glissé dans le trou. En même temps une sensation incroyable de calme m'a envahi ; le choc a été amorti, comme si je tombais sur un matelas très doux. J'ai seulement vu une masse blanche autour de moi. Un moment après, je me suis trouvé au bord de la crevasse et vous m'avez rejoint. Pensez-vous que Williams soit intervenu ?

— Je ne crois pas, expliquai-je. J'ai eu une expérience semblable. J'ai failli être écrasé par des rochers et j'ai vu la même forme blanche. Quelque chose d'autre est en train de se produire.

Curtis me regarda fixement pendant un moment puis il dit quelque chose que je n'entendis pas bien parce que je tombais de sommeil.

– Allons nous coucher, proposa-t-il.

Curtis était déjà debout quand je sortis de ma tente. La matinée était claire, mais un brouillard rampant couvrait le sol de la forêt. Je sentis immédiatement qu'il bouillait de colère.

– Je pense sans arrêt à ce qu'ils sont en train de manigancer, dit-il. Et ils n'abandonneront pas. (Il inspira profondément.) Ils doivent avoir constaté les dégâts qu'ils ont occasionnés sur la colline. Ils vont recalibrer, mais cela ne leur prendra pas beaucoup de temps, puis ils recommenceront. Je pourrais les arrêter, mais pour cela je dois trouver leur repaire.

– Curtis, la violence ne fait qu'empirer la situation. N'avez-vous pas saisi l'information transmise par Williams ? Nous devons découvrir comment utiliser la Vision.

– Non, cria-t-il bouleversé. J'ai déjà essayé et cela a échoué.

Je le regardai.

– Quand ?

Il semblait troublé.

– Je ne sais pas.

– Eh bien, moi, je crois le savoir.

Il balaya mes propos d'un geste.

– Cela ne m'intéresse pas. Vous êtes fou. Je suis responsable de tout ce qui arrive. Si je n'avais pas travaillé sur cette technologie, nous n'en serions pas là. Je vais résoudre le problème à ma façon.

Il s'éloigna et commença à emballer ses affaires.

J'hésitai, puis commençai à démonter ma propre tente tout en réfléchissant. Au bout d'un moment je dis :

– J'ai déjà demandé de l'aide. Une femme que j'ai rencontrée, Maya, pense qu'elle peut convaincre le shérif de mener une enquête sur ces expériences. Accordez-moi encore un délai.

Agenouillé près de son sac à dos, il s'escrimait avec la fermeture d'une poche latérale, pleine à craquer.

– Je ne peux pas. J'agirai quand l'occasion se présentera.

– Avez-vous des explosifs dans votre sac ?

Il s'approcha de moi.

– Je vous ai déjà dit que je ne blesserai personne.

– J'ai besoin d'un peu de temps, répétai-je. Si je peux recontacter Wil, je pense que je découvrirai le contenu de cette Vision du Monde.

– D'accord, me dit-il, je vais attendre. Mais s'ils font une nouvelle expérience, alors je devrai intervenir.

Tandis qu'il me parlait, l'image de Wil m'apparut, entourée d'un halo couleur émeraude

– Y a-t-il un autre endroit où l'énergie soit élevée dans le coin ? demandai-je.

Il pointa le doigt en direction du sud.

– Là-bas, quelque part au sommet de la grande corniche, il y a un surplomb rocheux dont j'ai entendu parler. Mais il s'agit d'un terrain privé qui a été vendu récemment. Je n'en connais pas le propriétaire.

– Je vais chercher. Si je peux trouver le bon endroit, alors je pourrai peut-être localiser Wil encore une fois.

Curtis avait fini d'emballer ses affaires et il m'aida à bien arrimer les miennes. Nous éparpillâmes des feuilles et des branchages à l'endroit où nous avions installé nos tentes. Vers le nord-ouest nous entendîmes le faible bruit de quelques véhicules.

– Je vais vers l'est, m'annonça-t-il.

J'approuvai d'un signe de tête et il partit. Mettant mon sac sur mes épaules, je commençai à gravir une pente rocheuse vers le sud. Je franchis plusieurs petites collines et attaquai ensuite le flanc le plus escarpé. À mi-chemin du sommet j'essayai de voir, à travers la forêt dense, si j'apercevais un surplomb mais ne trouvai aucune ouverture.

Après avoir grimpé encore pendant quelques centaines de mètres, je m'arrêtai de nouveau. Toujours pas d'escarpement en vue, et je ne pouvais en apercevoir aucun sur la crête au-dessus de moi. Ne sachant pas quelle direction prendre, je décidai de m'asseoir et d'élever mon énergie. Au bout de quelques minutes, je me sentis mieux ; j'écoutais le chant des oiseaux et le coassement des grenouilles arboricoles dans les épais branchages au-dessus de ma tête, quand un grand aigle doré quitta son nid en battant des ailes et s'envola vers l'est le long de la corniche.

Je savais que la présence de cet oiseau avait un sens, comme celle du faucon auparavant, ce qui me décida à suivre la direction qu'il avait prise. La pente devint de plus en plus rocheuse. Je traversai un petit torrent qui coulait parmi les rochers. Remplissant ma gourde, j'en profitai pour me débarbouiller. Finalement, environ un kilomètre plus loin, je traversai un bosquet de sapins et me trouvai soudain devant le magnifique surplomb. D'immenses terrasses de calcaire épais couvraient près d'un hectare et, tout au bout, une saillie de six mètres de large et douze mètres de long se détachait de la corniche, offrant une vue spectaculaire sur la vallée en dessous. Pendant un instant j'aperçus un reflet émeraude foncé autour du rebord inférieur.

J'enlevai mon sac à dos et le camouflai sous des feuillages, puis me dirigeai vers le bord et m'assis. Tandis que je me centrais sur moi-même, l'image de Wil se forma facilement dans mon esprit. J'inspirai longuement et commençai mon voyage.

Chapitre 6

S'ÉVEILLER

Quand j'ouvris les yeux, je me trouvais dans un lieu baigné par une lumière bleue ; j'éprouvai un sentiment désormais familier de bien-être et de paix.

Wil se tenait à ma gauche et, comme les fois précédentes, il semblait soulagé et très content de me revoir. Il s'approcha de moi et murmura :

— Tu vas adorer cet endroit.

— Où sommes-nous ? demandai-je.

— Observe plus attentivement.

Je secouai la tête.

— Je dois d'abord te parler. Il faut absolument découvrir où sont menées ces expériences et les arrêter. Ils ont détruit le sommet d'une colline. Dieu sait ce qu'ils feront sauter la prochaine fois.

— Que feras-tu si nous les dénichons ? demanda Wil.

— Je ne sais pas.

— Eh bien, moi non plus. Raconte-moi tes aventures.

Je fermai les yeux et essayai de me concentrer, puis je décrivis ma seconde entrevue avec Maya et comment elle refusait de croire qu'elle faisait partie du groupe des sept.

Wil hocha la tête sans faire de commentaire.

Je poursuivis en décrivant ma rencontre avec Curtis, les messages reçus de Williams et l'explosion provoquée par l'expérience.

— Williams vous a parlé ? me demanda Wil.

— Pas vraiment. Notre communication n'était pas claire comme avec toi. D'une certaine façon, il suggérait les idées qui nous venaient à l'esprit. D'un côté, j'avais l'impression de déjà connaître ces informations mais, de l'autre, nous répétions ce qu'il essayait de nous communiquer. C'était bizarre, je sentais sa présence.

— Que voulait-il vous apprendre ?

— Il a confirmé ce que toi et moi avons vu avec Maya : nous pouvons nous souvenir non seulement de nos Projets de Naissance mais aussi d'une conception plus large du but de l'humanité et de notre propre contribution à cet objectif. Apparemment, lorsque nous nous rappellerons ces informations, nous introduirons sur terre une énergie accrue qui pourra mettre fin à la Peur... et à ces expériences. Il a appelé cela une Vision du Monde.

Wil se taisait.

— Qu'en penses-tu ? demandai-je.

— Tout cela fait partie des enseignements de la dixième révélation. S'il te plaît, écoute-moi, je comprends ta hâte à vouloir intervenir. Mais il n'existe qu'un seul moyen efficace : nous devons continuer à explorer l'Après-Vie pour trouver la Vision plus large que Williams essayait de nous communiquer. Il doit y avoir une méthode précise pour s'en souvenir.

Au loin je perçus un mouvement. Huit ou dix êtres différents, mais un peu flous, apparurent et s'arrêtèrent à une quinzaine de mètres. Derrière eux se pressaient des dizaines d'autres, formant comme d'habitude une masse confuse de couleur ambre. D'eux tous émanait un sentiment particulier, une nostalgie qui me sembla familière.

— Les reconnais-tu ? me demanda Wil, en m'adressant un large sourire.

Je regardai vers le groupe d'âmes et sentis immédiatement une parenté avec elles. Je savais mais ne savais pas. Tandis que je les examinais, le lien émotionnel devint de plus en plus intense, au-delà de tout ce que j'avais éprouvé jusqu'ici. Cependant, ce sentiment de familiarité ne me semblait pas nouveau, j'étais déjà venu *ici*.

Le groupe se rapprocha de quelques mètres, et ma sensation d'euphorie augmentait. Je me laissai aller, m'abandonnant avec plaisir à ce sentiment, voulant seulement en être inondé – me sentant heureux peut-être pour la première fois de ma vie. Des vagues de reconnaissance déferlaient sur moi.

– As-tu trouvé ? me demanda Wil.

Je me tournai et le regardai.

– C'est mon groupe d'âmes, non ?

À ce moment un flot de souvenirs envahirent mon esprit. Je me trouvais dans la cour d'un monastère, au XIIIe siècle. De nombreux moines m'entouraient, nous riions, nous nous sentions très proches les uns des autres ; puis je marchais seul sur une route bordée d'arbres. Deux hommes en haillons, des ascètes, me demandaient de les aider à sauvegarder un savoir secret.

Je chassai la vision et regardai Wil, saisi par une peur mauvaise. Qu'allais-je voir ? J'essayai de me concentrer, et mon groupe d'âmes avança encore d'un mètre.

– Que se passe-t-il ? me demanda Wil. Je ne comprends pas très bien.

Je lui décrivis ce que je venais de voir.

– N'abandonne pas, suggéra Wil.

Les ascètes réapparurent et je sus immédiatement qu'ils appartenaient à un ordre franciscain secret, les « spirituels », excommunié peu après la démission du pape Célestin.

Qui était donc ce pape ? J'interrogeai Wil :

– Ce pape n'a jamais existé.

– Célestin V a dirigé l'Église à la fin du XIIIe siècle, affirma Wil. Les ruines du Pérou, où l'on a trouvé la neuvième révélation, ont été ainsi baptisées en son honneur, lors de leur découverte au XVIIe siècle.

– Qui étaient les spirituels ?

– Un petit groupe de moines qui croyaient pouvoir atteindre une spiritualité plus élévée en se retirant de la société des hommes et en s'adonnant à une vie contemplative, dans la nature. Le pape Célestin a soutenu leurs théories et en fait a vécu lui-même dans une grotte pendant assez longtemps. Il a été déposé, bien sûr, et par la suite les spirituels ont été condamnés comme gnostiques et excommuniés.

D'autres souvenirs me revenaient. Les deux ascètes m'avaient demandé de les aider et je les avais suivis à contrecœur jusqu'au fond d'un bois. Je m'y sentais contraint car leurs yeux exprimaient l'extase mystique et ils semblaient ne craindre personne. De vieux documents risquaient d'être perdus pour toujours, me dirent-ils. Je devais accepter de les prendre et de les introduire en cachette dans mon abbaye. Je les lus à la lumière de la bougie, après avoir fermé la porte de ma cellule et tiré les verrous pour plus de sûreté.

Il s'agissait de vieux manuscrits en latin contenant les neuf révélations, et j'acceptai de les recopier avant qu'il ne soit trop tard ; je consacrai tous mes moments libres à les reproduire soigneusement à des dizaines d'exemplaires. À un moment les révélations me captivèrent au point que je cherchai à persuader les ascètes de les rendre publiques.

Ils refusèrent et se montrèrent inflexibles : ils détenaient ces documents depuis des siècles et attendaient que l'Église soit mûre pour les comprendre. Quand je leur demandai de s'expliquer plus en détail, ils me dirent que les révélations ne seraient jamais divulguées tant que l'Église n'accepterait pas ce qu'ils appelaient le *Dilemme gnostique*.

Les gnostiques faisaient partie des premiers chrétiens ; ils croyaient que les fidèles d'un Dieu unique ne devaient pas seulement vénérer le Christ mais s'efforcer de l'imiter dans l'esprit de la Pentecôte. Ils cherchaient à décrire cette émulation en termes philosophiques, comme une méthode aboutissant à une pratique. Lorsque l'Église commença à formuler les premiers canons de la théologie, les gnostiques furent considérés comme des hérétiques obstinés, qui refusaient de s'abandonner au bon vouloir de Dieu, alors qu'il s'agissait d'un article de foi. Pour devenir un vrai croyant, affirmaient les premiers dirigeants de l'Église, on devait renoncer à comprendre, à analyser, et se contenter de vivre à travers la révélation divine, de suivre la volonté de Dieu à chaque instant et d'ignorer ses desseins globaux.

Accusant la hiérarchie de l'Église de se transformer en une théocratie, les gnostiques prétendaient que leurs propres idées et leurs méthodes permettaient justement de s'abandonner plus efficacement à la volonté de Dieu, comme le réclamait l'Église. Selon eux, les ecclésiastiques ne défendaient cette idée qu'en paroles et ne la mettaient pas en pratique.

Les gnostiques perdirent la bataille et furent démis de toutes leurs responsabilités ; leurs textes furent détruits, leurs idées devinrent clandestines, et ils rejoignirent ainsi les multiples sectes et ordres secrets. Cependant le dilemme était très clair. L'Église soutenait qu'il existait une connexion spirituelle avec le divin, mais en même temps elle persécutait ceux qui décrivaient la façon d'y parvenir – comment on atteignait un tel état de conscience, ce que l'on éprouvait alors. Tant que cette situation durerait, la notion de « royaume intérieur » resterait un concept désincarné, et les révélations seraient dénoncées chaque fois qu'on les exposerait.

À l'époque, j'écoutais attentivement les ascètes, sans faire de commentaires, mais je ne partageais pas leur pessimisme. J'étais convaincu que mon ordre, celui des bénédictins, s'intéresserait à ces écrits, en particulier les moines. Sans en parler aux spirituels, j'en remis un exemplaire à un ami, le plus proche conseiller du cardinal Nicolas dans mon district. La réaction ne se fit guère attendre. Le prélat était absent de France, mais je devais cesser toute discussion à ce sujet et me rendre immédiatement à Naples pour rapporter mes découvertes aux supérieurs du cardinal. Je pris peur et distribuai aussitôt des copies dans tout l'ordre, en espérant ainsi recueillir le soutien d'autres frères intéressés par les révélations.

Pour gagner du temps et ne pas répondre tout de suite à la convocation, je feignis d'avoir une grave entorse et écrivis une série de lettres pour expliquer mon handicap. Retardant ainsi mon voyage pendant plusieurs mois, j'en profitai pour faire le maximum de copies des révélations. Finalement, une nuit de nouvelle lune, des soldats fracassèrent ma porte, me frappèrent cruellement et m'emmenèrent, les yeux bandés, dans le château du seigneur local, où l'on me fit pourrir longtemps dans une cave avant de me décapiter.

J'éprouvai un tel choc en me souvenant de ma mort que je fus envahi de nouveau par la peur et que ma cheville foulée recommença à me faire mal. Mon groupe d'âmes se rapprocha jusqu'à ce que je réussisse à me centrer de nouveau. J'étais cependant très perturbé. Un hochement de tête de Wil me fit comprendre qu'il avait suivi toute mon histoire.

— Mon problème à la cheville a commencé à ce moment-là, n'est-ce pas ? demandai-je.

— Oui, répondit Wil.

J'attirai son attention.

— Et que penses-tu de mes autres souvenirs ? As-tu compris ce qu'est le Dilemme gnostique ?

Il me fit signe que oui et se tourna vers moi.

— Pourquoi l'Église a-t-elle créé un tel dilemme ? demandai-je.

— Parce que l'Église des premiers temps avait peur de proclamer que la vie du Christ représentait un modèle que chacun de nous pouvait aspirer à imiter, même si les Écritures l'affirment clairement. Craignant que cette position donne trop de pouvoir aux individus, elle a préféré perpétuer la contradiction. D'un côté, elle pressait les croyants de chercher le royaume mystique de Dieu à l'intérieur d'eux-mêmes, de connaître intuitivement Sa volonté et de se remplir de l'Esprit saint. Mais de l'autre côté, elle condamnait comme blasphémateurs et n'hésitait pas à assassiner ceux qui voulaient divulguer la façon d'atteindre un tel état de grâce – tout cela uniquement afin de protéger son autorité.

— Alors j'ai été idiot d'essayer de diffuser les révélations ?

— Non, dit Wil d'un ton songeur, mais tu n'avais aucun sens de la diplomatie. On t'a décapité parce que tu essayais d'imposer une idée, alors que le monde n'était pas encore mûr pour l'accueillir.

Je fixai Wil dans les yeux pendant un moment, puis me laissai entraîner à nouveau par mon groupe d'âmes qui avait des informations à me transmettre. Je retournai cette fois au XIXᵉ siècle, pendant les guerres contre les Indiens. J'assistais à la réunion des chefs dans la vallée et tenais ma mule par la bride, apparemment prêt à partir. Montagnard et trappeur, j'entretenais des relations amicales avec les Indiens et avec les colons. Presque tous les Indiens voulaient se battre mais Maya avait gagné certains d'entre eux à la cause de la paix. J'écoutai en silence les deux parties puis vis la plupart des chefs quitter la réunion.

Maya s'approcha de moi.

– Je suppose que vous allez partir vous aussi ? me demanda-t-elle.

Je hochai affirmativement la tête et lui expliquai que si ces grands chamans ne comprenaient pas ses intentions, alors moi je n'y arriverais jamais.

Elle me regarda comme si je plaisantais, puis se détourna pour reporter son attention sur une autre personne : Charlène ! Je me souvins tout à coup qu'elle était une Indienne possédant un grand pouvoir mais que les chefs la méprisaient parce qu'il s'agissait d'une femme. Elle semblait détenir une information importante à propos du rôle des ancêtres, mais personne ne l'écoutait.

J'aurais voulu rester, aider Maya, révéler mes sentiments à Charlène, mais finalement je partis ; le souvenir inconscient de mon erreur au XIIIᵉ siècle hantait toujours mon esprit. Je voulais seulement fuir, éviter de prendre la moindre responsabilité. Mon schéma de vie était fixé : je me procurais des fourrures que je vendais, je me débrouillais pour survivre et ne risquais ma peau pour personne. Peut-être ferais-je mieux la prochaine fois.

La prochaine fois ? Mon esprit remonta un siècle et je me vis en train de regarder vers la Terre et de contempler ma présente incarnation. J'observais ma Vision de Naissance : j'avais la possibilité de mettre fin à mon incapacité d'agir ou de prendre position. Ma vision me montrait comment je pourrais tirer parti au mieux des qualités de mes parents pendant mon enfance, acquérir la sensibilité spirituelle de ma mère, l'intégrité et l'humour de mon père. Mon grand-père m'inculquerait l'amour de la nature, mon oncle et ma tante seraient un modèle de discipline et d'inspiration spirituelle.

Et, en vivant au milieu de personnalités aussi fortes, je prendrais rapidement conscience de ma tendance à tenir les autres à distance. Malgré leur caractère et les grandes espérances qu'ils placeraient en moi, je me refuserais à écouter leurs messages, je les fuirais. Mais ensuite je surmonterais ma peur et apprécierais pleinement les ressources qu'ils m'offraient, me corrigerais de mon défaut et suivrais mon chemin de vie.

Après une éducation et une formation aussi parfaites, je me consacrerais aux enseignements spirituels que j'avais découverts des siècles auparavant. J'explorerais les thèses du Mouvement pour le potentiel humain, la sagesse de l'expérience orientale, les écrits des mystiques occidentaux. Et finalement je redécouvrirais les révélations au moment où elles réapparaîtraient pour être enfin assimilées par tous. Tout cet apprentissage et cette décantation personnels me permettraient de mieux comprendre comment ces révélations allaient changer la société et de rejoindre le groupe de Williams.

Je reculai, ce qui chassa ma vision, et regardai Wil.

— Qu'est-ce qui ne va pas ? demanda-t-il.

— Je suis assez loin de mon idéal, moi aussi. J'ai l'impression d'avoir gâché les possibilités que m'offrait mon milieu familial. Je ne suis même pas arrivé à changer d'attitude et à être moins distant. Il y a tant de livres que je n'ai pas lus, tant de gens qui auraient pu me transmettre des messages que j'ai ignorés. Maintenant, quand je regarde en arrière, j'ai l'impression d'avoir tout raté.

Wil faillit éclater de rire.

— Aucun d'entre nous ne suit à la lettre sa Vision de Naissance. (Il marqua une pause et me regarda droit dans les yeux.) Te rends-tu compte de ce qui t'arrive ? Tu viens de te rappeler le chemin idéal que tu voulais suivre, celui qui t'aurait donné le plus de satisfactions ; quand tu regardes la façon dont tu as mené ton existence, tu éprouves des regrets, exactement comme lorsque Williams, après sa mort, a vu toutes les occasions qu'il avait ratées. Mais toi, tu as la chance de voir ta Revue de Vie maintenant, de ton vivant.

Je n'étais pas sûr de comprendre.

– Tu ne saisis pas ? Il s'agit certainement d'un enseignement fondamental de la dixième révélation. Nous avons d'abord découvert que nos intuitions et notre conception de notre destin existentiel provenaient du souvenir de nos Visions de Naissance. Et plus nous comprenons la sixième révélation, plus nous pouvons analyser nos décisions erronées, les occasions que nous avons manquées. Nous pouvons donc reprendre immédiatement un chemin conforme à notre objectif sur terre. En d'autres termes, nous rendons ce processus plus conscient dans notre vie quotidienne. Autrefois, nous devions attendre notre mort pour assister à notre Revue de Vie, mais maintenant nous pouvons faire une prise de conscience plus tôt et finalement rendre la mort obsolète, comme le prédit la neuvième révélation.

Je finis par comprendre.

– Les hommes sont donc venus sur terre pour se souvenir systématiquement de leurs objectifs existentiels, pour parvenir progressivement à l'éveil ?

– Exactement. Nous sommes en train de redécouvrir un processus inconscient depuis les débuts de l'humanité. Avant d'apparaître sur terre, les hommes ont perçu une Vision de Naissance, mais une fois nés ils l'ont perdue, ne conservant que des intuitions extrêmement vagues. Dans les premiers temps, il y avait une distance énorme entre ce que nous voulions faire et ce que nous accomplissions réellement ; ensuite, cette distance a diminué peu à peu. Maintenant nous sommes sur le point de nous souvenir de tout.

À ce moment je fus de nouveau attiré par mon groupe d'âmes et les connaissances qu'elles voulaient me faire partager. En une seconde, ma conscience sembla faire un bond en avant, et tout ce que Wil m'avait dit fut confirmé. Désormais, l'histoire n'était plus cette lutte sanglante de l'animal humain qui avait appris égoïstement à dominer la nature et à vivre dans un confort toujours plus grand, commençant par habiter dans la jungle puis créant une civilisation de plus en plus complexe.

L'histoire humaine était en réalité un processus spirituel : pendant des générations et pendant des millénaires, des âmes avaient systématiquement tenté, à travers leurs vies successives, de lutter pour un seul objectif : se souvenir de ce que nous connaissions déjà dans l'Après-Vie et introduire cette connaissance sur terre.

Une immense image holographique se déploya autour de moi et je pus embrasser, d'un seul coup d'œil, la longue saga de l'histoire humaine. Sans m'y attendre, je fus propulsé à l'intérieur de l'image et me sentis immergé dans l'histoire, la revivant à une vitesse accélérée comme si j'avais réellement connu toutes ces époques et ces expériences successives.

Tout commença par l'aube de la conscience. Devant moi s'étendait une longue plaine balayée par les vents, quelque part en Afrique. Un mouvement attira mon œil : un petit groupe d'hommes nus cueillaient des baies dans un champ. Tandis que je les regardais, je perçus ce que pensaient les hommes de cette époque. Intimement liés aux rythmes et aux signaux du monde naturel, ils vivaient et réagissaient instinctivement, affrontant deux préoccupations principales : trouver à manger et se tailler une place dans une horde. La hiérarchie s'établissait suivant la force et l'adaptation au milieu ainsi qu'au groupe ; chacun acceptait son rôle de même qu'il acceptait les tragédies et les difficultés constantes de l'existence : sans réfléchir.

Des milliers d'années passèrent et d'innombrables générations vécurent et disparurent. Puis, peu à peu, quelques individus commencèrent à se révolter devant certains événements qui se reproduisaient régulièrement. Quand un enfant mourait dans leurs bras, leur conscience progressait et ils se demandaient pourquoi ces malheurs se produisaient et comment ils pourraient être évités à l'avenir. Ils commençaient à acquérir une *conscience d'eux-mêmes* – à réaliser qu'ils étaient ici, maintenant, vivants. Ils parvinrent à prendre du recul par rapport à leurs réactions instinctives et à entrevoir le panorama complet de l'existence. La vie, ils le savaient, était rythmée par les cycles du soleil, de la lune et des saisons, mais, comme les morts autour d'eux l'attestaient, elle avait aussi une fin. Quel en était donc le but ?

En observant attentivement ces individus qui réfléchissaient, je pus capter leur Vision de Naissance ; ils avaient pénétré dans la dimension terrestre avec pour objectif spécifique d'amorcer le premier éveil existentiel de l'humanité. Et, même si je ne pouvais pas voir tout son déroulement, je savais qu'ils conservaient, à l'arrière-plan de leur esprit, l'inspiration plus vaste de la Vision du Monde. Avant leur naissance, ils savaient que l'humanité allait effectuer un long voyage qu'ils pouvaient entrevoir. Chaque progrès durant ce voyage serait l'objet d'un combat, génération après génération. En même temps que notre conscience s'éveillait pour aspirer à un destin spirituel, nous perdions la paix et la tranquillité de l'inconscience. L'exaltation procurée par la liberté de savoir que nous étions vivants allait de pair avec la peur et l'incertitude du pourquoi.

La longue histoire de l'humanité allait être marquée par deux désirs contradictoires. D'un côté, nous réussirions à surmonter nos peurs grâce à la force de nos intuitions, de nos images mentales : celles-ci nous enseignaient que la vie poursuivait un but particulier, que la société progressait dans une direction positive que nous seuls, en tant qu'individus, pourrions suivre en agissant avec courage et sagesse. La force de ces sentiments nous rappellerait que, aussi dangereuse que la vie puisse apparaître, nous ne combattions *pas seuls* : le mystère de l'existence cachait en fait un but et un sens sous-jacents.

Cependant, d'un autre côté, nous serions souvent en proie au désir opposé, celui d'éviter la Peur, ce qui nous ferait perdre de vue notre objectif existentiel et tomber dans l'angoisse de la séparation et de l'abandon. Cette Peur nous amènerait à nous surprotéger craintivement, nous pousserait à lutter pour conserver nos positions de pouvoir, à voler l'énergie des autres et à résister constamment au changement et à l'évolution, quelles que soient les informations nouvelles, meilleures, que nous recevrions.

Tandis que l'éveil de la conscience continuait, les millénaires se succédaient, les hommes se fondaient dans des groupes de plus en plus nombreux ; ils tendaient naturellement à s'identifier les uns aux autres, à s'intégrer dans des formations sociales plus complexes. Cette tendance était influencée par la vague intuition, parfaitement claire dans l'Après-Vie, que le destin des hommes sur terre était d'évoluer vers l'unification. Suivant cette intuition, nous dépassions l'étape de la vie nomade des peuples vivant de la cueillette et de la chasse. Nous commencions à cultiver les plantes de la terre et à en récolter régulièrement les fruits. Nous domestiquions et élevions beaucoup d'animaux, pour assurer un apport constant de protides et de lipides. Les images de la Vision du Monde enfouies profondément dans notre inconscient nous poussaient de façon archétypique. Nous commencions à imaginer l'une des transformations les plus spectaculaires de l'histoire humaine : aux errances et à la nomadisation allait succéder la création de villages agricoles.

Tandis que ces communautés paysannes devenaient plus complexes, la nourriture plus abondante suscitait l'apparition du commerce et des premiers métiers spécialisés – bergers, maçons et tisserands, puis marchands, forgerons et soldats. Assez rapidement l'écriture et le calcul furent inventés. Mais les caprices de la nature et les problèmes de la vie troublaient la conscience de ces hommes ; une question fondamentale, non formulée, continuait à les préoccuper : pourquoi sommes-nous sur cette terre ? J'aperçus alors les Visions de Naissance des individus qui cherchaient à comprendre la réalité spirituelle à un niveau supérieur. Ils venaient sur cette planète pour que la source divine soit plus accessible à la conscience humaine, mais leurs premières intuitions du divin restaient vagues et incomplètes, et prenaient la forme du polythéisme. Les hommes se mettaient à révérer une multitude de divinités exigeantes et cruelles, qui existaient en dehors d'eux et régissaient le temps, les saisons et les étapes de la moisson. Dans leur insécurité ils pensaient qu'ils devaient apaiser ces dieux en leur offrant des sacrifices et en accomplissant des rites.

Pendant des milliers d'années les multiples communautés agricoles s'assemblèrent pour donner naissance à de vastes civilisations en Mésopotamie, en Égypte, dans la vallée de l'Indus, en Crète, dans le nord de la Chine, chacune inventant sa propre interprétation de la nature et des dieux animaux. Mais de telles divinités ne pouvaient plus pallier l'angoisse. Des générations d'âmes pénétraient dans la dimension terrestre avec l'intention d'apporter le message suivant : les hommes progresseraient en partageant leurs connaissances et en les comparant. Cependant, une fois sur terre, ces individus succombaient à la Peur, et leur intuition se transformait en un besoin inconscient de conquérir, de dominer et d'imposer par la force leur mode de vie à d'autres groupes.

Ainsi débuta la grande époque des empires et des tyrans. Des dictateurs unissaient les ressources de leurs peuples, conquéraient le plus de terres possible, convaincus que leur culture prévaudrait sur les autres. Néanmoins ces tyrans étaient toujours, à leur tour, conquis et mis sous le joug d'une culture plus avancée, plus puissante. Pendant des milliers d'années des empires s'imposèrent, répandant leurs conceptions, s'élevant pendant un moment, grâce à leur efficacité, leur supériorité économique ou militaire, pour être ensuite renversés par une vision plus forte et plus organisée. Même dans le cadre d'une évolution aussi lente, les idées dépassées furent remplacées au fur et à mesure par les nouvelles.

Aussi lent et sanglant que fût ce processus, des vérités élémentaires firent progressivement leur chemin, de l'Après-Vie vers la dimension matérielle. L'une de ces vérités les plus importantes – une nouvelle éthique de l'interaction – commençait à apparaître en divers points du globe, mais elle trouva finalement une expression claire dans la philosophie des anciens Grecs. Aussitôt je pus voir les Visions de Naissance de centaines d'individus nés au sein de la culture hellène, chacun souhaitant se souvenir de cette idée opportune.

Pendant des générations ils avaient constaté les dégâts et l'iniquité de la violence permanente des hommes contre leurs semblables ; ils savaient que ceux-ci pouvaient transcender leur habitude de se battre, de conquérir d'autres peuples, et instaurer un nouveau système où l'on échangerait et comparerait les idées : ce système protégerait le droit souverain de chaque individu à conserver sa vision personnelle, quelle que soit sa force physique. Il était d'ailleurs déjà connu et appliqué dans l'Après-Vie. Ce nouveau mode d'interaction commença à prendre forme et à se répandre sur terre ; il reçut finalement le nom de démocratie.

Souvent la communication entre les hommes dégénérait encore en une lutte de pouvoir, mais les affrontements se déroulaient au niveau verbal plutôt qu'au niveau physique.

En même temps, un autre concept fondamental, destiné à transformer complètement la compréhension de la *réalité spirituelle*, apparaissait dans l'histoire écrite d'une petite tribu du Moyen-Orient. Je pouvais également voir les Visions de Naissance de nombreux défenseurs de ce concept. Ces individus, nés dans la culture juive, savaient avant leur naissance que, si nous avions raison de chercher intuitivement une source divine, la description de cette source était erronée et déformée. Notre polythéisme n'offrait qu'une image fragmentée d'un ensemble plus vaste. En réalité, il n'y avait qu'un seul Dieu, un Dieu certes exigeant, menaçant et patriarcal – et extérieur à nous-mêmes – mais pour la première fois il était aussi personnel, à l'écoute des hommes, et leur unique créateur.

L'intuition d'une source divine unique apparut donc et fut progressivement clarifiée dans les cultures du monde entier. En Chine et en Inde – sociétés depuis longtemps très avancées au point de vue technique, commercial et social – l'hindouisme, le bouddhisme ainsi que d'autres religions poussèrent l'Orient à prôner la contemplation.

Ceux qui créaient ces religions avaient l'intuition que Dieu, plus qu'un personnage, représentait une force, une conscience. On ne pouvait l'atteindre que par une illumination intérieure. Plutôt que de complaire à Dieu en obéissant uniquement à certaines lois ou certains rituels, les religions orientales cherchaient à se connecter à Dieu de l'intérieur ; la conscience de chacun devait progresser, s'ouvrir vers une harmonie et une sécurité constamment disponibles.

Rapidement, ma vision se déplaça vers la mer de Galilée. L'idée d'un seul Dieu – qui allait par la suite transformer les sociétés occidentales – évolua de la notion d'une divinité patriarcale, extérieure aux hommes et toujours occupée à les juger, vers la position défendue en Orient, vers l'idée d'un Dieu intérieur, dont le royaume se trouve en nous-mêmes.

Un homme pénétra dans la dimension terrestre en se souvenant de la presque totalité de sa Vision de Naissance. Il venait au monde pour y introduire une nouvelle énergie, une nouvelle culture fondée sur l'amour. Il apportait un message : le Dieu unique était un esprit saint, une énergie divine dont on pouvait sentir et prouver l'existence dans notre vie de chaque jour. Accéder à la conscience spirituelle demandait davantage que des rites, des sacrifices et des prières publiques. Cela impliquait un profond repentir ; un changement psychologique intérieur fondé sur la maîtrise des penchants de l'ego et un « abandon » transcendental qui permettrait de cueillir les véritables fruits de la vie spirituelle.

Ce message commença à se répandre. Le plus influent de tous les États, l'empire romain, embrassa la nouvelle religion et diffusa dans presque toute l'Europe la croyance en un Dieu unique, intérieur. Ensuite, quand les barbares déboulèrent du nord, détruisant l'empire, l'idée survécut dans l'organisation féodale de la chrétienté qui s'ensuivit.

À ce moment je revis les appels des gnostiques, qui pressaient l'Église de se concentrer plus profondément sur l'expérience intérieure, transformatrice, et d'utiliser la vie du Christ comme un modèle pour chacun. Mais l'Église céda à la Peur. Ses dirigeants, craignant de ne plus contrôler leurs ouailles, élaborèrent une doctrine défendue par une puissante hiérarchie, un corps de médiateurs qui dispensaient l'esprit à la populace. Finalement ils condamnèrent tous les textes liés au gnosticisme comme blasphématoires et en expurgèrent la Bible.

Même si de nombreux individus venaient de l'Après-Vie avec l'intention d'élargir et de démocratiser la nouvelle religion, ils arrivaient dans un contexte de peur. Leurs efforts pour entrer en contact avec d'autres cultures étaient de nouveau dénaturés par le besoin de dominer et de contrôler.

Les sectes secrètes des franciscains révéraient la nature et voulaient revenir à l'expérience intérieure du divin. Ayant pénétré dans la dimension terrestre, ces moines eurent l'intuition que la contradiction gnostique pourrait finalement être résolue ; ils étaient décidés à préserver les vieux textes et manuscrits jusqu'à ce que les temps soient mûrs. De nouveau je revis ma tentative, prématurée et donc vouée à l'échec, de rendre l'information publique, tentative qui se termina par mon exécution.

Cependant, une nouvelle ère s'instaurait en Occident. L'État-nation défiait le pouvoir de l'Église. Tandis que de plus en plus de peuples sur terre devenaient mutuellement conscients de leur existence, l'époque des grands empires approchait de sa fin. De nouvelles générations arrivaient, ayant l'intuition d'une unification nécessaire ; elles s'efforçaient de promouvoir une conscience de l'origine nationale fondée sur une langue et un territoire souverain communs. Certes, ces États étaient encore dominés par des chefs autocratiques, dont l'autorité se réclamait souvent du droit divin, mais une nouvelle forme de civilisation apparaissait, avec des frontières reconnues, des monnaies établies et des routes commerciales.

En Europe, la richesse et le niveau d'alphabétisation s'accrurent et permirent une vaste renaissance. Les Visions de Naissance de nombreuses personnes ayant participé à ce renouveau passèrent sous mes yeux. Elles savaient que le destin de l'homme était de développer partout de véritables démocraties, et elles venaient sur terre avec l'espoir de contribuer à leur avènement. La redécouverte des écrits des Grecs et des Romains stimulait leurs souvenirs. Les premiers parlements démocratiques naissaient, on remettait en cause le droit divin des rois ainsi que la domination sanglante de l'Église sur les réalités spirituelles et sociales. Puis se produisit la Réforme protestante, qui affirmait que les individus pouvaient puiser directement dans les Écritures la méthode pour établir un lien direct avec le divin.

En même temps, des hommes avides d'indépendance et de liberté exploraient le continent américain, symboliquement situé entre l'Orient et l'Occident. Grâce à leurs Visions de Naissance, les Européens les plus inspirés savaient que ce nouveau monde était déjà peuplé et qu'il leur faudrait donc gagner la sympathie de ses habitants et communiquer avec eux pour venir habiter sur les mêmes terres. Ils pressentaient que les Américains allaient être le fondement, l'instrument du retour aux sources pour une Europe qui avait rompu sa relation intime, sacrée, avec la nature et devenait de plus en plus hostile à toute intervention de la religion dans la vie publique. Les cultures indiennes, malgré leurs imperfections, offraient un modèle qui aurait pu permettre à la civilisation européenne de retrouver ses racines.

Encore une fois à cause de la Peur, ces hommes eurent seulement l'intuition qu'il leur fallait émigrer vers cette terre, pour jouir d'une nouvelle indépendance et de la liberté d'esprit ; mais ils ne se départirent pas pour autant de leur besoin de conquérir, de dominer et de s'assurer la sécurité matérielle. Ils négligèrent les vérités importantes transmises par les sociétés indiennes, tant ils avaient hâte d'exploiter les vastes ressources naturelles de cette région.

Pendant ce temps, en Europe, la Renaissance poursuivait son essor, et l'enseignement de la deuxième révélation m'apparaissait clairement. L'Église avait de moins en moins le pouvoir de définir la réalité, et les Européens sentaient qu'ils se réveillaient pour voir la vie sous un jour nouveau. Grâce au courage d'innombrables individus, tous inspirés par leurs souvenirs intuitifs, la méthode scientifique s'imposait ; elle fonctionnait comme un processus démocratique permettant d'explorer et d'arriver à comprendre le monde dans lequel nous vivions. Cette méthode – qui consistait à étudier un aspect du monde physique pour en partager ensuite l'analyse avec les autres – visait à construire un consensus afin de mieux comprendre finalement la situation réelle des hommes sur cette planète, y compris leur nature spirituelle.

Mais, à l'intérieur de l'Église, les croyants se retranchaient dans la Peur et essayaient de bâillonner cette nouvelle science. Des forces politiques se formaient des deux côtés, et un compromis fut élaboré : la science aurait la liberté d'explorer le monde matériel mais devrait laisser les phénomènes spirituels aux ecclésiastiques encore influents à l'époque. Toute l'expérience du monde intérieur – les états spirituels, la perception de la beauté et le sentiment de l'amour, les intuitions, les coïncidences, les phénomènes interpersonnels et même les rêves – tout cela était exclu du domaine de compétence de la nouvelle science.

Malgré ces restrictions, les savants commencèrent à dessiner les contours du monde physique et à en décrire le fonctionnement. Ces riches informations stimulèrent le commerce et l'utilisation des ressources naturelles. La sécurité matérielle augmenta et progressivement nous perdîmes le sens du mystère et nous nous éloignâmes des questions existentielles qui nous tenaient à cœur. Survivre et construire un monde meilleur, plus sûr, pour nous-mêmes et nos enfants apparaissait comme un objectif suffisant. Peu à peu se répandit une conception consensuelle commune qui niait le mystère de la mort et prétendait que le monde était compréhensible, explicable.

Autrefois nous avions la forte intuition qu'existait une source spirituelle, mais cette intuition fléchit et se réfugia un peu plus à l'arrière-plan. Dans un monde de plus en plus matérialiste, Dieu ne pouvait que se montrer distant : après avoir créé l'univers, il s'était retiré pour le laisser fonctionner tout seul, comme une machine au sort prévisible. Chaque effet avait une cause, et les événements sans relation les uns avec les autres ne se produisaient que très rarement, uniquement par hasard.

Cependant, à cette période, de nombreux individus avaient un Projet de Naissance nouveau. Ils venaient sur terre en sachant que le développement de la technologie et de la production pourrait un jour supprimer la pollution, être constant et libérer l'humanité de toute servitude. Mais, limités par la mentalité de l'époque, ils ne se souvenaient que de leur intuition générale : il fallait construire, produire et travailler, en respectant l'idéal démocratique.

Nulle part cette intuition n'était plus forte qu'aux États-Unis, avec leur Constitution démocratique et leur système de contrôle et d'équilibre des pouvoirs. Objet d'une expérience gigantesque, l'Amérique devait faciliter l'échange rapide des idées, lequel allait caractériser l'avenir. Cependant, sous la surface, les messages des Indiens, des Noirs d'origine africaine et des autres peuples sur le dos desquels l'expérience américaine commença voulaient désespérément être entendus et intégrés dans la culture européenne.

Au XIXe siècle, nous arrivions au bord d'un deuxième bouleversement, fondé sur la découverte de nouvelles sources d'énergie : le pétrole, la vapeur et l'électricité. L'économie s'était transformée en un champ d'efforts vaste et compliqué qui produisait plus de marchandises que jamais grâce à la profusion de nouvelles techniques. En grand nombre les paysans émigraient vers les centres urbains de production, abandonnant la vie rurale pour contribuer à une nouvelle *révolution industrielle*, fondée sur la spécialisation.

À l'époque, la plupart pensaient qu'un capitalisme démocratique, libre de toute réglementation, offrirait le meilleur système pour développer le commerce. Je pus capter les Visions de Naissance de nombreuses personnes et compris que beaucoup d'entre elles venaient sur terre dans l'espoir de faire évoluer le capitalisme vers une forme plus parfaite. Malheureusement la Peur régnait dans le monde et elles abandonnaient leur intuition originelle pour satisfaire leur désir d'obtenir la sécurité matérielle, d'exploiter les ouvriers et de maximiser les profits à tout instant, quitte à conclure des ententes illicites avec les concurrents et les gouvernements. Les requins de l'industrie et de la finance, les cartels secrets sévissaient en toute impunité.

Cependant, les abus de ce capitalisme sans entraves suscitèrent bientôt l'apparition de deux autres doctrines économiques qui se présentèrent comme des solutions de rechange possibles. D'abord, en Angleterre, deux hommes écrivirent un *Manifeste* appelant à un nouveau système, dirigé par les ouvriers, une utopie économique où les ressources de toute l'humanité seraient mises à la disposition de chacun selon ses besoins, sans rapacité ni compétition.

Étant donné les horribles conditions de travail au XIXe siècle, cette idée attira de nombreux zélateurs. Mais le côté matérialiste de ce *Manifeste* en faveur des ouvriers trahissait l'intention originelle du projet. Les Visions de Naissance de ses deux auteurs leur indiquaient que l'humanité finirait un jour par concrétiser une telle utopie. Malheureusement, ils avaient oublié qu'elle ne se réaliserait pas sans la participation et l'accord de la majorité, dans un régime démocratique, et à la suite d'une longue et lente évolution.

Les fondateurs du système communiste, dès la première révolution en Russie, pensèrent à tort que ce système s'établirait par la force et la dictature, méthode qui échoua lamentablement et coûta la vie à des millions d'hommes. Mus par l'impatience, les révolutionnaires avaient imaginé une Utopie mais à la place ils avaient forgé le communisme, tragédie qui allait durer des décennies.

Ma vision me montra la seconde solution de rechange au capitalisme démocratique : le fascisme, qui visait à augmenter les profits et le pouvoir de contrôle d'une élite dominante. Ces dirigeants privilégiés désiraient liquider la démocratie, fusionner les sommets de l'État et la direction des grandes entreprises, pour que la nation atteigne son potentiel maximum et puisse assurer sa suprématie dans le monde.

Les partisans d'un tel système ignoraient presque totalement leurs Visions de Naissance. En venant sur terre, ils souhaitaient promouvoir l'idée que la civilisation évoluait vers la perfectibilité et qu'une nation totalement unifiée par ses objectifs et sa volonté pouvait atteindre des sommets d'énergie et d'efficacité. Mais cela aboutissait à une vision égoïste, marquée par la peur, proclamant à tort la supériorité de certaines nations et races, et la perspective de devenir une supernation dont le destin était de dominer le monde. De nouveau l'intuition que l'humanité évoluait vers la perfection était déformée par des hommes peureux, faibles, et aboutissait à l'aventure meurtrière du Troisième Reich.

D'autres individus – qui avaient également entrevu la perfectibilité de l'humanité, mais comprenaient mieux l'importance d'une démocratie efficace – avaient l'intuition qu'ils devaient combattre ces deux solutions de rechange à l'économie libérale. Cela aboutit d'un côté à une guerre sanglante contre la déviation fasciste, laquelle fut remportée finalement à un prix très élevé ; de l'autre côté, on assista à une longue et amère guerre froide contre le bloc communiste.

Je me concentrai tout à coup sur les États-Unis durant les premières années de la guerre froide, la décennie des années 1950. À cette époque, l'Amérique était à son apogée, incarnant avec succès un matérialisme laïciste vieux de quatre siècles. La richesse et la sécurité matérielle s'étaient développées et avaient permis l'apparition d'une classe moyenne de plus en plus importante. Une nouvelle génération bénéficia de ce progrès et ses intuitions allaient aider l'humanité à se diriger vers une troisième grande transformation.

On répétait constamment aux jeunes Américains de cette époque qu'ils vivaient dans le meilleur pays du monde, une nation d'hommes libres, qui garantissait la justice à tous ses citoyens. Cependant, en parvenant à l'âge adulte, ils constatèrent une différence troublante entre cette image idyllique et la réalité. Ils découvrirent qu'une bonne partie de la population – les femmes et certaines minorités raciales – n'était absolument *pas libre*, ni du point de vue de la loi ni de celui du droit coutumier. Dans les années soixante, la nouvelle génération examina attentivement d'autres aspects troublants de l'image de soi créée par les États-Unis – par exemple, leur patriotisme aveugle, qui exigeait que la jeunesse aille se battre dans un pays étranger pour mener une guerre politique sans objectif clairement exprimé et sans aucune chance de victoire.

Tout aussi préoccupante était la pratique spirituelle de cette société. Le matérialisme des quatre siècles précédents avait relégué encore plus à l'arrière-plan l'intérêt pour le mystère de la vie et de la mort. Les rituels pratiqués dans les églises, les temples et les synagogues paraissaient artificiels et dépourvus de sens. Obsédés par la façon dont ils seraient perçus et jugés par leurs pairs, les fidèles fréquentaient ces lieux de culte plus pour des raisons sociales que religieuses.

Grâce à sa capacité d'analyse et de jugement, la nouvelle génération sut approfondir son intuition profonde et chercher dans la vie quelque chose de plus que la réalité matérielle. Elle sentit qu'une nouvel éveil spirituel s'annonçait et se mit à explorer d'autres croyances et des approches métaphysiques moins connues. Pour la première fois, les religions orientales trouvaient un public important en Occident ; l'idée se répandait que l'intuition du divin était une expérience intérieure, un bond dans la conscience qui changeait pour toujours notre sens de l'identité et notre conception du but existentiel. De même, les écrits des cabalistes juifs et des mystiques chrétiens, comme Maître Eckhart et le père Teilhard de Chardin, offraient des descriptions exaltantes et différentes d'une spiritualité plus profonde.

En même temps, les données fournies par les sciences humaines (sociologie, psychiatrie, psychologie, anthropologie) et la physique moderne projetaient un nouvel éclairage sur la nature de la conscience et de la créativité. Toutes ces réflexions, se combinant avec la perspective apportée par l'Orient, commencèrent à se cristalliser progressivement dans ce qui s'est appelé plus tard le *Mouvement pour le potentiel humain*. On comprit que les hommes ne réalisaient qu'une très petite portion de leur vaste potentiel physique, psychologique et spirituel.

En l'espace de quelques décennies, ces recherches et les expériences spirituelles qu'elles suscitèrent se multiplièrent et se transformèrent en une *masse critique*, provoquant un bond qualitatif de la conscience. Les hommes pourraient bientôt formuler une nouvelle conception de l'objectif de la vie, en particulier se souvenir de façon précise de la neuvième révélation.

Cependant, alors même que cette nouvelle conception prenait forme, se diffusant massivement dans le monde, beaucoup de membres de la nouvelle génération commencèrent à faire machine arrière, soudain alarmés par l'instabilité sociale croissante qui semblait correspondre à l'arrivée du nouveau paradigme. Pendant des siècles, l'ancienne vision du monde avait maintenu un ordre consensuel précis, voire rigide. Tous les rôles étaient clairement définis, et chacun connaissait sa place : par exemple, les hommes au travail, les femmes et les enfants à la maison, les familles nucléaires et génétiques soudées, une morale du travail partagée par tous. Les citoyens étaient censés occuper leur place dans l'économie, trouver un sens à leur vie dans la famille et les enfants ; leur but sur terre était d'acquérir un certain bien-être et de créer un monde plus prospère sur le plan matériel pour la génération suivante.

Ensuite vint la vague de questionnement, d'analyse et de critique des années soixante et certaines règles jusqu'alors inébranlables commencèrent à s'effondrer. Les comportements n'étaient plus régis par de puissantes conventions. Chacun semblait désormais autonome, libre de concevoir son plan de vie, de chercher à atteindre cette idée nébuleuse du potentiel. Dans un tel contexte, ce que pensaient les autres cessait d'être le véritable déterminant de nos actions et de notre conduite ; celle-ci était de plus en plus dictée par notre sensibilité intérieure, par notre morale personnelle.

Pour ceux qui avaient véritablement adopté une conception spirituelle plus authentique, fondée sur l'honnêteté et l'amour des autres, une conduite régie par l'éthique ne posait pas de problème. Mais fort préoccupante était la situation de ceux qui avaient perdu leurs principes antérieurs sans pour autant avoir défini un solide code personnel. Ils semblaient tomber dans un no man's land idéologique où tout était maintenant permis : la criminalité, la drogue, toutes les impulsions et les mauvais penchants, sans parler de la disparition de toute estime pour le travail. Pour compliquer les choses, beaucoup se servaient des découvertes du Mouvement pour le potentiel humain pour défendre l'idée que les criminels et les déviants n'étaient pas vraiment responsables de leurs actions, mais, au contraire, les victimes d'une société oppressive. Celle-ci permettait sans honte que subsistent les conditions de vie déterminant ces conduites.

Une polarisation idéologique se formait rapidement autour de la planète, tandis que les indécis réagissaient contre une conception qui, selon eux, conduisait au chaos et à l'incertitude, peut-être même à la désintégration totale de leur mode de vie. Aux États-Unis particulièrement, un nombre croissant de gens pensaient qu'il fallait entreprendre une lutte à mort – une guerre, disaient-ils – contre la permissivité et le libéralisme des vingt-cinq années précédentes, guerre dont l'enjeu n'était rien de moins que la survie de la civilisation occidentale. Nombre d'entre eux considéraient que leur cause était déjà quasiment perdue, et pour cela ils prônaient des mesures radicales.

Face à ce choc en retour, les partisans du Mouvement pour le potentiel humain prenaient peur et adoptaient une attitude défensive ; ils sentaient que les conquêtes sociales et les droits individuels difficilement acquis risquaient d'être balayés par une vague conservatrice. Beaucoup considéraient que cette offensive provenait du camp des exploiteurs les plus avides qui lançaient une ultime manœuvre pour dominer les membres les plus faibles de la société.

Chaque partie dénonçait chez l'autre la conspiration du mal et cela augmentait évidemment la polarisation.

Les partisans de l'ancienne conception du monde ne considéraient plus que les partisans du Mouvement pour le potentiel humain défendaient une conception erronée ou naïve ; non, selon eux, ils faisaient partie d'une vaste conspiration menée par de hauts fonctionnaires socialistes, des sous-marins communistes, qui cherchaient à miner et détruire la société jusqu'au moment où un gouvernement tout-puissant s'imposerait pour remettre tout en ordre. Selon eux, cette conspiration utilisait la peur devant la croissance de la criminalité comme une excuse pour limiter la vente libre des armes et désarmer systématiquement la population ; une bureaucratie centralisée acquérait un pouvoir croissant et elle finirait par superviser les transactions en espèces et en cartes de crédits grâce aux multiples réseaux d'Internet ; elle justifierait le contrôle croissant de l'économie électronique au nom de la prévention de la criminalité, de la nécessité de collecter les impôts ou d'empêcher le sabotage. Finalement, en prétextant peut-être l'imminence d'une catastrophe naturelle, l'*État totalitaire* confisquerait toutes les richesses et déclarerait la loi martiale.

En revanche, pour les partisans de la libération et du changement, le scénario exactement inverse semblait plus vraisemblable. Face aux avancées politiques des conservateurs, tout ce pour quoi ils avaient lutté s'effondrait sous leurs yeux. Ils constataient eux aussi l'accroissement de la criminalité ainsi que de la violence et la déliquescence des structures familiales ; seulement, à leur avis, tout cela ne provenait pas d'une trop grande intervention de l'État mais au contraire de sa faiblesse.

Partout le capitalisme s'était désintéressé de toute une classe de gens pour une raison très simple : les pauvres n'avaient aucune chance de participer au système. On ne leur offrait donc ni éducation ni travail. Et au lieu de les aider, le gouvernement était prêt à faire machine arrière, à supprimer tous les programmes contre la pauvreté et toutes les conquêtes sociales difficilement obtenues au cours des vingt-cinq années précédentes.

Les réformateurs perdaient de plus en plus leurs illusions et commençaient à croire au pire : les grandes sociétés internationales, grâce à leur argent, manipulaient et contrôlaient le monde de plus en plus. Cela seul expliquait le virage à droite de l'opinion. Ces groupes d'intérêts achetaient les gouvernements, les médias, et finalement, comme dans l'Allemagne nazie, ils diviseraient progressivement la société en possédants et déshérités ; les firmes les plus importantes et les plus riches ruineraient les petites entreprises et contrôleraient une portion de plus en plus grande des richesses. Certes, des émeutes se produiraient, mais elles permettraient seulement aux élites de renforcer le contrôle policier sur la société.

Ma conscience sauta brusquement à un niveau supérieur et je compris finalement la polarisation de la Peur : des millions d'hommes et de femmes évoluaient vers une conception ou vers l'autre, et les deux parties faisaient monter les enchères en parlant de guerre, de lutte du bien et du mal. Chacun voyait en l'autre l'ordonnateur d'une vaste conspiration.

Je compris alors l'influence croissante de ceux qui prétendaient pouvoir expliquer cet état de fait en annonçant la *fin du monde*, ce dont Joël m'avait parlé précédemment. Dans le climat d'agitation provoqué par cette période de transition, ces prophètes de malheur commençaient à étendre leur pouvoir. Selon eux, la Bible devait être prise au pied de la lettre, et l'incertitude de notre époque s'expliquait par l'imminence de l'Apocalypse. Bientôt éclaterait une guerre sainte totale, rapide et sanglante entre les forces des ténèbres et les armées de la lumière. Dans une telle perspective, il fallait d'urgence choisir le bon côté avant le début des combats.

Mais, au-delà de ces réactions de peur et de repli sur soi, les Visions de Naissance de mes contemporains étaient riches d'enseignements, comme lors d'autres tournants historiques décisifs. Tous, quelle que fût leur position, venaient sur terre en souhaitant atténuer cette polarisation. Ils voulaient passer en douceur de la vieille conception du monde matérialiste à la nouvelle conception spirituelle ; ils souhaitaient préserver le meilleur des anciennes traditions et l'intégrer dans ce nouveau monde en train d'émerger.

Cette belliquosité aberrante ne provenait pas du projet initial de chacun, mais de la Peur. Notre vision originelle nous enseignait que l'éthique de la société pouvait être conservée tout en garantissant la liberté de chacun et la protection de l'environnement ; l'introduction d'un objectif spirituel central maintiendrait la créativité économique et la transformerait. De plus, cet objectif spirituel pénétrerait profondément le monde et donnerait naissance à une Utopie qui réaliserait de façon symbolique la fin des temps décrite par les Écritures.

Ma conscience s'amplifia encore et, comme lors de la Vision de Naissance de Maya, je pus presque apercevoir cette conception spirituelle supérieure, le tableau complet de l'histoire de l'humanité à partir de maintenant, la façon dont nous allions réconcilier ces tendances opposées et accomplir notre destinée humaine. Puis, comme auparavant, la tête commença à me tourner et je perdis ma concentration ; je ne pouvais plus garder le niveau d'énergie nécessaire pour capter cette perspective.

Ma vision commença à s'atténuer et je luttai pour la conserver, voyant la situation actuelle une dernière fois. Sans l'influence et la médiation de la Vision du Monde, la polarisation de la Peur continuerait à augmenter. Les deux parties se renforceraient, leurs sentiments hostiles croîtraient ; chacun jugerait que les doctrines de l'autre n'étaient pas seulement erronées, mais ignobles, vénales… voire inspirées par le diable lui-même.

Après un moment de vertige j'eus la sensation d'être entraîné dans un rapide mouvement. Je regardai autour de moi et vis Wil à mon côté. Il me jeta un bref regard puis examina, l'air préoccupé, le décor gris qui nous entourait. Nous avions voyagé jusqu'à un nouveau site.

— As-tu pu voir ma vision de l'histoire ? demandai-je.

Il me regarda et hocha la tête.

— Il s'agissait d'une nouvelle interprétation spirituelle de l'histoire, un peu marquée par ta conception personnelle, mais étonnamment révélatrice. Je n'ai jamais rien vu de tel auparavant. Cette partie de la dixième révélation offre une vision claire de la quête de l'humanité telle qu'on la conçoit dans l'Après-Vie. Chacun de nous naît avec un projet existentiel positif et essaye d'apporter sur terre une partie des connaissances de l'Après-Vie. C'est notre intention à tous ! L'histoire n'est qu'un long processus d'éveil. Quand nous naissons dans le monde physique, bien sûr, nous devenons inconscients, nous sommes éduqués et socialisés dans la réalité culturelle de l'époque où nous apparaissons. Nous ne nous souvenons plus alors que de nos sentiments spontanés, de nos intuitions, pour faire certaines choses. Mais nous devons constamment combattre la Peur. Souvent la Peur est si grande que nous ne parvenons pas à mener à bien nos projets ou nous les déformons d'une façon ou d'une autre. Mais chacun d'entre nous, j'insiste, chacun d'entre nous vient sur terre avec les meilleures intentions.

— Alors tu penses que même un tueur en série vient sur terre avec le projet d'accomplir une bonne action ?

— Oui, au départ. Tout meurtre est une explosion de rage, une façon de se libérer d'un poids, de surmonter un sentiment intérieur de Peur et d'impuissance.

— N'y a-t-il pas quand même des gens foncièrement mauvais ?

— Non, la Peur les rend fous et les pousse à commettre d'horribles erreurs. Et ils doivent en assumer la responsabilité.

Mais ces actions abominables sont en partie causées par notre tendance à considérer certains hommes comme naturellement mauvais. Notre conception erronée de la nature humaine alimente la polarisation. Chacun croit que l'autre est intrinsèquement mauvais, chacun déshumanise, aliène l'autre. Cela accroît la Peur et fait émerger le pire en chacun de nous.

Il semblait de nouveau distrait, regardant au loin.

– Chaque partie pense que l'autre est impliquée dans une gigantesque conspiration qui incarne tout ce qui est négatif, ajouta-t-il.

Je remarquai qu'il regardait au loin de nouveau ; en suivant ses yeux et en me concentrant sur l'environnement, je commençai aussi à éprouver une sensation sinistre d'obscurité et un mauvais pressentiment.

– Nous ne pourrons pas introduire sur terre la Vision du Monde ni mettre un terme à la polarisation tant que nous ne comprendrons pas la véritable nature du mal et la réalité de l'enfer, continua-t-il.

– Pourquoi dis-tu ça ? demandai-je.

Il me regarda encore une fois, puis ses yeux se tournèrent vers le décor gris qui nous entourait.

– Parce que nous sommes exactement à la porte de l'enfer.

Chapitre 7

VAINCRE L'ENFER INTÉRIEUR

Un frisson me parcourut quand j'examinai l'environnement gris dans lequel je me trouvais. Le sentiment pénible que
j'éprouvais auparavant se transforma en une sensation d'aliénation et de désespoir.

— Es-tu venu ici auparavant ? demandai-je à Wil.

— Seulement jusqu'au bord, répondit-il. Jamais à l'intérieur. Sens-tu combien c'est froid ?

Je hochai la tête quand un mouvement attira mon attention.

— Qu'est-ce que c'est ?

Wil secoua la tête.

— Je ne sais trop.

Une masse d'énergie tourbillonnante semblait bouger dans
notre direction.

— Cela doit être un autre groupe d'âmes, dis-je.

Tandis qu'elles s'approchaient, j'essayai de me concentrer
sur leurs pensées, et ma sensation d'aliénation et même de
colère s'accrut. J'essayai de m'en débarrasser et de m'ouvrir
davantage.

J'entendis vaguement Wil m'avertir : « Attends, tu n'es pas
assez solide », mais il était trop tard. Je fus brusquement projeté
dans une obscurité intense, et ensuite je me retrouvai dans une
sorte de grande ville. Terrifié, je regardai autour de moi, luttant

pour rester attentif ; d'après le style de l'architecture, j'étais transporté au XIXe siècle. Je me tenais au coin d'une rue où se promenaient des passants et au loin s'élevait le dôme d'un bâtiment en forme de capitole. Au départ, je pensai qu'il s'agissait du XIXe siècle, mais plusieurs aspects de la réalité ne correspondaient pas : l'horizon disparaissait en un étrange fondu gris, et le ciel était d'un vert olivâtre, comme le ciel au-dessus du bâtiment que Williams avait imaginé quand il ne voulait pas admettre sa mort.

Ensuite je me rendis compte que quatre hommes m'observaient de l'autre côté de la rue. Un sentiment de froid glacial m'envahit. Tous étaient fort élégants. L'un d'entre eux inclina la tête et tira une bouffée de son gros cigare. Un autre regarda sa montre et la replaça dans son gousset. Leur aspect était raffiné mais menaçant.

– Toute personne qui provoque leur courroux est un de mes amis, dit soudain quelqu'un à voix basse derrière moi.

Je me retournai et me trouvai face à un homme grand et rond comme une barrique, bien habillé, qui s'approchait de moi. Il portait un chapeau de feutre à large bord. Son visage me semblait familier. Je l'avais déjà vu. Mais où ?

– Ne faites pas attention à eux, ajouta-t-il. Ce n'est d'ailleurs pas très difficile de se montrer plus malin que ces types-là.

J'examinai sa grande taille, son dos voûté et ses yeux constamment mobiles, puis me rappelai qui il était. Dans mes visions des guerres contre les Indiens au XIXe siècle, il avait commandé les troupes fédérales : après avoir refusé de rencontrer Maya, il avait ordonné de lancer l'offensive contre les Indiens. D'après moi, cette ville était une construction imaginaire. Il devait avoir recréé le cadre de sa vie précédente pour éviter d'admettre son décès.

– Tout ceci n'est pas réel, balbutiai-je. Vous êtes… euh… mort.

Il sembla ignorer mes propos.

– Alors qu'avez-vous fait pour dégoûter cette bande de chacals ?

– Rien du tout.

– Oh si ! vous avez certainement fait quelque chose. Je connais ce regard qu'ils vous lancent. Ils s'imaginent être les maîtres de cette ville, vous savez. En fait, ils croient qu'ils peuvent diriger le monde entier. (Il secoua la tête.) Ces gens n'ont jamais confiance dans le destin et ils veillent à ce que l'avenir se déroule exactement selon leurs plans. Tout. Le développement économique, les gouvernements, les flux monétaires, même la valeur relative des monnaies internationales. En fait, ils n'ont pas tort. Dieu sait que le monde est rempli de bouseux et d'imbéciles, qui causeraient notre perte à tous si on leur laissait prendre des initiatives. Les hommes doivent être dirigés et surveillés autant que possible, et si l'on peut gagner un peu d'argent au passage, pourquoi pas ?

« Mais ces cinglés ont essayé de *me* rouler. Bien sûr, je suis plus malin qu'eux. Je l'ai toujours été. Alors qu'avez-vous fait ?

– Écoutez, dis-je. Essayez de comprendre. Rien de tout cela n'est réel.

– Hé, répliqua-t-il, je vous conseille de me mettre dans la confidence. S'ils sont contre vous, je serai votre seul ami.

Je détournai le regard, mais je sentais qu'il se méfiait de moi.

– Ce sont des individus perfides, continua-t-il. Ils ne vous pardonneront jamais. Prenez mon cas, par exemple. Ils voulaient seulement utiliser mon expérience militaire pour écraser les Indiens et s'approprier leurs terres. Mais je les avais à l'œil. Je savais qu'on ne pouvait pas leur faire confiance, que je devais être prudent. (Il me lança un regard ironique et désabusé.) Si vous êtes un héros de guerre, il leur est plus difficile de vous utiliser et de vous balancer ensuite, pas vrai ? Après la victoire, j'ai réussi à gagner la sympathie de l'opinion. Alors, ces types ont dû me laisser entrer dans leur jeu. Mais laissez-moi vous avertir : ne les sous-estimez jamais. Ils sont capables de tout.

Il recula un peu, comme s'il réfléchissait à mon aspect extérieur.

– En fait, ajouta-t-il, ils vous ont peut-être envoyé pour m'espionner.

Ne sachant que faire, je commençai à m'éloigner de lui.

– Salaud ! cria-t-il, j'avais raison.

Je le vis plonger la main dans sa poche et en extraire un poignard. D'abord pétrifié par la peur, je me ressaisis, descendis la rue en courant et pénétrai dans une ruelle, tandis que j'entendais le bruit de ses pas derrière moi. À droite j'aperçus une porte entrebâillée. Je m'y engouffrai, la claquai derrière moi et fermai le verrou. Je sentis une forte odeur d'opium. Autour de moi se trouvaient des dizaines de gens, dont certains me fixaient d'un air absent. Étaient-ils réels, me demandai-je, ou faisaient-ils partie d'une illusion ? Très rapidement ils retournèrent à leurs conversations muettes et à leurs narguilés, aussi commençai-je à me frayer un chemin au milieu des matelas sales et des canapés pour atteindre une autre porte.

– Je te connais, dit une femme d'une voix peu assurée.

Elle s'appuyait contre le mur, à côté de la porte, sa tête penchait en avant comme si elle était trop lourde pour son cou.

– Nous étions dans la même classe.

Troublé, je la regardai un court instant et me souvins alors d'une jeune lycéenne qui souffrait régulièrement de crises de dépression et consommait de la drogue. Refusant tout traitement, elle avait succombé à une overdose.

– Sharon, c'est toi ?

Elle réussit à sourire, et je jetai un coup d'œil à la porte d'entrée, craignant que le général n'ait réussi à entrer.

– Tout va bien, dit-elle. Tu peux rester avec nous. Tu seras en sécurité ici. Personne ne te fera de mal.

Je m'approchai d'elle et lui dis aussi gentiment que possible :

– Je ne veux pas rester. Tout ce qui nous entoure est une illusion.

Lorsque je prononçai ces mots, trois ou quatre personnes se tournèrent vers moi et me lancèrent un regard furieux.

– S'il te plaît, Sharon, murmurai-je. Viens avec moi.

Deux des individus les plus proches de nous se levèrent et se placèrent de chaque côté de la jeune fille.

– Partez d'ici, me dit l'un. Laissez-la tranquille.

– Ne l'écoute pas, dit l'autre à Sharon. Il est fou. Nous avons besoin les uns des autres.

Je baissai légèrement la tête de façon à regarder mon amie droit dans les yeux.

– Sharon, rien de tout cela n'est réel. Tu es morte. Nous devons trouver un moyen de sortir d'ici.

– La ferme ! cria quelqu'un.

Quatre ou cinq autres personnes marchèrent vers moi, avec un regard haineux.

– Fous-nous la paix !

Je commençai à reculer vers la porte ; les inconnus se dirigeaient vers moi. À travers les silhouettes, je vis Sharon reprendre son narguilé. Je me retournai et franchis une porte en courant mais je m'aperçus qu'elle ne donnait pas sur la rue. Je me trouvais dans une sorte de bureau avec des ordinateurs, des classeurs, une table de conférence, des meubles et du matériel modernes, du XXe siècle.

– Hé là, vous n'avez pas le droit d'entrer ici ! me lança quelqu'un.

Je me tournai et me trouvai face à un homme d'une quarantaine d'années qui me regardait au-dessus de ses lunettes.

– Où est ma secrétaire ? Je n'ai pas une minute à vous consacrer. Que voulez-vous ?

– Quelqu'un me poursuit. J'essaie de me cacher.

– Mon Dieu ! Eh bien, ne restez pas ici. Comme je vous l'ai dit, je n'ai pas de temps à perdre. Vous n'avez pas idée de tout ce que je dois faire aujourd'hui. Regardez ces dossiers. Qui les traitera si ce n'est moi ?

Il paraissait terrifié en évoquant cette perspective.

Je secouai la tête et cherchai la sortie.

– Ne savez-vous pas que vous êtes mort ? Tout ceci est imaginaire.

Son expression passa de l'angoisse à la colère et, après quelques secondes de silence, il me demanda :

– Comment êtes-vous entré ici ? Êtes-vous un criminel ?

Je trouvai une porte qui menait au-dehors et m'enfuis. Les rues étaient maintenant complètement vides, à part une voiture à cheval. Elle s'arrêta devant un hôtel sur l'autre trottoir et une très jolie femme, vêtue d'une robe du soir, en descendit. Elle me jeta un bref regard et me sourit. Son attitude était chaleureuse et bienveillante. Je traversai la rue en courant, et elle s'arrêta pour me regarder approcher ; elle m'adressa alors un sourire engageant, plein de coquetterie.

— Puisque vous êtes seul, me proposa-t-elle, pourquoi ne m'accompagnez-vous pas ?

— Où allez-vous ? demandai-je non sans hésitation.

— À une soirée.

— Qui va y participer ?

— Je n'en ai aucune idée.

Elle ouvrit la porte de l'hôtel et me fit signe d'entrer. Je la suivis sans but précis, essayant de penser à ce que je devais faire. Nous pénétrâmes dans l'ascenseur et elle appuya sur le bouton du quatrième étage. Tandis que l'ascenseur montait, la sensation de chaleur et de tendresse augmentait à chaque étage. Du coin de l'œil, je vis que la belle inconnue fixait mes mains. Quand je la regardai, elle sourit et me déclara que je l'avais prise sur le fait.

Les portes de l'ascenseur s'ouvrirent et elle me conduisit le long d'un couloir jusqu'à une porte où elle frappa deux fois. Bientôt un homme ouvrit et son visage s'éclaira à la vue de mon guide.

— Entrez ! dit-il. Entrez !

Elle m'invita à passer devant elle et quand je fus à l'intérieur une jeune femme attrapa mon bras. Elle portait une robe sans bretelles et marchait pieds nus.

— Oh ! vous vous êtes perdu, dit-elle. Pauvre chéri. Avec nous vous serez en sécurité.

J'aperçus alors un homme torse nu.

— Oh, regardez-moi ces cuisses ! commenta-t-il en détaillant mon corps.

— Il a des mains parfaites, dit un autre.

Saisi, je me rendis compte que la pièce était remplie de gens plus ou moins déshabillés en train de faire l'amour.

— Non, attendez ! dis-je. Je ne peux pas rester.

La femme qui me tenait le bras protesta :

— Vous voulez repartir ? Vous ne trouverez jamais un groupe comme le nôtre. Sentez l'énergie qu'il y a ici. Rien à voir avec la peur de la solitude, n'est-ce pas ?

Elle passa sa main sur ma poitrine.

Soudain j'entendis le bruit d'une bagarre de l'autre côté de la pièce.

– Non, laissez-moi tranquille ! cria un jeune homme qui avait à peine dix-huit ans. Je ne veux pas rester ici.

Il écarta plusieurs personnes et franchit la porte en courant. Je profitai de cette diversion pour le suivre. Il n'attendit pas l'ascenseur et se mit à descendre les escaliers en dévalant les marches à toute allure. Je fis de même et, quand j'arrivai dans la rue, il se trouvait déjà sur l'autre trottoir.

J'allais l'appeler quand je le vis paralysé par la terreur. Un peu plus loin sur la chaussée se tenait le général, toujours son poignard à la main, mais cette fois il faisait face au groupe d'hommes qui m'avaient dévisagé un peu plus tôt. Ils parlaient tous en même temps d'un air furieux. Brusquement, l'un d'entre eux sortit un revolver et le général se précipita sur lui avec son couteau. Des coups de feu retentirent, le chapeau du général et son poignard tombèrent à terre tandis qu'une balle lui transperçait le front. Il s'écroula sur le sol et les autres hommes s'arrêtèrent au milieu de leurs mouvements, leurs silhouettes devinrent floues puis se volatilisèrent complètement ainsi que le cadavre du général.

De l'autre côté de la rue, le jeune homme s'assit d'un air las sur le bord du trottoir et plongea sa tête entre ses mains. Je me précipitai vers lui, tandis que mes genoux s'entrechoquaient.

– Tout va bien, dis-je. Ils sont partis.

– Non, ils sont toujours là, dit-il, contrarié. Regardez là-bas.

Je me retournai et vis les quatre hommes qui avaient disparu : ils se tenaient maintenant sur l'autre trottoir, devant l'hôtel. Aussi incroyable que cela puisse paraître, ils avaient exactement la même attitude qu'à mon arrivée dans cette ville insolite. L'un tirait une bouffée de son cigare tandis que l'autre regardait sa montre.

Mon cœur commença à battre quand je remarquai le général, qui se tenait lui aussi devant l'hôtel et les regardait d'un air menaçant.

– Ici, les mêmes événements se répètent sans cesse, dit le jeune homme. Je n'en peux plus. Quelqu'un doit m'aider.

Avant que je puisse lui répondre, deux formes se matérialisèrent à sa droite, mais restèrent floues.

Le jeune homme les fixa un long moment, puis une expression d'enthousiasme se peignit sur son visage et il s'exclama :

– Roy, est-ce toi ?

Tandis que je les observais, les deux ombres se rapprochèrent de lui jusqu'à ce que leurs formes entrelacées me le cachent entièrement. Au bout de quelques minutes, il avait complètement disparu ainsi que les deux âmes.

Mes yeux étaient rivés sur le bout de trottoir vide où il s'était assis, et je sentis les dernières ondes d'une vibration supérieure. Dans mon esprit je vis de nouveau mon groupe d'âmes et fus submergé par leur affection et leur amour. Me concentrant sur ce sentiment, je parvins à chasser l'angoisse qui m'enveloppait et à amplifier considérablement mon énergie jusqu'à ce qu'enfin je parvienne à m'ouvrir à l'intérieur. Immédiatement l'environnement changea, la ville s'estompa et je me trouvai dans un décor dont les tons gris étaient plus légers. Tandis que mon énergie augmentait, je réussis à visualiser le visage de Wil et aussitôt il se trouva à mon côté.

– Tu vas bien ? me demanda-t-il en me prenant dans ses bras.

Il semblait extrêmement soulagé.

– Ces illusions étaient très fortes et tu t'es précipité droit dedans.

– Je sais, je n'arrivais pas à réfléchir, je ne pouvais pas me rappeler ce que je devais faire.

– Tu es parti un long moment, nous voulions t'aider, mais notre seule ressource était de t'envoyer de l'énergie.

– Qu'entends-tu par « nous » ?

– Toutes ces âmes, dit Wil en montrant d'un grand geste les alentours.

J'observai attentivement et vis des centaines d'âmes s'étendant aussi loin que je pouvais voir. Certaines regardaient droit vers nous, mais la plupart semblaient être focalisées dans une autre direction. Je suivis leur regard et aperçus plusieurs grands tourbillons d'énergie au loin. En me concentrant, je me rendis compte que l'un de ces tourbillons était en fait la ville dont je venais de m'échapper.

— Que représentent ces endroits ? demandai-je à Wil.

— Des constructions mentales, répondit-il, élaborées par des âmes qui durant leur vie ont connu des mécanismes de domination très restrictifs et n'ont pas pu se réveiller après leur mort. Il en existe des milliers dans ce cas, là-bas.

— Pouvais-tu voir ce qui se passait pendant que je me trouvais dans la ville imaginaire ?

— En grande partie. Quand je me focalisais sur les âmes les plus proches, je pouvais capter leur vision de ce qui t'arrivait. Ce cercle d'âmes est constamment en train d'envoyer des rayons d'énergie à l'intérieur des créations imaginaires en espérant que quelqu'un répondra.

— As-tu vu le jeune homme ? Il a réussi à se réveiller. Mais les autres ne se rendaient compte de rien.

Wil tourna son visage vers moi.

— Te souviens-tu de ce que nous avons découvert durant la Revue de Vie de Williams ? D'abord il refusait d'accepter ce qui se passait et il niait sa mort au point qu'il a créé une construction mentale de son bureau.

— Oui, j'ai pensé à cela quand j'étais là-bas.

— Eh bien, cela fonctionne de la même façon pour tout le monde. Si, durant notre existence, nous nous plongeons totalement dans notre mécanisme de domination et notre routine quotidienne pour ignorer le mystère et l'insécurité de la vie, alors nous sommes incapables de nous réveiller après la mort et nous créons ces illusions, ces états seconds, afin de pouvoir continuer à nous sentir en sécurité dans le monde de l'Après-Vie. Si le groupe d'âmes de Williams ne l'avait pas contacté, il serait entré dans un de ces endroits infernaux où tu te trouvais. Tout cela est une réaction contre la Peur. Là-bas les gens seraient paralysés par la Peur s'ils ne trouvaient pas une façon de la contourner, de la refouler dans l'inconscient. Ils ne font que répéter les mêmes scénarios existentiels, les mêmes astuces pour s'en sortir que celles qu'ils ont utilisées durant leur vie, et ils ne peuvent pas s'arrêter.

— Alors ces réalités illusoires ne sont que des mécanismes de domination poussés à leur limite ?

— Oui, elles appartiennent toutes aux principales catégories de mécanismes de domination, sauf qu'elles sont plus intenses et non réfléchies. Par exemple, l'homme avec le poignard, le général, était certainement un Intimidateur qui dérobait de l'énergie aux autres. Et il justifiait sa conduite en prétendant que tout le monde voulait le rouler ; bien sûr, au cours de sa vie sur terre il a attiré exactement ce genre d'individus, et sa vision mentale s'est réalisée. Après sa mort, il a seulement créé des personnages imaginaires qui le poursuivent, afin de pouvoir reproduire la même situation.

« S'il ne pouvait plus intimider les autres et si son énergie diminuait, l'anxiété envahirait sa conscience et il devrait l'affronter. Alors il joue constamment le rôle de l'Intimidateur. Il doit entretenir ce genre de rapports, conserver cette attitude apprise il y a longtemps, car il sait qu'elle occupera suffisamment son esprit pour dompter la peur. C'est ce comportement lui-même – sa nature compulsive, dramatique, ses poussées d'adrénaline – qui fait reculer l'angoisse à l'arrière-plan, de sorte qu'il peut l'oublier, la nier, et se sentir à moitié à l'aise dans son existence, au moins pendant un court moment.

— Et qu'en est-il des toxicomanes ? demandai-je.

— Dans ce cas, ils prennent une attitude passive, celle de la « Victime », et la poussent à l'extrême en ne voyant que désespoir et cruauté dans le monde entier pour justifier leur besoin d'évasion. La quête obsessionnelle de drogues occupe leur esprit et leur permet de refouler leur angoisse, même dans l'Après-Vie.

« Dans la dimension terrestre, la drogue produit souvent une euphorie très semblable à celle qu'engendre l'amour. Le problème avec cette euphorie factice, cependant, est que l'organisme résiste aux produits chimiques et réagit contre eux ; à mesure que le temps passe, on a donc besoin d'en consommer des quantités de plus en plus importantes pour obtenir le même effet, ce qui finit par détruire le corps.

Je pensai de nouveau au général.

– Quelque chose de vraiment bizarre s'est produit là-bas. L'homme qui me pourchassait a été tué et, ensuite, il a semblé revenir à la vie et recommencer le scénario depuis le début.

– C'est ainsi que cela fonctionne dans cet enfer que l'on s'impose soi-même. Toutes ces illusions s'épuisent et finissent toujours par exploser. Si tu t'étais trouvé en compagnie de quelqu'un qui refuse de s'interroger sur le mystère de la vie mais compense son angoisse en mangeant de grandes quantités de matières grasses, un arrêt cardiaque aurait pu mettre fin à son existence. Les toxicomanes finissent par détruire leur propre corps, le général n'arrête pas de mourir, et ainsi de suite.

« Et cela fonctionne de même dans la dimension matérielle : un mécanisme de domination compulsif échoue toujours, tôt ou tard. Habituellement cela se passe durant les épreuves et les défis de la vie ; la routine se brise et l'angoisse nous envahit. On appelle cela toucher le fond. C'est le moment de se réveiller et d'affronter la Peur autrement : mais celui qui n'y arrive pas retombe dans le même cercle vicieux. Et s'il ne se réveille pas sur terre, il aura sans doute de grosses difficultés à se réveiller dans l'autre dimension.

« Ces comportements compulsifs expliquent tous les actes horribles commis dans notre monde. Ils sont la cause psychologique de tous les actes foncièrement mauvais, la motivation de ceux qui commettent des crimes inconcevables comme de battre ou violer des enfants, le mobile des sadiques et des tueurs en série. Ils ne font que répéter sans cesse le même comportement, car ils savent qu'il va embrumer leur cerveau et atténuer l'angoisse qu'ils éprouvent de se sentir perdus.

– D'après toi, intervins-je, il n'y a pas de conspiration du mal en ce monde, il n'existe pas de complot satanique dont nous serions victimes ?

– Non. Il y a seulement la peur des hommes et les façons bizarres qu'ils ont de la conjurer.

– Pourquoi alors les Écritures et les textes sacrés font-ils si souvent référence à Satan ?

– Il s'agit d'une métaphore, d'une façon symbolique d'inciter les hommes à se tourner vers Dieu s'ils veulent se sentir en sécurité, au lieu de satisfaire leur tragiques penchants et habitudes personnels. Attribuer à une force extérieure tous les maux de la terre était peut-être utile à un certain stade du développement de l'humanité. Mais maintenant cela camoufle la vérité : nous évitons commodément toute responsabilité lorsque, pour nos actes répréhensibles, nous blâmons des forces qui nous sont extérieures. Nous avons tendance à utiliser l'idée de Satan afin de projeter notre souhait que certaines personnes soient intrinsèquement mauvaises ; ainsi nous pouvons diaboliser ceux avec lesquels nous sommes en désaccord et les éliminer. Il est temps de comprendre la vraie nature du mal d'une façon plus raffinée et de l'affronter.

– S'il n'y a pas de complot satanique, dis-je, alors la « possession » n'existe pas ?

– C'est plus compliqué, répondit Wil d'un ton catégorique. La « possession » psychologique existe. Elle ne provient pas d'une conspiration du mal, il s'agit seulement d'un phénomène d'énergie. Ceux qui ont peur veulent contrôler les autres. C'est pourquoi certains groupements essayent de t'attirer dans leurs filets, de te convaincre de les suivre et de te soumettre à leur autorité. Et ils te combattent férocement si tu essaies de les quitter.

– Lorsque j'ai été attiré dans cette ville illusoire, j'ai pensé que j'avais été possédé par une force démoniaque.

– Non, tu as été attiré là-bas parce que tu as commis la même erreur que précédemment : tu ne t'es pas ouvert à ces âmes et tu ne les as pas écoutées ; tu t'es livré à elles, comme si elles détenaient automatiquement toutes les réponses, sans vérifier si elles étaient connectées à l'amour et motivées par lui. Et contrairement aux âmes qui sont reliées à Dieu, elles ne t'ont pas abandonné. Elles t'ont fait pénétrer dans leur monde, exactement comme un groupe ou une secte de cinglés peut le faire dans la dimension matérielle, si tu n'utilises pas ton esprit critique.

Will se tut un moment pour réfléchir puis il continua :

— Nous avons découvert de nouveaux aspects de la dixième révélation ; c'est pourquoi nous avons pu voir ces scènes. Plus la communication entre les deux dimensions augmentera, plus nous rencontrerons fréquemment des âmes dans l'Après-Vie. Il nous faut apprendre à distinguer les âmes qui sont éveillées et connectées à l'esprit de l'amour d'avec celles qui ont peur et sont coincées dans un mécanisme obsessionnel. Mais nous devons le faire sans pour autant rejeter ceux qui sont prisonniers de la Peur en les qualifiant de démons ou de diables. Ce sont des âmes engagées dans un processus de croissance, exactement comme nous. En fait, dans la dimension terrestre, ceux qui sont coincés dans des mécanismes dont ils ne peuvent s'échapper sont souvent ceux qui avaient les Visions de Naissance les plus optimistes.

Je secouai la tête car je ne suivais pas son raisonnement.

— Ils choisissent de naître, continua-t-il, dans des situations difficiles, effrayantes, qui nécessitent des mécanismes de défense irrationnels, très intenses.

— Tu veux parler des familles dysfonctionnelles et de celles où les enfants sont maltraités ou violés ?

— Oui. Les mécanismes de domination intenses, qu'ils soient violents, pervers ou qu'ils sous-tendent des penchants bizarres, proviennent de milieux où la vie est terriblement dysfonctionnelle, où l'on étouffe et subit des mauvais traitements, et où le niveau de la Peur est si élevé qu'ils reproduisent la même rage, la même colère ou la même perversion génération après génération. Ceux qui naissent dans de telles situations choisissent de le faire volontairement, c'est très clair.

L'idée me semblait absurde.

— Comment quelqu'un peut-il vouloir naître dans ce genre de milieu ?

— Ils sont persuadés qu'ils auront assez de force pour briser, terminer le cycle, « guérir » le système familial dans lequel ils naîtront. Ils sont convaincus qu'ils se réveilleront et surmonteront le ressentiment et la colère qu'ils éprouveront devant ces terribles circonstances ; il s'agit pour eux de se préparer à leur mission – habituellement aider d'autres personnes à sortir de situations similaires. Même s'ils sont violents, nous devons considérer qu'ils ont la possibilité de se libérer de leurs mécanismes de domination.

– Alors les théories des gens de gauche sur la criminalité et la violence sont fondées ? Toute personne peut changer et se réhabiliter ? L'analyse des conservateurs n'a absolument aucun mérite ?

Wil sourit.

– Pas exactement. Les gens de gauche ont raison sur un point : ceux qui ont été maltraités et opprimés pendant leur enfance sont conditionnés par leur milieu social ; et les conservateurs ont tort quand ils prétendent que, pour stopper le crime ou le chômage, il suffit aux individus de faire le bon choix.

« Mais l'approche de la gauche a aussi des côtés superficiels : selon elle, les gens changeront si on leur offre une aide financière ou une meilleure éducation, par exemple. Habituellement les programmes d'intervention enseignent seulement à prendre des décisions plus judicieuses et à faire des choix économiques. Dans le cas de délinquants violents, la réhabilitation se résume au mieux à une thérapie superficielle, au pire à un discours compréhensif, indulgent, qui a des effets catastrophiques. On ne peut se contenter d'une mise en garde, d'une condamnation à une peine symbolique. Sinon ceux dont les mécanismes de domination sont perturbés pensent qu'ils n'ont pas commis d'actes graves et récidivent.

– Alors que faut-il faire ? demandai-je.

Wil vibrait d'enthousiasme :

– Intervenir sur le plan spirituel ! Leur faire prendre conscience de tout le processus, comme le font ces âmes pour ceux qui sont coincés dans le monde des illusions.

Wil fixa les âmes dans le cercle, puis il me regarda et secoua la tête.

– Toutes les informations que je viens de te communiquer m'ont été fournies par ces âmes, mais je ne réussis pas à voir clairement la Vision du Monde. Nous n'avons pas encore appris comment accumuler suffisamment d'énergie.

Je me concentrai sur les âmes dans le cercle. Il m'apparaissait clairement que ces groupes détenaient d'autres connaissances et les projetaient vers les constructions mentales provoquées par la Peur, mais je ne captai rien de plus que Wil.

– Au moins, nous avons assimilé un élément supplémentaire de la dixième révélation, affirma Wil. Nous devons nous souvenir que, même si les autres ont une attitude néfaste, ce sont seulement des âmes qui essayent de se réveiller, comme nous.

Je sursautai et reculai soudain en entendant un bruit horriblement dissonant, et un tourbillon de couleurs s'empara de mon esprit. Wil tendit vivement le bras et me rattrapa au dernier moment, m'attirant vers son énergie en me tenant fermement par les épaules. Pendant un moment je tremblai violemment, puis le son discordant cessa.

– Ils ont recommencé leurs expériences, dit Wil.

Je chassai mon vertige et le regardai.

– Cela signifie que Curtis va probablement essayer d'utiliser la force pour les arrêter. Selon lui, il n'existe pas d'autre moyen.

Tandis que je prononçais ces mots, dans mon esprit passa une image claire de Feyman, l'homme dont David Lone Eagle pensait qu'il jouait un rôle dans les expériences. Il inspectait la vallée. Je jetai un coup d'œil à Wil et me rendis compte qu'il avait vu la même image. Il hocha la tête en signe d'approbation et nous commençâmes alors à nous déplacer.

Quand nous nous arrêtâmes, Wil et moi nous faisions face. Autour de nous le décor était plus gris. Un autre son puissant, discordant, secoua le silence et le visage de mon ami devint flou. Wil me retint fermement et, au bout de quelques minutes, le bruit cessa.

– Ces explosions sont de plus en plus fréquentes, déclarat-il. Le temps nous presse.

Je hochai la tête, luttant contre une sensation de vertige.

– Observons les alentours attentivement, proposa Wil.

Dès que nous nous concentrâmes sur les environs, nous aperçûmes une masse d'énergie à quelques centaines de mètres de nous. Elle se rapprocha immédiatement et s'arrêta non loin.

– Sois prudent, m'avertit Wil. Ne t'identifie pas complètement à eux. Écoute et essaie de savoir de qui il s'agit.

Je me concentrai prudemment et bientôt je vis des âmes en
mouvement et une image de la ville dont je m'étais échappé.

Je reculai de peur, ce qui les incita en fait à se rapprocher.

– Reste centré sur l'amour, me conseilla Wil. Elles ne
peuvent pas nous attirer vers elles, à moins que nous leur
demandions de venir à notre secours. Essaie de leur envoyer de
l'amour et de l'énergie. Ou bien cela les aidera, ou bien cela les
fera fuir.

Me rendant compte que ces âmes avaient plus peur que
moi, je trouvai mon centre d'énergie et leur envoyai de l'amour.
Immédiatement elles reculèrent.

– Pourquoi ne peuvent-elles pas accepter l'amour et se
réveiller ? demandai-je à Wil.

– Parce que, lorsqu'elles sentent l'énergie, cela élève leur
conscience d'un degré, leur inquiétude s'accentue et cela ne
diminue pas leur angoisse de la solitude. Prendre conscience
d'un mécanisme de domination et s'en libérer augmente toujours l'angoisse, dans un premier temps, parce que la compul-
sion s'aggrave avant que l'on puisse trouver la solution intérieure au désarroi. C'est pourquoi « la nuit obscure de l'âme »
précède parfois une augmentation de la prise de conscience et
une euphorie spirituelle.

Un mouvement sur la droite attira notre attention. Quand
je me concentrai, je me rendis compte que d'autres âmes se
trouvaient aux alentours ; elles se rapprochaient et les premières
âmes s'éloignaient. Je fis un effort pour capter ce que faisait le
deuxième groupe.

– Pourquoi penses-tu que ce groupe est arrivé ? demandai-
je à Wil.

Il haussa les épaules.

– Elles doivent avoir un rapport avec ce type, Feyman.

Dans l'espace qui les entourait j'aperçus une image floue.
Quand elle devint plus claire, je me rendis compte qu'il s'agissait d'une énorme usine quelque part sur terre, avec de grands
bâtiments métalliques, des rangées de transformateurs, des

tuyaux et des kilomètres de fil électrique reliés entre eux. Au milieu du complexe, au sommet d'un des plus hauts bâtiments, se trouvait un centre de commande entièrement en verre. À l'intérieur, j'aperçus une profusion d'ordinateurs et de manomètres de toutes sortes. J'interrogeai Wil du regard.

– Je le vois, dit-il.

Tandis que nous continuions à examiner le complexe, notre perspective s'élargit et nous pûmes survoler l'usine. De ce point d'observation nous constatâmes que ces kilomètres de fil électrique alimentaient d'immenses tours contenant des rayons laser, et ces rayons projetaient de l'énergie vers d'autres stations locales.

– Sais-tu ce que c'est ? demandai-je à Wil.

Il hocha la tête.

– Une centrale qui produit de l'énergie.

Un mouvement à une extrémité du complexe attira notre attention. Des ambulances et des camions de pompiers se dirigeaient vers l'un des grands bâtiments. Une lueur menaçante provenait des fenêtres du troisième étage. À un moment elle devint fulgurante, et le sol sembla craquer sous le bâtiment. Dans une explosion de poussière et de débris, le bâtiment fut ébranlé puis s'écroula lentement. À droite, un autre édifice prit feu.

La scène se passait ensuite au centre de commande, à l'intérieur duquel des techniciens s'agitaient frénétiquement. À droite, une porte s'ouvrit et un homme entra, les bras chargés de graphiques et de plans. Il les posa sur une table et se mit à travailler, d'un air confiant et déterminé. Boitillant vers l'un des murs, il commença à manipuler des boutons et des cadrans. Progressivement, la terre cessa de trembler et les incendies furent maîtrisés. Il continua à tripoter des manettes avec diligence et à donner des instructions aux autres techniciens.

Je le regardai plus attentivement et me tournai ensuite vers Wil.

– C'est Feyman !

Avant que mon ami puisse me répondre, ma vision progressa à une vitesse accélérée puis s'arrêta. Devant nos yeux, l'usine était sauvée, puis, rapidement, les ouvriers démontaient tous les bâtiments, l'un après l'autre. En même temps, sur un site voisin, on construisait une nouvelle installation moins vaste pour fabriquer des générateurs plus compacts. Finalement le terrain du complexe revenait à son état naturel, se couvrait d'arbres, et la nouvelle centrale faisait fonctionner des petites unités placées derrière chaque maison et chaque entreprise au milieu des champs.

Brusquement notre vision nous ramena en arrière jusqu'à ce que nous apercevions un homme tout seul, au premier plan, qui observait la même scène que nous : Feyman, avant sa naissance, contemplait ce qu'il pourrait réaliser au cours de sa vie.

Wil et moi nous nous regardâmes.

– C'est une partie de sa Vision de Naissance, n'est-ce pas ? demandai-je.

Wil hocha la tête.

– Ce doit être son groupe d'âmes. Allons voir ce que nous pouvons découvrir à son sujet.

Nous nous concentrâmes sur le groupe d'âmes, et une nouvelle image apparut : celle d'un camp militaire, au XIXe siècle, avec la tente du quartier général. Feyman et Williams étaient les deux aides de camp du général, l'homme que j'avais rencontré dans la ville fictive.

Tandis que nous observions leurs échanges, nous apprîmes l'histoire de leur association. Feyman était un brillant tacticien, chargé du génie et du matériel. Avant de lancer son attaque, le général avait ordonné que l'on vende clandestinement aux Indiens des couvertures contaminées par la variole. Feyman s'était violemment opposé à cette mesure, non qu'il condamnât ses effets sur les indigènes mais parce qu'il jugeait cette mesure politiquement indéfendable.

Par la suite, alors que, à Washington, l'on saluait le succès de la bataille, la presse découvrit le subterfuge de la variole et une enquête fut lancée. Le général et ses complices dans la capitale organisèrent un coup monté contre Feyman. Celui-ci joua le rôle du bouc émissaire, ce qui ruina définitivement sa réputation. Plus tard, le général entama une glorieuse carrière politique et devint une figure nationale, avant d'être à son tour doublé et trahi par les mêmes politiciens de Washington.

Feyman, pour sa part, ne remonta jamais la pente et ses ambitions politiques furent totalement anéanties. Les années passant, il devint de plus en plus amer et plein de ressentiment ; il essaya désespérément de mobiliser l'opinion publique pour rétablir la vérité. Pendant un certain temps, plusieurs journalistes avaient enquêté sur l'affaire, mais l'opinion avait fini par s'en désintéresser complètement et Feyman était tombé dans une disgrâce définitive. Vers la fin de sa vie, se rendant compte qu'il n'atteindrait jamais ses objectifs politiques, il se mit à dépérir ; comme il estimait que le général était responsable de son humiliation, il tenta de l'assassiner au cours d'un dîner officiel mais fut abattu par les gardes du corps de son adversaire.

Parce que Feyman s'était coupé de sa source intérieure de sécurité et d'amour, il ne parvint pas à se réveiller complètement après sa mort. Pendant des années il crut avoir survécu à sa tentative malheureuse d'assassiner le général et vécut dans des constructions illusoires, se cramponnant à sa haine. Il était condamné à organiser et à commettre toujours le même attentat, puis à être tué à chaque fois.

Tandis que je regardais cette vision, je me rendis compte que Feyman aurait pu rester prisonnier de ses illusions bien plus longtemps, sans les efforts déterminés d'un autre homme qui s'était trouvé au camp militaire avec Feyman. Je voyais son visage et reconnus son expression.

– C'est Joël, le journaliste que j'ai rencontré, expliquai-je à Wil tout en restant concentré sur l'image.

Mon ami hocha la tête.

Après sa mort, Joël avait intégré le cercle extérieur d'âmes de Feyman et avait consacré tous ses efforts à le réveiller. De son vivant il avait voulu dénoncer la cruauté et la trahison des militaires envers les Indiens, mais quand il avait appris l'histoire des couvertures contaminées, on l'avait réduit au silence en combinant menaces et pots-de-vin. Après sa mort, il avait été catastrophé en voyant sa Revue de Vie ; il avait pris conscience de ses actes et fait le vœu d'aider Feyman, car il se sentait en partie responsable de sa déchéance.

Au bout de quelques années, Feyman avait finalement réagi et vu sa Revue de Vie – épreuve longue et pénible. Au départ, il était né au XIXe siècle pour devenir ingénieur des travaux publics et se consacrer au développement pacifique de certaines techniques. Mais il avait été séduit par la perspective de devenir un héros de guerre, comme le général, et de développer de nouvelles stratégies et de nouvelles armes destructrices.

Dans l'intervalle entre ses deux dernières vies, il se consacra à aider les hommes sur terre à utiliser correctement la technologie. Puis, un jour, il reçut la vision d'une autre vie qui s'approchait. Il sut que l'on inventerait bientôt des appareils produisant une grande masse énergétique et qui pourraient contribuer à libérer l'humanité – mais aussi se révéler extrêmement dangereux.

Quand il se sentit sur le point de naître, il comprit qu'il venait sur terre pour travailler dans cette branche d'industrie et que, pour réussir, il devrait de nouveau affronter ses divers besoins de pouvoir, de reconnaissance sociale et de prestige. Cependant il bénéficierait de l'aide de six autres personnes. En visualisant la vallée, il se surprit en train de travailler avec ses compagnons quelque part dans l'obscurité, à proximité des trois cascades, pour introduire sur terre la Vision du Monde.

Alors qu'il commençait à disparaître de ma vue, je captai plusieurs informations. Le groupe des sept commencerait d'abord par se souvenir des relations établies dans le passé entre ses membres et travaillerait à éliminer les sentiments négatifs résiduels. Ensuite le groupe accroîtrait consciemment son énergie en utilisant les méthodes de la huitième révélation et chacun exprimerait sa Vision de Naissance particulière. Finalement la vibration augmenterait et unifierait les groupes d'âmes des sept individus. Des connaissances qu'ils acquerraient ainsi surgirait la mémoire complète de l'avenir que nous avions projeté, la Vision du Monde, la vision de la route à suivre et de ce que nous devions faire pour accomplir notre destin.

Soudain la scène disparut avec le groupe d'âmes de Feyman. Wil et moi nous retrouvâmes face à face.

Les yeux de mon ami brillaient d'excitation.

– As-tu vu ce qui se passait ? demanda-t-il. À l'origine, Feyman voulait perfectionner et décentraliser la technologie sur laquelle il travaillait. S'il s'en rend compte, il va arrêter lui-même les expériences.

– Nous devons absolument le joindre, dis-je.

– Non, répondit Wil qui se mit à réfléchir avant de poursuivre : Cela ne servira à rien, pas maintenant. Nous devons trouver les six autres membres du groupe des sept ; pour introduire sur terre le souvenir de la Vision du Monde, il nous faut combiner l'énergie du groupe tout entier.

– Je n'ai pas bien compris ce qui concernait les sentiments négatifs résiduels.

Wil s'approcha de moi.

– Tu te souviens des images mentales que tu as eues ? Des souvenirs d'autres endroits, d'autres époques ?

– Oui.

– Le groupe qui doit se former pour affronter ces expériences s'est déjà réuni dans le passé. Il y a certainement des sentiments résiduels négatifs entre ses membres et chacun d'entre eux *doit* s'en débarrasser.

Wil détourna le regard pendant un moment, puis il dit :

– Je crois comprendre un autre aspect de la dixième révélation. Ce n'est pas un groupe de sept personnes qui va se former mais des milliers. Nous devrons tous apprendre à balayer ces ressentiments.

Tandis qu'il parlait, je réfléchis à tous les cercles auxquels j'avais participé, où certains s'appréciaient au premier coup d'œil, tandis que d'autres s'affrontaient d'emblée, sans raison apparente. Je me demandai : l'humanité est-elle prête maintenant à percevoir l'origine lointaine de ces réactions inconscientes ?

Ensuite, sans avertissement, un autre bruit strident me traversa le corps. Will m'attrapa et m'attira vers lui ; nos visages se touchaient presque.

— Si tu tombes encore une fois, je ne sais pas si tu pourras revenir pendant que les expériences se poursuivent, cria-t-il. Tu dois retrouver les autres.

Une deuxième explosion nous sépara et je fus entraîné dans un tourbillon de couleurs familier, sachant que je retournais, comme auparavant, dans la dimension terrestre. Mais, cette fois, au lieu de tomber rapidement dans le monde physique, je restai momentanément suspendu ; quelque chose tirait sur mon plexus solaire et me déplaçait latéralement. Je m'efforçai de me concentrer, l'environnement houleux se calma et peu à peu je sentis la présence d'une autre personne, sans véritablement distinguer une forme précise. Je connaissais la nature de cette sensation. Qui me produisait une telle impression ?

Finalement je discernai une silhouette vague, à moins de dix mètres, qui lentement se rapprochait de moi. Je la reconnus. Charlène ! Elle se rapprocha encore et je me détendis complètement. Un champ d'énergie d'un rouge rosâtre encercla d'abord mon amie, puis, quelques secondes plus tard, à ma grande surprise, un champ similaire m'entoura également. Quand nous ne fûmes plus qu'à deux mètres l'un de l'autre, mon corps complètement détendu fut envahi par une vague de sensualité, d'amour, puis de plaisir orgasmique. Je devins soudain incapable de réfléchir. Que se passait-il ?

Juste au moment où nos champs d'énergie allaient se toucher, le bruit discordant résonna. Je fus rejeté en arrière et, impuissant, je repartis en tourbillonnant.

Chapitre 8

PARDONNER

Tandis que mes idées se remettaient en place, je réalisai que quelque chose de froid et humide effleurait ma joue droite. J'ouvris lentement les yeux, tandis que le reste de mon corps se figeait tout à coup. Un jeune loup me regardait. La queue hérissée, il me renifla bruyamment pendant un moment, puis il s'enfuit dans les bois tandis que je reculais en catastrophe et me redressais.

Fatigué, hébété, je récupérai mon sac à dos dans le crépuscule et marchai vers l'intérieur de la forêt, là où se trouvaient les arbres les plus anciens, puis je montai ma tente. Après quoi je m'effondrai littéralement dans mon sac de couchage. Je luttai malgré tout pour rester éveillé, intrigué par mon étrange rencontre avec Charlène. Pourquoi se trouvait-elle dans l'autre dimension ? Qu'est-ce qui nous y avait attirés au même moment ?

Le lendemain matin, je me réveillai tôt et me fis du gruau, l'engloutis en vitesse, puis retournai avec mille précautions jusqu'au petit ruisseau que j'avais traversé avant de me diriger vers la crête. Je fis un brin de toilette et remplis ma gourde. Je me sentais encore fatigué mais j'étais également impatient de retrouver Curtis.

Soudain je fus secoué par le bruit d'une explosion à l'est. Ce doit être Curtis, pensai-je, tandis que je courais vers ma tente. Une vague de peur me submergea tandis que je rassemblais en toute hâte mes affaires, et je partis dans la direction d'où provenait le bruit.

Au bout d'environ un kilomètre, la forêt s'arrêtait brusquement au bord d'un pâturage apparemment abandonné. Plusieurs morceaux de fil de fer barbelé et rouillé pendaient entre les arbres et me barraient le chemin. J'examinai le pré, la lisière du bois et les buissons denses qui se trouvaient à une centaine de mètres devant moi. À ce moment des branches s'écartèrent et je vis Curtis se mettre à courir à toute allure. Je lui fis un signe de la main, il me reconnut aussitôt et ralentit un peu le pas. Quand il arriva à ma hauteur, il escalada prudemment le fil de fer barbelé et, essoufflé, s'effondra contre un arbre.

— Que s'est-il passé ? demandai-je. Qu'avez-vous fait sauter ?

Il secoua la tête.

— Je n'ai pas pu faire grand-chose. Leurs expériences se déroulent sous terre. Je manquais d'explosifs et je... je ne voulais pas blesser les gens à l'intérieur. J'ai seulement pu détruire une antenne parabolique, en espérant que cela les retarderait.

— Comment avez-vous réussi à vous approcher de leur camp ?

— J'ai installé les charges dans la nuit d'hier. Ils ne devaient pas s'attendre à de la visite, car ils n'ont que très peu de gardes à l'extérieur.

Il se tut un moment et nous entendîmes des camions au loin.

— Nous devons quitter cette vallée, continua-t-il, et trouver de l'aide. Nous n'avons plus d'autre solution maintenant. Ils vont arriver d'un moment à l'autre.

— Attendez une minute, dis-je. Nous avons une chance de les arrêter si nous retrouvons Maya et Charlène.

Il écarquilla les yeux.

— Vous parlez de Charlène Billings ?

— Oui.

— Je la connais. De temps en temps, elle menait des recherches pour le compte de Deltech. Je ne l'avais pas revue depuis des années, quand hier soir je l'ai aperçue qui pénétrait dans le bunker souterrain. Elle marchait en compagnie de plusieurs hommes, tous lourdement armés.

– Était-elle leur prisonnière ?

– Je ne sais pas, répondit distraitement Curtis. (Il prêtait attention au bruit des camions qui se rapprochaient de plus en plus.) Nous devons déguerpir sans tarder. Je connais un endroit où nous pourrons nous cacher jusqu'à la nuit, mais nous devons nous dépêcher. (Il regarda vers l'est.) J'ai essayé de brouiller mes traces mais cela ne les trompera pas longtemps.

– Je dois vous raconter ce qui s'est passé, dis-je. J'ai revu Wil encore une fois.

– D'accord, vous m'expliquerez tout cela en route, déclara-t-il en se mettant à marcher à vive allure. Nous ne pouvons pas nous attarder ici.

Je regardai vers l'entrée de la grotte et j'aperçus la gorge profonde qui nous séparait de la colline d'en face. Malgré toute mon attention, je ne décelai aucun mouvement et n'entendis rien. Nous avions progressé vers le nord-est en parcourant environ un kilomètre et demi. Pendant ce temps, aussi succinctement que possible, j'avais raconté à Curtis mes voyages dans l'autre dimension, en soulignant l'importance des propos de Williams. Selon lui, nous ne stopperions ces expériences que si nous trouvions les autres membres du groupe et nous souvenions de la Vision du Monde.

Je sentais la réticence de Curtis. Il m'écouta un moment puis évoqua sa collaboration passée avec Charlène. J'étais déçu car j'aurais voulu comprendre le rapport entre mon amie et ces expériences, et il ne pouvait me l'expliquer. Il me raconta aussi comment il avait connu David. Ils étaient devenus amis, m'expliqua-t-il, après avoir découvert, lors d'une rencontre fortuite, qu'à l'armée ils avaient eu beaucoup d'expériences semblables.

– Il y a quand même un élément révélateur, remarquai-je. Vous et moi connaissons à la fois David et Charlène.

– Je n'en saisis pas la signification, dit-il, l'esprit ailleurs.

Je n'insistai pas mais j'y voyais une preuve supplémentaire que nous étions tous venus dans cette vallée pour une raison précise. Ensuite nous marchâmes en silence tandis que Curtis cherchait sa grotte. Une fois qu'il l'eut trouvée, il revint sur ses pas et effaça nos traces avec des branches de pin. Puis il attendit un moment dehors pour s'assurer que nous n'avions pas été suivis.

– La soupe est prête, annonça Curtis derrière moi.

J'avais utilisé mon réchaud et de l'eau pour préparer mon dernier potage en sachet. J'allai chercher deux bols que je remplis et me rassis à l'entrée de la grotte, pour regarder au-dehors.

– Comment pensez-vous que ce groupe pourra accumuler suffisamment d'énergie pour influencer ces types ? demanda-t-il.

– Je n'en ai aucune idée, répondis-je. Nous devons y réfléchir.

Il secoua la tête.

– Cela me paraît impossible. Probablement n'ai-je fait que les énerver avec ma petite charge d'explosifs et les alerter encore plus. Ils feront venir davantage de gardes, mais je ne crois pas qu'ils changeront d'idée. Ils ont sans doute une antenne de rechange pas loin. Peut-être aurais-je dû faire sauter la porte. C'était vraiment facile, mais je ne pouvais pas m'y résoudre. Charlène se trouvait à l'intérieur avec je ne sais combien d'autres personnes. J'aurais dû programmer un délai plus court sur le mécanisme d'horlogerie, de sorte qu'ils m'auraient pris sur le fait… mais cela n'aurait servi à rien.

– Non, je ne pense pas, dis-je. Nous allons trouver une autre solution.

– Laquelle ?

– Elle nous viendra à l'esprit.

Nous entendîmes encore une fois le faible roulement des camions, et en même temps je remarquai un mouvement sur le coteau de notre colline.

– Quelqu'un vient, dis-je.

Nous nous accroupîmes et observâmes attentivement. Une silhouette bougea de nouveau, partiellement cachée par les broussailles.

– C'est Maya ! m'exclamai-je, sur un ton incrédule.

Curtis et moi nous regardâmes pendant un moment, puis je me relevai.

– Je vais aller la chercher, dis-je.

Il me saisit le bras.

– Restez plié en deux, et si les camions sont trop près, laissez tomber et revenez ici. Ne prenez pas le risque de vous faire repérer.

J'approuvai de la tête et descendis la colline en courant mais avec prudence. Quand je fus suffisamment près de Maya, je m'arrêtai pour écouter. Les camions se rapprochaient. Je l'appelai à voix basse. Elle s'immobilisa un instant, puis me reconnut et grimpa une petite pente rocheuse pour me rejoindre.

– Je n'arrive pas à croire que je vous ai retrouvé, affirma-t-elle en me serrant dans ses bras.

Je la conduisis jusqu'à la grotte et lui indiquai comment y entrer à quatre pattes. Elle semblait épuisée, ses bras étaient couverts d'égratignures dont certaines saignaient encore.

– Que s'est-il passé ? demanda-t-elle. J'ai entendu une explosion et ensuite ces camions sont arrivés de partout.

– Avez-vous été suivie ? lui demanda Curtis sur un ton irrité.

Il se tenait debout et regardait au-dehors.

– Je ne pense pas, déclara-t-elle. J'ai pris soin de me cacher.

Je les présentai l'un à l'autre. Curtis hocha la tête et dit :

– Je vais surveiller les environs.

Il se glissa à travers l'ouverture et disparut.

J'ouvris mon sac à dos et en sortis ma trousse de secours.

– Avez-vous rencontré votre ami qui travaille au bureau du shérif ?

– Non, je ne suis même pas retournée en ville. Il y avait des gardes forestiers placés tout au long des chemins. J'ai rencontré une femme que je connaissais et lui ai remis un mot pour mon ami. Je n'ai rien pu faire d'autre.

J'appliquai un antiseptique sur une longue estafilade qui lui traversait le genou.

– Pourquoi n'êtes-vous pas partie avec votre amie ? Pourquoi avoir changé d'avis et être revenue ici ?

Elle prit le flacon d'antiseptique et commença à l'étendre elle-même.

– Je ne sais pas, répondit-elle après un long silence. Peut-être parce que des souvenirs me revenaient sans cesse à l'esprit. (Elle leva les yeux vers moi.) Je voudrais comprendre ce qui se passe ici.

Je m'assis en face d'elle et lui résumai ce que j'avais appris depuis notre dernière rencontre, en particulier la façon dont le groupe de sept personnes nous aiderait à liquider nos ressentiments passés pour que nous puissions capter la Vision du Monde.

Elle semblait un peu déroutée mais apparemment accepta son rôle.

– Votre cheville n'a plus l'air de vous gêner…

– Oui, elle s'est sans doute guérie quand je me suis souvenu d'où venait le problème.

Elle me regarda fixement pendant un moment, puis déclara :

– Nous ne sommes que trois pour le moment. Williams et Feyman pensent que le groupe doit rassembler sept personnes, non ?

– Je ne sais pas, répondis-je. Je suis très content que vous soyez là. C'est vous qui maîtrisez le mieux les questions de la foi et de la visualisation.

Une expression angoissée traversa son visage.

Quelques instants plus tard, Curtis rentra dans la grotte et nous annonça qu'il n'avait rien aperçu de suspect, puis s'assit loin de nous pour finir son repas. Je tendis le bras, pris une assiette et servis à manger à Maya.

Curtis se pencha et lui tendit une gourde.

– Vous savez, dit-il, vous avez pris de sacrés risques en vous baladant à découvert comme ça. Vous auriez pu les amener jusqu'ici.

Maya me jeta un coup d'œil puis se défendit :

– Je ne pensais qu'à fuir ! Et je ne savais pas que vous étiez dans le coin. Je n'aurais pas pris cette direction si les oiseaux n'avaient pas…

– Eh bien, vous savez maintenant quels risques nous courons, l'interrompit Curtis. Nous n'avons pas encore réussi à arrêter ces expériences.

Il se leva, sortit de nouveau et s'assit derrière un rocher à côté de l'entrée de la grotte.

– Pourquoi est-il si agressif envers moi ? me demanda Maya.

– Je crois pouvoir vous l'expliquer. Mais d'abord parlez-moi de vos souvenirs, Maya. De quoi s'agit-il ?

– Je ne sais pas… cela remonte sans doute à une autre époque, je suppose, quand j'essayais d'arrêter une autre violence. Tout cela m'angoisse !

– Avez-vous l'impression d'avoir déjà rencontré Curtis dans une vie précédente ?

Elle réfléchit intensément.

– Peut-être. Je ne sais pas. Pourquoi ?

– Vous vous souvenez que je vous ai parlé de ma vision sur les guerres contre les Indiens ? Eh bien, nous étions tous là. Vous avez été tuée ; celui qui vous accompagnait et vous faisait confiance a été tué lui aussi. Je pense qu'il s'agissait de Curtis.

– Il me tiendrait pour responsable de sa mort ? Mon Dieu, je comprends qu'il me déteste !

– Maya, vous rappelez-vous pourquoi vous étiez en sa compagnie ?

Elle ferma les yeux et essaya de réfléchir.

Soudain elle me regarda.

– Y avait-il un Indien avec nous ? Un chaman ?

– Oui, dis-je, il a été tué, lui aussi.

– Nous pensions à quelque chose… (Elle me regarda droit dans les yeux.) Nous faisions un exercice de visualisation. Nous voulions arrêter la guerre… C'est tout ce dont je me souviens…

– Vous devez parler à Curtis et l'aider à surmonter sa colère. Cela fait partie du processus du souvenir.

– Vous plaisantez ? Parler à cet enragé ?

– Je vais d'abord lui en toucher un mot, dis-je en me levant.

Elle hocha légèrement la tête et détourna les yeux. Je me dirigeai vers l'entrée de la grotte, sortis en rampant et m'assis à côté de Curtis.

— À quoi pensez-vous ? demandai-je.

Il me regarda, l'air un peu gêné.

— Quelque chose chez votre amie me rend dingue.

— Que ressentez-vous exactement ?

— Je ne sais pas. Je me suis senti furieux dès que je l'ai aperçue là en bas. J'ai eu l'impression qu'elle pouvait commettre une énorme bourde, nous faire repérer ou capturer.

— Et peut-être même nous faire tuer ?

— Oui, peut-être même tuer !

La force de sa voix nous surprit tous les deux. Il inspira longuement et haussa les épaules.

— Vous souvenez-vous de ce que je vous ai dit sur les visions que j'ai eues à propos des guerres contre les Indiens au XIXe siècle ?

— Vaguement, grommela-t-il.

— Eh bien, je ne vous ai pas mentionné ce détail, mais je pense vous avoir vus ensemble, vous et Maya. À l'époque, vous avez tous deux été tués par les soldats.

Il regarda en direction de la grotte.

— Et vous pensez que cela explique ma colère contre elle ?

Je souris.

À ce moment une légère dissonance fit vibrer l'air et nous entendîmes tous deux le bourdonnement.

— Nom de Dieu ! dit-il. Ils essaient de nouveau.

Je saisis son bras.

— Curtis, nous devons apprendre ce que vous et Maya essayiez de faire à l'époque, pourquoi vous avez échoué, et comment vous aviez l'intention de procéder cette fois-ci.

Il secoua la tête.

— Votre histoire ne m'a pas convaincu, et de toute façon je ne saurais vraiment pas par où commencer.

— Si vous alliez lui parler, quelque chose vous reviendrait peut-être.

Il me regarda.

— Voulez-vous essayer ? insistai-je.

Finalement il acquiesça d'un signe de tête et nous rampâmes dans la grotte. Maya sourit, un peu embarrassée.

— Veuillez me pardonner mon agressivité, commença Curtis. Selon notre ami, notre différend remonte à très longtemps.

— Ne vous excusez pas, dit-elle. J'aimerais tellement me rappeler ce que nous étions en train de faire dans cette autre vie.

Curtis regarda intensément Maya.

— Nous cherchions à traiter, à guérir quelque chose. (Il se tourna vers moi.) M'en avez-vous déjà parlé ?

— Je ne crois pas, répondis-je, mais c'est vrai.

— Je suis médecin, dit Maya. Dans mon travail, j'utilise la visualisation positive et la foi.

— La foi ? Vous soignez les gens dans une perspective religieuse ?

— Eh bien, seulement dans un sens très général. Par foi, j'entends l'énergie provenant des espérances humaines. Je travaille dans une clinique qui considère la foi comme un processus mental, une manière de créer l'avenir.

— Et depuis combien de temps menez-vous ces recherches ?

— Toute ma vie m'a préparée à explorer les techniques de guérison.

Elle raconta brièvement à Curtis sa vie passée, comme elle l'avait fait pour moi, et mentionna la peur du cancer qui obsédait sa mère. Curtis et moi lui posâmes plusieurs questions. Tandis que nous l'écoutions et lui donnions de l'énergie, la fatigue qui s'exprimait sur son visage disparut progressivement, ses yeux se mirent à briller et elle se redressa.

Curtis demanda :

— Vous croyez que les craintes de votre mère et sa vision négative de l'avenir ont affecté sa santé ?

— Oui, nous attirons dans notre vie deux types d'événements particuliers : ceux auxquels nous croyons et ceux que nous craignons. Mais nous le faisons inconsciemment. En tant que médecin, je pense que l'on peut progresser beaucoup en rendant ce processus conscient.

Curtis acquiesça.

– Mais comment fait-on ?

Maya ne répondit pas. Elle se leva brusquement et regarda droit devant elle, l'air effrayé.

– Que se passe-t-il ?

– J'étais en train de… Je… vois ce qui s'est passé durant les guerres contre les Indiens.

– Qu'est-il arrivé ? demanda Curtis.

Elle le regarda.

– Nous nous trouvions là dans les bois. Je vois les soldats, les canons….

Soudain plongé dans un profond recueillement, Curtis se souvint aussi.

– J'étais là, moi aussi, murmura-t-il. Mais pourquoi ? (Il regarda Maya.) Vous m'avez emmené là-bas ! Je ne savais rien ; j'étais seulement un observateur du Congrès. Vous m'avez affirmé que nous pouvions arrêter les combats !

Elle se détourna, luttant pour comprendre.

– Je pensais que nous pourrions… Il y a une façon… Attendez une minute, nous n'étions pas seuls. (Elle se tourna vers moi et me dévisagea avec colère.) Vous étiez là, vous aussi, mais vous nous avez laissé tomber. Pourquoi ?

Ses propos éveillèrent le souvenir que j'avais fait revenir à la surface auparavant et je leur décrivis les autres participants : les anciens de plusieurs tribus, moi-même, Charlène. J'expliquai qu'un des anciens avait fermement soutenu les efforts de Maya, mais croyait que les temps n'étaient pas encore venus ; selon lui, les tribus n'avaient pas réussi à trouver la vision appropriée. Et un autre chef avait explosé de rage devant les atrocités perpétrées par les soldats blancs.

– Je ne pouvais pas rester, conclus-je en décrivant mon souvenir de l'expérience avec les franciscains. Je n'arrivais pas à maîtriser mon désir de m'enfuir. Je devais me sauver. Je le regrette.

Maya semblait perdue dans ses pensées. C'est pourquoi je touchai son bras et lui dis :

– Les anciens savaient que cela échouerait et Charlène a confirmé que nous n'avions pu nous rappeler le savoir des ancêtres.

– Alors pourquoi l'un des chefs est-il resté avec nous ? demanda-t-elle.

– Parce qu'il ne voulait pas que vous mouriez tout seuls.

– Je ne voulais pas mourir du tout ! protesta Curtis en regardant Maya. Vous m'avez induit en erreur.

– Je suis désolée, dit-elle. Je n'arrive pas à me souvenir de ce qui a échoué.

– Je le sais, affirma-t-il. Vous pensiez arrêter cette guerre par la seule force de *votre volonté*.

Elle lui jeta un long regard puis se tourna vers moi.

– Il a raison. Nous visualisions que les soldats stoppaient leur offensive mais nous n'avions pas d'idée claire sur la façon dont cela pouvait se passer. Cela n'a pas marché parce que nous ne possédions pas toutes les informations. Chacun visualisait à partir de sa peur, non de sa foi. Le même problème se pose quand nous voulons soigner notre corps. Si nous nous rappelons notre objectif existentiel, nous pouvons rétablir notre santé. Quand nous nous souviendrons de tout ce que l'humanité est appelée à faire, à commencer par maintenant, en ce moment même, nous pourrons guérir le monde.

– Apparemment, dis-je, notre Vision de Naissance contient non seulement nos projets fondamentaux mais aussi une vision plus large de ce que les hommes ont essayé d'accomplir à travers l'histoire, les détails du chemin que nous allons suivre à partir d'ici et comment nous y rendre. Nous devons d'abord amplifier notre énergie et nous communiquer nos Projets de Naissance, et ensuite nous pourrons nous souvenir.

Avant qu'elle pût répondre, Curtis sauta sur ses pieds et se dirigea vers l'entrée de la grotte.

– J'ai entendu quelque chose, dit-il. Il y a quelqu'un dehors.

Maya et moi nous postâmes derrière lui et essayâmes de voir. Rien ne bougeait mais j'entendis un faible bruit de pas.

– Je vais voir ce que c'est, annonça Curtis en se dirigeant vers l'entrée de la grotte.

Je jetai un coup d'œil à Maya.

– Je vais l'accompagner.

– Je viens avec vous, dit-elle.

Nous suivîmes Curtis et descendîmes jusqu'à une plate-forme rocheuse d'où nous pûmes observer la gorge entre les deux collines. Un homme et une femme, partiellement cachés par les sous-bois, traversaient les rochers en dessous de nous, en direction de l'ouest.

– Cette personne a des ennuis, affirma Maya.

– Comme le savez-vous ? demandai-je.

– Je le sais, c'est tout. Il me semble l'avoir déjà rencontrée.

La femme se retourna et l'homme la poussa en la menaçant d'un pistolet qu'il brandissait dans sa main droite.

Maya se pencha en avant et nous regarda.

– Vous avez vu ? Nous devons intervenir.

J'observai attentivement. La femme avait des cheveux blonds et portait un sweatshirt et un pantalon de treillis vert garni de poches. Elle se retourna, fit une réflexion à son gardien, puis jeta un coup d'œil dans notre direction et je pus distinguer son visage.

– C'est Charlène ! m'exclamai-je. Où l'emmène-t-il ?

– Aucune idée, répondit Curtis. Ecoutez, je pense pouvoir l'aider mais à une condition : je dois y aller seul. Promettez-moi de ne pas intervenir.

Je protestai mais cédai devant son insistance. Nous le vîmes revenir en arrière sur la gauche puis descendre en traversant une zone boisée. Ensuite il rampa tranquillement jusqu'à une plate-forme rocheuse qui se trouvait à trois mètres au-dessus du fond de la gorge.

– Ils vont passer en dessous de lui, dis-je à Maya.

Nous suivîmes la scène avec anxiété tandis que Charlène et le garde s'approchaient. Au moment précis où ils passèrent devant lui, Curtis sauta et tomba sur l'homme. Ils roulèrent par terre. Curtis serra la gorge de son adversaire jusqu'à ce que celui-ci s'évanouisse. Effrayée, Charlène recula et elle s'apprêtait à s'enfuir en courant lorsqu'elle entendit crier :

– Attends, Charlène, c'est moi, Curtis Webber.

Elle s'arrêta et fit un pas vers lui en hésitant.

– Nous avons travaillé ensemble chez Deltech, tu te souviens ? Je suis venu t'aider.

Elle le reconnut et se rapprocha encore. Maya et moi descendîmes prudemment la colline. Quand Charlène me vit, elle s'immobilisa puis accourut pour se jeter dans mes bras. Curtis lança :

– Baissez-vous, on pourrait nous voir.

Je l'aidai à ficeler le garde avec un rouleau de corde que nous trouvâmes dans sa poche et nous le portâmes jusqu'à la forêt.

– Que lui as-tu fait ? demanda Charlène.

Curtis était en train d'inspecter ses poches.

– Il s'en tirera, ne t'inquiète pas.

Maya se pencha pour vérifier son pouls.

Charlène se tourna vers moi et me prit la main.

– Comment es-tu venu jusqu'ici ? demanda-t-elle.

J'inspirai profondément puis lui racontai comment son collègue de bureau m'avait appelé, comment il m'avait télécopié un schéma de la vallée et comment j'étais venu dans la région pour la retrouver.

Elle sourit.

– J'ai fait ce dessin avec l'intention de t'appeler et de l'envoyer, mais je suis partie si brusquement que je n'ai pas eu le temps… (Sa voix s'estompa tandis qu'elle me regardait au fond des yeux.) Je pense que je t'ai vu hier, dans l'autre dimension.

Je l'attirai vers le côté, à l'écart des autres.

– Je t'ai vue moi aussi, mais je ne pouvais pas communiquer avec toi.

Tandis que nous nous dévorions du regard, je sentis que mon corps devenait plus léger. Une vague d'amour, aussi forte qu'un orgasme, m'envahit. Elle n'était pas centrée dans ma région pelvienne mais déferlait autour de moi, en dehors de ma peau. Simultanément j'eus l'impression de tomber dans les yeux de Charlène. Son sourire s'élargit et je compris qu'elle éprouvait sans doute les mêmes impressions que moi.

Un mouvement de Curtis brisa le charme et je me rendis compte que lui et Maya nous observaient avec étonnement.

Je regardai Charlène.

– Il faut que tu saches ce qui se passe, dis-je. (Et je lui racontai mes rencontres avec Wil, ce que j'avais appris sur la polarisation de la Peur, le retour du groupe des sept et la Vision du Monde.) Charlène, comment es-tu entrée dans la dimension de l'Après-Vie ?

Son visage se décomposa.

– Tout cela est arrivé par ma faute. Je ne connaissais pas le danger jusqu'à hier. C'est moi qui ai parlé à Feyman de la Prophétie. Peu après avoir reçu ta lettre, j'ai rencontré un autre groupe qui connaissait les neuf révélations et j'ai étudié très intensément avec ses membres. J'ai fait à peu près les mêmes expériences que toi. Plus tard je suis venue avec un ami dans cette vallée parce que nous avions entendu dire que les emplacements sacrés ici avaient un rapport avec la dixième révélation. Mon ami n'a pas ressenti grand-chose, mais moi si, alors je suis restée pour explorer les environs. À ce moment-là, j'ai rencontré Feyman qui m'a embauchée pour que je lui apprenne ce que je savais. À partir de ce jour il ne m'a plus quittée d'une semelle. Il a insisté pour que je n'appelle pas mon bureau, pour des raisons de sécurité ; alors j'ai écrit pour reporter tous mes rendez-vous, mais je pense qu'il a dû intercepter mes lettres. C'est pourquoi tout le monde a cru que j'avais disparu.

« Avec Feyman j'ai exploré la plupart des tourbillons d'énergie, en particulier ceux de Codder's Knoll et des trois cascades. Lui, il ne pouvait pas sentir l'énergie, mais j'ai découvert plus tard qu'il nous faisait suivre avec un appareil électronique pour contrôler mon profil énergétique quand nous tombions sur les endroits sacrés. Après cela il pouvait revenir sur les lieux et trouver l'emplacement exact du tourbillon grâce à son appareil.

Je jetai un coup d'œil à Curtis et il hocha la tête d'un air entendu.

Les yeux de Charlène se remplirent de larmes.

– Il m'a complètement menée en bateau. Il prétendait se livrer à des recherches sur une source d'énergie très peu coûteuse qui libérerait l'humanité. Durant la plupart des expériences, il m'a envoyée dans des coins reculés de la forêt. Ce n'est que bien plus tard, quand je lui ai posé des questions, qu'il a admis les dangers de ses tentatives.

Curtis se tourna pour faire face à Charlène.

– Feyman était ingénieur en chef chez Deltech, tu ne te souviens pas ?

– Non, dit-elle, mais ici il contrôle totalement ce projet. Une autre société est maintenant dans le coup et elle a amené tous ces gardes armés. Feyman les appelle ses « collaborateurs » ! Je l'ai finalement informé que je voulais partir, alors il m'a placée sous surveillance. Quand je l'ai averti que les autorités l'arrêteraient, il a seulement éclaté de rire. Il s'est vanté d'avoir soudoyé un des responsables de l'Office des Eaux et Forêts.

– Où t'envoyait-il avec ce garde ? demanda Curtis.

Charlène secoua la tête.

– Aucune idée.

– Il n'avait pas l'intention de te laisser en vie, affirma Curtis. Pas après t'avoir tout raconté.

Un silence angoissé s'abattit sur notre groupe.

– Ce que je ne comprends pas, dit Charlène, c'est pourquoi Feyman se trouve ici, dans cette forêt. Que veut-il faire de ces emplacements d'énergie ?

Curtis et moi nous regardâmes à nouveau puis il expliqua :

– Il essaie de centraliser la source d'énergie qu'il a trouvée en se concentrant sur les chemins dimensionnels à partir de cette vallée. Son projet est très dangereux.

Je me rendis compte que Charlène observait Maya et lui souriait. Maya la regarda à son tour avec chaleur.

– Quand j'étais aux trois cascades, raconta Charlène, je suis passée dans l'autre dimension et tous ces souvenirs ont envahi mon esprit. Après cela, j'ai pu y retourner plusieurs fois, même quand on me surveillait, hier. (Elle se tourna vers moi.) C'est alors que je t'ai vu.

Charlène marqua une pause et s'adressa à Curtis et Maya :

– J'ai vu que nous arriverions à stopper ces expériences, si nous nous souvenions de tout.

Maya ne la quittait pas des yeux.

– Au XIXe siècle, vous avez compris ce que nous voulions faire pendant la bataille avec les soldats, et vous nous avez soutenus, dit-elle. Tout en sachant que nous courions à l'échec.

Le sourire de Charlène m'indiqua qu'elle s'en souvenait.

– Nous nous sommes remémoré la plupart des événements passés, dis-je. Mais jusqu'ici nous n'avons pas pu nous rappeler comment nous avions l'intention de procéder cette fois-ci. T'en souviens-tu ?

Charlène secoua la tête.

– Seulement en partie. Je sais que nous devons découvrir nos sentiments inconscients les uns envers les autres avant de pouvoir poursuivre. (Elle me regarda droit dans les yeux et marqua une pause.) Tout cela fait partie de la dixième révélation… seulement cela n'a été écrit nulle part jusqu'à maintenant. Cela nous parvient de façon intuitive.

J'acquiesçai.

– Oui, nous le savons.

– Une partie de la dixième révélation prolonge la huitième. Seul un groupe qui maîtrise complètement la huitième révélation peut procéder à cet examen de conscience.

– Je ne te suis pas, dit Curtis.

– La huitième révélation nous apprend à élever l'énergie d'autres personnes, continua-t-elle, à envoyer de l'énergie en se concentrant sur la beauté et la sagesse du moi supérieur de notre interlocuteur. Cette technique peut élever le niveau d'énergie et la créativité d'un groupe de façon exponentielle. Malheureusement, beaucoup de groupes ont du mal à élever réciproquement leur énergie, même si les individus concernés sont capables de le faire en d'autres circonstances. C'est particulièrement vrai s'il s'agit de collègues de travail ou de gens qui s'associent pour réaliser un projet quelconque. En effet, souvent ces sujets ont déjà été réunis dans le passé ; de vieilles émotions d'une vie antérieure refont surface et bloquent leur travail.

« Nous sommes soudainement présentés à quelqu'un avec qui nous devons travailler et nous le prenons en grippe spontanément, sans vraiment savoir pourquoi. Ou nous faisons l'expérience inverse : l'autre ne nous aime pas pour des raisons que nous ne comprenons pas. Différentes émotions se manifestent : la jalousie, l'irritation, l'envie, la rancune, l'amertume, la culpabilisation, etc. J'ai eu très clairement l'intuition qu'aucun groupe ne pourra atteindre son potentiel maximum tant que ses participants n'auront pas compris et éliminé ces émotions négatives.

Maya se pencha en avant.

— C'est exactement ce que nous avons fait jusqu'à présent : repérer les émotions qui apparaissaient, balayer les ressentiments qui provenaient de nos rencontres passées.

— As-tu vu ta Vision de Naissance ? demandai-je à Charlène.

— Oui, répondit-elle. Mais je n'ai pas pu aller plus loin. Je n'avais pas assez d'énergie. J'ai seulement vu que des groupes se formaient et que j'étais censée me trouver dans cette vallée et faire partie d'un groupe de sept personnes.

Le bruit d'un véhicule en provenance du nord attira notre attention.

— Nous ne pouvons pas rester ici, dit Curtis. Nous sommes trop exposés. Retournons à la grotte.

Charlène mangea nos dernières provisions et me tendit son assiette. N'ayant plus d'eau, je la rangeai dans mon sac sans la laver et me rassis. Curtis se glissa près de l'entrée de la grotte et s'installa à côté de Maya qui lui sourit vaguement. Charlène se trouvait à ma gauche. Nous avions laissé le garde, ficelé et bâillonné, non loin de la grotte.

— Rien de suspect dehors ? demanda Charlène à Curtis qui semblait nerveux.

— Je ne crois pas, mais j'ai entendu quelques bruits au nord. Mieux vaut rester ici jusqu'à la tombée de la nuit.

Pendant un moment nous nous observâmes sans dire mot, chacun d'entre nous essayant d'élever notre énergie collective.

Je regardai mes compagnons et leur parlai de la façon dont le groupe d'âmes de Feyman procédait pour atteindre la Vision du Monde. Quand je terminai, je fixai Charlène et lui demandai :

— As-tu reçu d'autres informations sur ce processus de clarification ?

– Je sais seulement que nous ne pourrons commencer que si nous revenons à un état d'amour total.

– Facile à dire, remarqua Curtis. Mais comment y arriver ?

Nous nous regardâmes de nouveau et nous rendîmes compte que l'énergie se déplaçait vers Maya.

– Il faut d'abord reconnaître nos émotions, devenir pleinement conscients de nos sentiments, puis nous les communiquer honnêtement, sans avoir peur d'être discourtois. Une fois les émotions introduites dans notre conscience présente, nous pouvons alors les reléguer dans le passé auquel elles appartiennent. Nous devons passer par un long processus : avouer nos sentiments et ressentiments, en discuter, mettre cartes sur table. Ce processus nous éclaire et nous permettra ensuite de retourner à un état d'amour, qui est l'état le plus élevé.

– Attends, une minute, dis-je. Qu'en est-il de Charlène ? Il existe peut-être des émotions résiduelles envers elle. (Je regardai Maya.) Je sais que tu as senti quelque chose.

– Oui, répondit Maya. Mais seulement des sentiments positifs, de la gratitude. Autrefois elle est restée et a essayé de nous aider. (Maya marqua une pause et étudia le visage de Charlène.) Tu as tenté de nous expliquer quelque chose à propos des ancêtres, mais nous ne t'avons pas écoutée.

Je me penchai vers Charlène.

– Es-tu morte pendant la bataille, toi aussi ?

Maya répondit à sa place.

– Non, elle est partie pour essayer de fléchir encore une fois les soldats.

– Oui, dit Charlène, mais ils avaient déjà levé le camp.

– Qui éprouve quelque chose envers Charlène ? demanda Maya.

– Moi rien du tout, déclara Curtis.

– Et toi, Charlène, demandai-je. Que ressens-tu pour nous ?

Son regard effleura chaque membre du groupe.

– Je n'ai pas de sentiments résiduels envers Curtis, affirma-t-elle. Et tout est positif envers Maya. (Ses yeux se posèrent sur moi.) Envers toi j'éprouve un peu de rancune.

– Pourquoi ? demandai-je.

– Parce que tu te montrais toujours si terre à terre et indifférent ! Tu jouais à l'homme indépendant qui ne se mouille que s'il ne court aucun risque.

– Charlène, expliquai-je, j'avais déjà donné ma vie pour ces révélations quand j'étais moine, au XIIIᵉ siècle. Je pensais que cela ne servirait à rien de courir de nouveaux dangers.

Ma protestation l'agaça et elle détourna les yeux.

Maya tendit le bras jusqu'à me toucher.

– Ne soyez pas sur la défensive et ne prenez pas ce ton. Quand vous répondez à Charlène de cette façon, elle a l'impression que vous ne l'avez pas écoutée. L'émotion qu'elle ressent subsiste ensuite dans son esprit, parce qu'elle continue à réfléchir à un moyen de vous faire comprendre, de vous convaincre. Ou alors elle passe dans l'inconscient et alors la rancune sape l'énergie entre vous deux. Dans un cas comme dans l'autre, l'émotion reste un problème et fait obstruction. Je vous suggère d'admettre sa réaction.

Je regardai Charlène.

– Oh, je l'admets parfaitement. J'aurais aimé l'aider autrefois. Peut-être aurais-je pu intervenir, si j'en avais eu le courage.

Charlène acquiesça et sourit.

– Et en ce qui vous concerne ? demanda Maya, en me regardant. Que ressentez-vous pour Charlène ?

– Une certaine culpabilité, dis-je. Pas à propos de la bataille contre les Indiens, mais de la situation actuelle. Je me suis retiré dans ma coquille pendant plusieurs mois. Si j'avais rencontré Charlène plus tôt, immédiatement après mon retour du Pérou, peut-être aurions-nous pu stopper les expériences et rien de tout cela ne serait arrivé.

Personne ne fit de commentaire.

– Reste-t-il d'autres sentiments en suspens ? demanda Maya.

Nous nous regardâmes.

À ce moment, sous la direction de Maya, chacun d'entre nous se concentra pour obtenir une connexion intérieure et accumuler le maximum d'énergie. Tandis que je me concentrais sur la beauté autour de moi, une vague d'amour m'envahit. La couleur terne des parois de la grotte et du sol devint lumineuse, chatoyante. Le visage de chacun se remplit d'énergie. Un frisson parcourut ma colonne vertébrale.

– Maintenant, dit Maya, nous sommes prêts à nous rappeler ce que nous avions l'intention de faire cette fois-ci. (Elle réfléchit intensément.) Je… je savais que cela allait se produire. C'était inscrit dans ma Vision de Naissance. Je devais diriger le processus d'amplification de l'énergie. Nous ignorions comment procéder quand nous avons essayé d'arrêter la guerre contre les Indiens.

Tandis qu'elle parlait, je décelai un changement derrière elle, sur la paroi de la grotte. D'abord, je pensai qu'il s'agissait d'un reflet, mais ensuite je remarquai une couleur d'un vert intense, identique à celle du groupe d'âmes de Maya. Tandis que je m'efforçais de me concentrer sur ce carré de lumière de trente centimètres de côté, il grossit et se transforma en une scène holographique complète, se fondant dans la paroi elle-même et animée par de vagues formes humaines. Je jetai un coup d'œil à mes compagnons : aucun ne voyait cette image.

Il s'agissait du groupe d'âmes de Maya et, dès que je le compris, je reçus un flot d'informations intuitives. Je pus revoir sa Vision de Naissance, son projet spirituel de naître dans une famille particulière, la maladie de sa mère, son intérêt pour la médecine et particulièrement la relation entre le corps et l'esprit, et maintenant notre réunion. J'entendis distinctement : « Aucun groupe ne peut atteindre sa puissance créatrice complète tant qu'il n'a pas clarifié sa conscience et amplifié son énergie. »

– Une fois qu'un groupe s'est libéré de ses émotions, expliqua Maya, il lui est plus facile de dépasser les anciennes luttes de pouvoir et les vieux mécanismes de domination et d'atteindre sa pleine créativité. Mais nous devons procéder consciemment en découvrant une expression du moi supérieur dans chaque visage.

Curtis parut déconcerté, mais Maya poursuivit :

– La huitième révélation nous enseigne que, si nous observons attentivement le visage de quelqu'un, nous pouvons percer toutes les façades, les défenses de l'ego qu'il a pu mettre en place, et trouver l'essence authentique de cette personne, son moi *réel*. Habituellement, nous ne savons pas sur quoi nous concentrer quand nous parlons à quelqu'un. Sur ses yeux ? Mais alors il est difficile de fixer à la fois l'ensemble de la physionomie et les yeux. Alors sur quoi ? Sur le trait le plus saillant, le nez ou la bouche ?

« En vérité, nous devons nous concentrer sur l'ensemble du visage : la lumière, les ombres et l'agencement des traits de chacun sont tellement uniques qu'ils ressemblent à un test de Rorschach. Mais dans cet ensemble de lignes, nous devons déceler une expression authentique, le rayonnement de l'âme. Quand nous nous focalisons sur l'amour, nous envoyons de l'énergie vers le moi supérieur ; notre interlocuteur paraîtra alors changer d'aspect sous nos yeux au fur et à mesure que ses capacités spirituelles se mettront en place.

« Les grands professeurs ont toujours dispensé ce type d'énergie à leurs élèves – et c'est ce qui faisait leur valeur. Mais l'impact augmente encore avec des groupes qui interagissent ainsi avec chaque membre. Chacun envoie de l'énergie aux autres, et tous s'élèvent à un nouveau niveau de sagesse qui dispose de plus d'énergie. Cette énergie accrue est alors répercutée sur chaque participant, ce qui provoque un effet d'amplification.

J'observai Maya en tentant de trouver l'expression de son moi supérieur. Toute fatigue, toute réticence semblait avoir disparu. Au contraire, ses traits révélaient une certitude et un génie qu'ils n'exprimaient pas auparavant. Je jetai un coup d'œil aux autres et vis qu'ils étaient également focalisés sur Maya. Quand je la regardai de nouveau, je remarquai qu'elle semblait s'imprégner de la tonalité verte de son groupe d'âmes. Non seulement elle captait leur savoir, mais elle entrait dans une relation harmonieuse avec elles.

Maya avait fini de parler et elle inspira profondément. Je sentis que l'énergie s'éloignait d'elle.

– J'ai toujours entendu dire que les groupes pouvaient acquérir un niveau supérieur de fonctionnement, déclara Curtis, spécialement dans un cadre professionnel. Mais je n'ai jamais pu en faire l'expérience jusqu'ici... Je sais que je suis venu sur terre pour contribuer à transformer l'économie et changer notre conception de la créativité dans ce domaine. Ainsi nous finirons par utiliser correctement les nouvelles sources d'énergie et réaliserons l'automation de la production qu'annonce la neuvième révélation.

Il s'arrêta pour réfléchir, puis continua :

– On associe souvent l'économie à des méthodes malhonnêtes, incontrôlables, amorales. C'était vrai autrefois. Mais la gestion, elle aussi, évolue maintenant vers une prise de conscience spirituelle, et nous avons besoin d'une nouvelle éthique économique.

À ce moment j'aperçus une autre tache de lumière, exactement derrière Curtis. Au bout de quelques secondes, j'assistai à la formation de son groupe d'âmes. Comme avec Maya, en me concentrant sur son image, je pus de nouveau capter des informations. Curtis était né à l'apogée de la révolution industrielle survenue après la Seconde Guerre mondiale. L'invention de la bombe atomique avait marqué à la fois le triomphe final et l'horreur de la conception matérialiste du monde. Curtis était arrivé sur terre avec l'idée que le progrès technique pouvait être maîtrisé pour le bien de l'humanité.

– Désormais, expliqua Curtis, nous pouvons faire évoluer consciemment l'économie et les nouvelles techniques qui en découlent ; toutes les mesures sont maintenant en place. Ce n'est pas un hasard si l'une des catégories statistiques les plus importantes de la science économique est l'indice de productivité : les données sur la quantité de marchandises et de services produits par chaque individu dans notre société. La productivité a régulièrement augmenté à cause des découvertes techniques qui permettent d'utiliser de plus en plus les ressources naturelles et l'énergie. L'individu crée à une échelle sans cesse plus importante.

Tandis qu'il parlait, une idée me vint à l'esprit. Je pensais d'abord la garder pour moi, mais tout le monde me regardait.

– Les dégâts écologiques provoqués par l'industrie ne déterminent-ils pas une sorte de limite économique naturelle ? Nous ne pouvons pas continuer comme par le passé, sinon l'environnement sera détruit. Beaucoup de poissons dans les océans sont déjà tellement pollués qu'ils deviennent impropres à la consommation. Les taux de cancer croissent de façon exponentielle. Même l'Association des médecins américains recommande aux femmes enceintes et aux enfants de ne pas manger les légumes vendus dans le commerce à cause des résidus de pesticides. Si cela continue à empirer, pouvez-vous imaginer quel monde nous allons léguer à nos enfants ?

Dès que j'eus prononcé ces mots, je me souvins de la longue tirade de Joël sur la destruction de l'environnement. Mon énergie décrut tandis que j'éprouvais la même Peur que lui.

Alors que mes trois compagnons me fixaient en tentant de retrouver mon expression authentique, je fus soudain revigoré par une explosion d'énergie. Je rétablis rapidement ma connexion interne.

– Vous avez raison, continua Curtis, mais notre réponse à ce problème est déjà en voie d'application. Nous avons fait progresser la technique sans réfléchir, avec des œillères, en oubliant que nous vivions sur une planète organique, remplie d'énergie. Mais l'un des secteurs d'activité les plus créatifs aujourd'hui est celui du contrôle de la pollution.

« Nous avons toujours compté sur l'État pour mettre au pas ceux qui abîment la nature. La pollution est illégale depuis longtemps, mais les règlements, aussi nombreux soient-ils, ne suffiront jamais à supprimer les décharges clandestines de déchets chimiques ou l'évacuation nocturne de fumées nocives. La pollution de la biosphère ne s'arrêtera complètement que lorsque des citoyens conscients se chargeront eux-mêmes d'attraper ces criminels sur le fait. Dans un sens, l'industrie et les salariés de l'industrie doivent se discipliner eux-mêmes.

Maya se pencha en avant.

– Je vois un autre problème dans la façon dont l'économie évolue. Qu'en est-il de tous ces ouvriers qui perdent leur travail au fur et à mesure que progresse l'automatisation ? Comment peuvent-ils trouver de quoi subsister ? Jusqu'ici il existait une importante classe moyenne et maintenant elle diminue rapidement.

Curtis sourit et ses yeux s'éclairèrent. Derrière lui, la taille de son groupe d'âmes augmenta.

– Ils s'en tireront s'ils apprennent à vivre de façon intuitive et synchronistique, expliqua-t-il. Nous devons tous comprendre que l'industrie ne reviendra pas en arrière. Nous vivons déjà à l'âge de l'informatique. Chacun devra se former lui-même le mieux possible, devenir un expert dans son domaine, afin d'être là où il faut pour conseiller les autres ou exécuter un autre service. Plus l'automatisation se développe, plus le monde change rapidement, plus nous avons besoin d'informations provenant des personnes adéquates qui surgiront dans notre vie au moment adéquat. Pour cela l'enseignement classique n'est pas nécessaire ; nous trouverons nous-mêmes notre voie en nous éduquant tout seuls.

« Cependant pour que ce flot d'informations s'écoule de façon optimale dans toutes les activités, le niveau des objectifs fixés à l'économie doit s'élever et cela passe par une prise de conscience spirituelle. Nos intuitions directrices deviennent parfaitement claires si nous envisageons l'économie dans une perspective évolutive. Nous devons nous poser des questions différentes. Au lieu de nous demander "Quel produit ou quel service puis-je créer pour gagner plus d'argent", nous devons nous poser la question : "Que puis-je produire qui libère les hommes, informe et rende le monde plus agréable à vivre, tout en préservant le délicat équilibre écologique ? "

« Un nouveau code moral va s'ajouter à l'équation de la libre entreprise. Où que nous soyons, nous devons rester vigilants et nous interroger : "Que sommes-nous en train de créer ? Servons-nous consciemment l'objectif global pour lequel la technologie a été créée au départ : assurer le pain quotidien de chaque homme, afin que l'orientation dominante de sa vie puisse passer de la simple subsistance et du confort matériel à l'échange d'informations spirituelles ? " Chacun d'entre nous a un rôle à jouer dans la réduction progressive des coûts, jusqu'à ce que les principaux besoins humains soient satisfaits de façon quasiment gratuite.

« Nous évoluerons vers un capitalisme véritablement éclairé si, au lieu de fixer les prix les plus élevés que le marché puisse absorber, nous suivons une nouvelle éthique économique fondée sur une baisse contrôlée qui témoignera de l'orientation consciente que nous entendons donner à l'économie. Ce sera l'équivalent économique de la dîme dans la neuvième révélation.

Charlène tourna son visage lumineux vers Curtis :

— Je comprends. Si toutes les entreprises réduisent leurs marges, disons, de dix pour cent, alors tous les coûts, y compris ceux des matières premières et des fournitures des usines, baisseront.

— Exactement, même si certains prix augmentent temporairement, car on devra tenir comptc du coût élevé de la lutte contre la pollution et de la préservation de l'environnement. En fin de compte, cependant, les prix baisseront systématiquement.

— Les forces du marché ne provoquent-elles pas souvent ce genre de phénomène ? demandai-je.

— Bien sûr, mais nous l'accélérerons consciemment ; en outre, comme la neuvième révélation le prédit, ce processus sera grandement renforcé par la découverte d'une source d'énergie peu coûteuse. Feyman l'a apparemment trouvée. Mais elle doit être disponible au prix le plus bas possible pour avoir un effet libérateur maximum.

Tandis qu'il parlait, il semblait de plus en plus inspiré. Il se tourna vers moi et me regarda droit dans les yeux :

— Tel est l'idéal que je suis venu défendre sur terre, déclara-t-il. Je ne l'ai jamais visualisé de façon aussi claire. C'est pourquoi je voulais suivre le parcours que j'ai eu dans ma vie pour être préparé à délivrer ce message.

— Pensez-vous réellement qu'un nombre suffisant d'industriels accepteront de baisser les prix pour que cela change radicalement la situation ? demanda Maya. Surtout si cela aboutit à prendre l'argent dans leurs propres poches ? Cela semble en contradiction avec la nature humaine.

Au lieu de répondre, Curtis me regarda comme si je détenais la réponse. Pendant un moment, je demeurai silencieux, puis je sentis le déplacement d'énergie.

– Curtis a raison, déclarai-je finalement. Les hommes y parviendront de toute façon, même s'ils doivent à court terme renoncer à un certain profit personnel. Tout cela n'a de sens que si nous assimilons bien les enseignements de la neuvième et de la dixième révélation. Si nous croyons que notre vie se résume à subsister dans un monde absurde et hostile, alors il est parfaitement normal que nous consacrions toute notre énergie à obtenir un confort matériel maximum et à nous assurer que nos enfants auront les mêmes possibilités. Mais si nous comprenons le sens des neuf premières révélations et considérons la vie comme une évolution spirituelle, si nous acceptons nos responsabilités supérieures, alors notre vision change complètement.

« Une fois assimilée la dixième révélation, nous verrons le processus de notre naissance dans la perspective de l'Après-Vie. Nous sommes tous ici pour mettre la dimension supérieure en harmonie avec la sphère terrestre. La chance et le succès sont des processus mystérieux, et si notre économie est orientée dans le sens du plan général de la vie, nous rencontrerons de façon synchronistique ceux qui agissent comme nous. Alors nous atteindrons la prospérité.

« Nous le ferons, continuai-je, parce que l'intuition et les coïncidences nous y mèneront chacun à notre tour. Nous nous souviendrons mieux de nos Visions de Naissance et de la contribution que nous voulions apporter au monde. Si nous ne suivons pas notre intuition, les coïncidences magiques et notre sentiment d'être inspirés, pleins de vie, disparaîtront. Et plus tard, au cours de notre Revue de Vie, nous serons obligés d'affronter nos actions et nos échecs.

Je m'arrêtai brusquement, notant que Charlène et Maya écarquillaient les yeux en observant l'espace derrière moi. Je ne pus m'empêcher de me retourner et je distinguai les contours flous de mon groupe d'âmes, des dizaines de silhouettes qui s'évanouissaient au loin, comme si les parois de la grotte avaient disparu.

– Que regardez-vous ? demanda Curtis.

– Son groupe d'âmes, expliqua Charlène. J'ai vu d'autres groupes quand je me trouvais près des trois cascades.

– J'ai aperçu ceux de Maya et de Curtis, déclarai-je.

Maya se retourna et examina l'espace derrière elle. Ses âmes vacillèrent, puis redevinrent parfaitement visibles.

– Je ne vois rien, dit Curtis. Où sont-elles ?

Maya continuait à ouvrir les yeux tout grands. Apparemment elle voyait maintenant les groupes de chacun d'entre nous.

– Elles nous aident, n'est-ce pas ? Elles peuvent nous donner la vision que nous cherchons.

Dès qu'elle eut achevé ce commentaire, tous les groupes s'éloignèrent de façon spectaculaire et devinrent flous.

– Que s'est-il passé ? demanda Maya.

– Elles ont réagi à ta réflexion, expliquai-je. Si nous les regardons pour leur soutirer de l'énergie au lieu de nous brancher intérieurement sur la source divine, elles s'en vont. Elles ne nous permettent aucune dépendance. Il m'est arrivé la même chose.

Charlène approuva d'un signe de tête.

– À moi aussi. Elles représentent une sorte de famille. Nous sommes reliés à elles par la pensée, mais nous devons maintenir notre connexion avec la source divine sans leur aide ; ensuite seulement, nous pouvons nous relier à elles et capter leur savoir, notre mémoire supérieure.

– Elles conservent nos souvenirs ? demanda Maya.

– Oui, répondit Charlène, en me regardant bien en face.

Elle commença à parler, puis s'arrêta, et ses pensées semblèrent prendre un autre cours. Puis elle ajouta :

– Je commence à comprendre ce que j'ai vu dans l'autre dimension. Dans l'Après-Vie, chacun de nous est issu d'un groupe d'âmes particulier, et ces groupes ont chacun un point de vue ou une vérité particulière à offrir au reste de l'humanité. (Elle me jeta un coup d'œil.) Toi, par exemple, tu appartiens à un groupe de passeurs d'informations. Le savais-tu ? Ce sont des âmes qui nous permettent de comprendre philosophiquement notre objectif existentiel. Les membres de ce groupe d'âmes cherchent constamment la meilleure façon, la plus complète, de décrire la réalité spirituelle. Vous manipulez des informations complexes, et parce que vous aimez aller au fond des problèmes, vous insistez et explorez sans relâche jusqu'à ce que vous trouviez une façon de l'exprimer clairement.

Je lui jetai un coup d'œil soupçonneux, ce qui la fit éclater de rire.

– C'est un don que tu as, affirma-t-elle, je ne plaisante pas.

Se tournant vers Maya, elle ajouta :

– Quant à vous, votre groupe d'âmes est orienté vers la santé et le bien-être. Elles veulent consolider la dimension matérielle, aider nos cellules à être remplies d'énergie et à fonctionner de façon optimale ; elles repèrent et dénouent les blocages émotionnels avant qu'ils ne se manifestent sous forme de maladie.

« Le groupe de Curtis vise à transformer l'utilisation de la technique ainsi que notre compréhension globale de l'économie. Il s'efforce depuis des siècles de donner une dimension spirituelle à des notions comme l'argent et le capitalisme.

Elle marqua une pause et aussitôt je vis une image trembloter légèrement derrière elle.

– Et toi, Charlène ? demandai-je. Que fait ton groupe ?

– Nous sommes des journalistes, répondit-elle, des chercheurs qui aident les hommes à s'apprécier et à apprendre des autres. Nous devons analyser en profondeur la vie et les convictions des individus et des organisations que nous étudions, leur véritable substance, l'expression de leur moi supérieur, exactement comme nous le faisons maintenant en nous observant mutuellement.

Je me souvins à nouveau de ma conversation avec Joël, en particulier de son cynisme blasé.

– Les journalistes agissent rarement ainsi, remarquai-je.

– Non, répondit-elle. Pas encore. Mais tel est l'idéal vers lequel tend notre profession, notre véritable destinée. Nous deviendrons plus sûrs de nous et romprons avec la vieille conception du monde : nous n'aurons plus besoin de toujours « gagner » ni d'attirer vers nous l'énergie et le prestige.

« Je sais pourquoi j'ai voulu naître avec des parents ayant une grande curiosité intellectuelle. J'ai capté leur soif permanente, leur besoin d'information. C'est aussi la raison pour laquelle j'ai travaillé comme journaliste pendant si longtemps, et ensuite rejoint mon centre de recherches. Je voulais contribuer à développer l'éthique du journalisme puis rassembler tout… (Ses pensées dérivèrent de nouveau. Elle fixa le sol de la grotte, puis écarquilla les yeux et continua :) Je sais comment introduire la Vision du Monde sur terre : il faut commencer par nous souvenir de nos Visions de Naissance et les intégrer toutes ensemble dans le cadre de notre groupe ; puis *fusionner* le pouvoir de nos groupes d'âmes respectifs dans l'autre dimension. Cela stimulera nos souvenirs et ainsi nous arriverons finalement à la Vision globale du Monde.

Perplexes, nous la fixâmes tous des yeux.

– Imaginez le tableau d'ensemble, expliqua-t-elle. Chaque personne sur terre appartient à un groupe d'âmes, et ces groupes d'âmes représentent les différentes professions existant sur la planète : les professions médicales, les avocats, les comptables, les informaticiens, les agriculteurs, tous les domaines d'activité. Quand les individus trouvent le métier adéquat, qui leur convient vraiment, alors ils travaillent avec des membres de leur groupe d'âmes.

« Plus chacun de nous prend conscience et se souvient de sa Vision de Naissance – pourquoi nous sommes sur terre –, plus nos professions s'harmonisent avec nos groupes d'âmes dans l'autre dimension. Chaque profession progresse alors vers son véritable but spirituel, son rôle au service de la société.

Nous étions captivés.

– C'est comme avec nous, les journalistes, continua-t-elle. À travers l'histoire, nous avons toujours fait preuve d'une insatiable curiosité pour les activités des autres. Il y a deux siècles, nous sommes devenus suffisamment conscients de nous-mêmes pour former une profession définie. Depuis lors, nous nous efforçons d'utiliser de plus en plus de moyens de communication, d'atteindre un public de plus en plus vaste, etc. Mais comme nos congénères, nous souffrons d'un sentiment d'insécurité. Nous sentons que pour obtenir l'attention et l'énergie du reste de l'humanité, nous devons faire de plus en plus appel au sensationnel, au pessimisme ambiant et à la violence pour vendre.

« Mais notre véritable rôle, notre fonction supérieure, est d'approfondir notre perception spirituelle d'autrui. De voir, puis de décrire ce que font les différents groupes d'âmes et ce qu'exprime chaque membre de ces groupes. D'aider chacun à connaître la vérité communiquée par son prochain.

« Il en est ainsi pour chaque profession ; nous sommes tous en train de découvrir nos messages et objectifs véritables. Et plus cela se généralisera, plus nous progresserons. Nous formerons d'étroites associations spirituelles avec des hommes et des femmes n'appartenant pas à notre groupe d'âmes particulier, comme nous le faisons ici. Nous avons partagé nos Visions de Naissance et élevé notre vibration ensemble ; cela transforme non seulement la société humaine mais également les rapports dans l'Après-Vie.

« D'abord nos groupes d'âmes se rapprochent et nous échangeons nos vibrations. Les deux dimensions s'ouvrent l'une à l'autre et s'interpénètrent. Grâce à ce rapprochement, elles commencent à communiquer entre elles. Nous voyons des âmes dans l'Après-Vie et captons plus facilement leur savoir et leur mémoire. Cela se passe de plus en plus fréquemment sur terre.

Tandis que Charlène parlait, je remarquai que les groupes d'âmes derrière chacun de nous prenaient de l'ampleur et s'élargissaient jusqu'à se toucher, formant un cercle continu autour de nous. Leur convergence sembla me projeter dans un état de conscience encore plus élevé.

Charlène parut le sentir elle aussi. Elle inspira profondément et voulut préciser sa pensée :

– Un autre phénomène se produit dans l'Après-Vie : les groupes eux-mêmes se rapprochent et entrent mutuellement en résonance. La Terre représente le centre d'attention des âmes dans le Ciel. Elles ne peuvent pas s'unir toutes seules. Là-bas, les groupes d'âmes sont fragmentés et n'ont aucune résonance entre eux ; ils vivent dans un monde imaginaire, idéel, qui se manifeste un instant et disparaît aussi rapidement, aussi la réalité y est-elle toujours arbitraire. Il n'y a ni monde naturel ni structure atomique qui, comme ici, jouent le rôle d'une plate-forme stable, d'une scène, d'un arrière-plan communs. Nous influençons ce qui se passe sur cette scène, mais les idées, elles, se manifestent beaucoup plus lentement et nous devons parvenir à un accord sur ce que nous voulons réaliser dans l'avenir. Cet accord, ce consensus, cette unité de vision sur la terre rassemblent aussi les groupes d'âmes dans l'Après-Vie. La dimension terrestre, matérielle, joue un rôle capital car elle est le lieu où se réalise l'unification véritable des âmes !

« Cette unification justifie le long voyage historique que les hommes ont entrepris. Les groupes d'âmes dans l'Après-Vie comprennent la Vision du Monde, ils comprennent comment le monde physique peut évoluer et comment les dimensions peuvent se rapprocher. Mais cela ne peut être accompli que par des individus nés dans le monde physique, agissant l'un après l'autre, et qui espèrent orienter dans cette direction le consensus de la réalité matérielle. L'arène terrestre est le théâtre de l'évolution pour les deux dimensions ; maintenant nous faisons coïncider tout cela au fur et à mesure que nous nous rappelons consciemment ce qui se passe.

Elle pointa son doigt vers nous en balayant l'espace.

– Pendant que nous sommes en train de nous souvenir ensemble de nos visions, en ce moment précis, d'autres groupes, exactement comme nous, se souviennent, tout autour de la planète. Nous avons tous un fragment de la Vision complète et quand nous partagerons ce que nous savons, et unifierons nos groupes d'âmes, alors nous serons prêts à introduire dans la conscience universelle la Vision dans sa totalité.

Soudain Charlène fut interrompue par un léger tremblement qui agita le sol de la grotte. Des grains de poussière tombèrent du plafond. Simultanément nous entendîmes à nouveau le bourdonnement, mais cette fois la dissonance avait disparu ; le bruit semblait plus harmonieux.

– Mon Dieu ! dit Curtis, ils sont arrivés à déterminer les bons étalonnages. Nous devons absolument retourner au bunker.

Lorsqu'il fit un mouvement pour se lever, le niveau d'énergie du groupe baissa en flèche.

– Attendez, dis-je. Qu'allons-nous faire là-bas ? Nous avions décidé d'attendre dans la grotte jusqu'à la nuit ; il nous faut patienter encore quelques heures. Restons ici. Nous avons atteint un niveau élevé d'énergie, mais ne connaissons pas encore le reste du processus. Nous avons éliminé nos émotions résiduelles, amplifié notre énergie et partagé nos Visions de Naissance, mais la Vision du Monde nous est encore inconnue. Nous pouvons avancer encore si nous restons dans un endroit sûr et essayons de progresser.

Tandis que je parlais, je vis une image de notre groupe dans la vallée, au milieu de la nuit.

– C'est trop tard, déclara Curtis. Ils vont procéder à l'ultime expérience. Nous devons nous rendre là-bas et entreprendre quelque chose immédiatement.

Je le regardai intensément.

– Vous avez affirmé qu'ils avaient probablement l'intention de tuer Charlène. Si nous sommes capturés, ils nous réserveront le même sort.

Maya se prit la tête dans les mains. Curtis détourna le regard en essayant de dompter sa peur.

– Eh bien, je vais y aller, annonça-t-il.

– Je pense que nous devrions rester tous ensemble, déclara Charlène en se penchant en avant.

Pendant un instant je la vis portant des vêtements indiens, comme dans la forêt au XIXe siècle, puis l'image s'évanouit.

Maya se leva.

– Charlène a raison, affirma-t-elle. Ne nous séparons pas. Ensemble nous nous aiderons mutuellement si nous réussissons à découvrir ce qu'ils font.

Je jetai un coup d'œil sur l'entrée de la grotte, tandis que je sentais monter en moi une réticence installée depuis longtemps, au plus profond de mon corps.

— Qu'allons-nous faire du... garde... là dehors ?

— Nous allons l'amener à l'intérieur et le laisser ici, déclara Curtis. Nous enverrons quelqu'un le chercher demain matin, si nous le pouvons.

Mes yeux croisèrent ceux de Charlène et j'acquiesçai d'un signe de tête.

Chapitre 9

SE SOUVENIR DU FUTUR

Au crépuscule nous nous accroupîmes au sommet du coteau et observâmes le pied d'une colline plus élevée qui se trouvait devant nous. Je ne vis rien de suspect ; aucun mouvement, pas de gardes. Nous avions marché pendant une quarantaine de minutes et le bourdonnement, perceptible pendant notre progression, avait maintenant cessé.

– Êtes-vous sûr que nous sommes au bon endroit ? demandai-je à Curtis.

– Oui, répondit-il. Vous voyez les quatre gros rochers situés à une cinquantaine de mètres au-dessus de nous, sur l'autre versant ? La porte d'entrée se trouve juste derrière, cachée par les buissons. À droite, on distingue l'extrémité de l'antenne parabolique. Elle semble fonctionner à nouveau.

– Je la vois, dit Maya.

– Où sont les gardes ? demandai-je à Curtis. Peut-être ont-ils abandonné les lieux.

Ncus surveillâmes la porte principale pendant presque une heure, guettant le moindre signe d'activité, hésitant à bouger ou à parler beaucoup avant la tombée de la nuit. Soudain, nous entendîmes un mouvement derrière nous. De puissantes lampes torches s'allumèrent, nous inondant de clarté, et quatre hommes armés surgirent de l'ombre en nous ordonnant de lever les mains en l'air. Après avoir inspecté nos sacs pendant une dizaine de minutes, ils nous fouillèrent et nous firent descendre la colline, puis remonter vers l'entrée du bunker.

La porte s'ouvrit brusquement ; Feyman, furieux, sortit en trombe et hurla :

— Ce sont bien les types que nous cherchions ? Où les avez-vous trouvés ?

L'un des gardes expliqua ce qui s'était passé, tandis que Feyman hochait la tête et nous examinait à la lumière des lampes torches. Il se rapprocha pour nous demander :

— Que faites-vous ici ?

— Vous devez arrêter immédiatement vos expériences ! répliqua Curtis.

Visiblement la voix parut familière à Feyman et il fouilla dans sa mémoire.

— Qui êtes-vous ?

Les lampes torches des gardes éclairèrent le visage de Curtis.

— Curtis Webber... je veux bien être pendu si... ! s'exclama Feyman. C'est vous qui avez fait sauter notre antenne, n'est-ce pas ?

— Écoutez-moi, dit Curtis. Vous savez bien que ce générateur est trop dangereux pour fonctionner à cette puissance. Vous risquez de détruire toute cette vallée !

— Vous avez toujours été alarmiste, Webber. C'est pourquoi Deltech vous a licencié. Je travaille depuis trop longtemps sur ce projet pour abandonner maintenant. Cela *va marcher* – exactement comme je l'ai prévu.

— Mais pourquoi courir ce risque ? Concentrez-vous sur les petites unités. À quoi cela vous sert-il d'augmenter tellement la production ?

— Cela ne vous regarde pas. Et vous feriez mieux de rester tranquille.

Curtis se rapprocha de lui.

— Vous voulez centraliser le processus de fabrication de l'énergie de façon à le contrôler. Vous avez tort.

Feyman sourit.

– Il faut progressivement introduire un nouveau système d'énergie. Croyez-vous que nous pouvons, du jour au lendemain, réduire presque à zéro le coût des ressources énergétiques, alors qu'elles représentent aujourd'hui une part si importante des dépenses des ménages et des entreprises ? Le revenu soudainement disponible qui en résulterait provoquerait une hyperinflation mondiale et probablement une réaction massive qui nous plongerait dans la dépression.

– Vous savez que c'est faux, répondit Curtis. La baisse des coûts de l'énergie augmenterait prodigieusement l'efficacité de la production et permettrait de fabriquer davantage de marchandises à moindre coût. Aucune inflation ne se déclencherait. Vous faites tout cela dans votre seul intérêt. Vous voulez centraliser la production, créer un monopole de l'énergie, quels que soient les dangers.

Feyman fixa Curtis avec colère.

– Vous êtes tellement naïf ! Vous croyez que les groupes qui dictent les prix de l'énergie aujourd'hui permettraient une baisse massive, soudaine, qui en ferait un produit au prix dérisoire ? Bien sûr que non ! Pour qu'une reconversion aussi radicale réussisse, il faut centraliser et stocker toute l'énergie. Et je passerai à la postérité comme l'homme qui a accompli cet exploit. Tel est le but de ma vie !

– Ce n'est pas vrai ! laissai-je échapper. Votre objectif est de nous aider.

Feyman se tourna vers moi.

– Taisez-vous, vous m'entendez ! (Il aperçut Charlène.) Qu'est devenu l'homme qui vous accompagnait ?

Elle détourna le regard et ne lui répondit pas.

– Peu importe ! Je n'ai pas de temps à perdre. (Il criait de nouveau.) Vous devriez vous préoccuper de votre propre sécurité maintenant. (Il marqua une pause, nous regarda, puis secoua la tête et se dirigea vers l'un des gardes armés.) Surveillez-les jusqu'à ce que l'expérience soit terminée. Il nous faut seulement une heure. S'ils essayent de s'enfuir, abattez-les.

Le gardien adressa quelques mots à ses trois acolytes et ils se disposèrent à une quinzaine de mètres autour de nous.

– Asseyez-vous les uns à côté des autres, dit l'un d'eux avec un accent étranger.

Nous nous assîmes face à face dans l'obscurité. Notre énergie avait presque entièrement disparu. Depuis que nous avions quitté la grotte, nos groupes d'âmes étaient invisibles.

– Qu'allons-nous faire ? demandai-je à Charlène.

– Rien n'a changé, murmura-t-elle. Nous devons emmagasiner de nouveau de l'énergie.

L'obscurité était maintenant presque totale, trouée par les lampes torches des gardes qui balayaient régulièrement notre groupe. Je pouvais à peine distinguer le contour des visages de mes compagnons bien que nous fussions assis en cercle, à environ deux mètres les uns des autres.

– Essayons de nous échapper, murmura Curtis. De toute façon ils vont nous tuer.

Je me souvins alors de l'image que j'avais vue dans la Vision de Naissance de Feyman. Il se trouvait dans les bois avec nous, dans le noir. Je savais qu'il y avait un autre point de repère dans la scène, mais je n'arrivais pas à m'en souvenir.

– Non, dis-je. Tentons d'abord de retrouver la Vision encore une fois.

À ce moment nous entendîmes un son extrêmement aigu, ressemblant au bourdonnement, mais plus harmonieux, presque plaisant à entendre. Un rayon de lumière perceptible serpenta sous nos pieds.

– Nous devons augmenter notre énergie *maintenant* ! murmura Maya.

– Je ne sais pas si je pourrai y arriver ici, répondit Curtis.

– Il le faut ! dis-je.

– Que chacun de nous se concentre sur ses voisins, comme nous l'avons fait tout à l'heure, ajouta Maya.

J'essayai d'effacer de mon esprit le cadre menaçant qui nous entourait et de retrouver un état intérieur d'amour. Ignorant les ombres et les lueurs des lampes qui vacillaient, je me concentrai sur la beauté des visages de mes compagnons. Tandis que je m'efforçais de repérer l'expression de leur moi supérieur, je remarquai que la lumière changeait. Progressivement je distinguai très clairement la physionomie et l'expression de chacun, comme si je regardais dans un viseur infrarouge.

— Que faut-il visualiser ? demanda Curtis, découragé.

— Nous devons d'abord revenir à nos Visions de Naissance, dit Maya, puis nous souvenir de la raison pour laquelle nous sommes venus sur terre.

Soudain le sol trembla violemment et le son redevint discordant, grinçant.

Nous nous rapprochâmes les uns des autres et notre pensée collective sembla projeter l'image d'une riposte. Nous savions que nous pouvions canaliser nos énergies et repousser les forces négatives et destructrices mises en marche par ces expériences. Je captai même une image de Feyman : l'explosion de son matériel l'obligeait à faire un bond en arrière et ses hommes fuyaient, terrorisés.

Une nouvelle vague de bruits interrompit ma vision : l'expérience continuait. À une quinzaine de mètres, un énorme sapin se brisa en deux et s'abattit sur le sol. Une explosion retentit et un nuage de poussière s'éleva. Une crevasse de deux mètres de large s'ouvrit entre nous et le garde qui se trouvait à notre droite. Il recula en titubant, l'air horrifié, sa lampe torche s'agitant dans tous les sens.

— Cela ne marchera pas ! s'exclama Maya.

Un autre arbre s'écrasa à notre gauche tandis que le terrain glissait d'un mètre, nous jetant à terre.

Maya avait l'air terrifiée et elle sauta sur ses pieds.

— Je ne peux pas rester ici ! cria-t-elle, et elle commença à courir vers le nord dans l'obscurité. Le garde le plus proche d'elle, qui était tombé à la suite de la secousse, roula sur ses genoux, dirigea le rayon de sa lampe torche vers elle et leva son fusil.

— Non ! Attendez ! criai-je.

Tout en courant, Maya regarda derrière elle et repéra le garde qui la visait, s'apprêtant à tirer. La scène sembla se dérouler au ralenti : l'homme fit feu, le visage de Maya révélait la certitude qu'elle allait mourir. Mais, au lieu que les balles pénètrent dans ses côtes et dans son dos, un éclair de lumière blanche jaillit devant elle et les balles n'eurent aucun effet. Elle hésita une seconde puis disparut dans la nuit.

Au même moment, profitant d'un nuage de poussière, Charlène se mit à courir vers le nord-est, sans que les gardes s'aperçoivent de sa fuite.

Je bondis à mon tour mais le garde qui avait tiré sur Maya tourna son arme vers moi. Rapidement Curtis me plaqua les jambes et me maintint au sol.

Derrière nous, la porte du bunker s'ouvrit violemment. Feyman se précipita vers l'antenne parabolique et, furieux, pianota sur le clavier de son ordinateur. Le bruit diminua et les secousses devinrent de simples tremblements.

– Pour l'amour de Dieu ! cria Curtis dans sa direction. Arrêtez tout ça !

Le visage de Feyman était couvert de poussière.

– Aucune difficulté n'est insoluble, répliqua-t-il avec un calme inquiétant.

Les gardes se remirent debout, s'époussetèrent et se dirigèrent vers nous. Feyman remarqua que Maya et Charlène avaient disparu, mais avant qu'il pût ouvrir la bouche le bruit reprit avec un volume assourdissant et la terre sembla s'élever de plusieurs dizaines de centimètres sous nos pieds. Nous fûmes tous précipités par terre une deuxième fois. Les débris des branches d'un arbre qui s'abattait obligèrent les gardes à filer vers le bunker.

– Maintenant ! dit Curtis. Allons-y !

J'étais figé sur place. Il m'obligea sans ménagement à me lever.

– Il faut fuir ! cria-t-il dans mon oreille.

Finalement mes jambes se débloquèrent et nous courûmes en direction du nord-ouest, suivant le chemin que Maya avait pris.

La terre trembla plusieurs fois sous nos pieds, puis le calme revint. Nous marchâmes pendant plusieurs kilomètres à travers des bois obscurs, éclairés seulement par les rayons de la lune qui filtraient à travers le feuillage ; finalement nous nous arrêtâmes pour nous blottir dans un bosquet de pins.

– Pensez-vous qu'ils vont nous poursuivre ? demandai-je à Curtis.

– Oui, dit-il. Ils ne peuvent prendre le risque que l'un d'entre nous rejoigne la ville. Je suppose qu'ils ont posté des hommes sur les différents chemins.

Pendant qu'il parlait, une image claire, parfaitement paisible, des trois cascades me vint à l'esprit. Les chutes d'eau représentaient le point de repère qui me manquait dans la vision de Feyman.

– Nous devons aller vers le nord-ouest, jusqu'aux trois cascades.

Curtis m'indiqua d'un signe la bonne direction et nous nous mîmes à marcher aussi silencieusement que possible. Nous traversâmes le ruisseau et nous dirigeâmes avec mille précautions vers le canyon. Régulièrement Curtis s'arrêtait et brouillait nos traces. Pendant une de nos pauses, nous entendîmes le faible son de véhicules qui roulaient en provenance du sud-est.

Au bout d'un kilomètre et demi nous commençâmes à apercevoir les parois du canyon qui se dressaient au loin, éclairées par la lune. Tandis que nous approchions de l'entrée du ravin, Curtis se dirigea vers le ruisseau. Soudain, il sauta en arrière, effrayé, car il avait vu quelqu'un se cacher derrière un arbre à notre gauche. La silhouette inconnue recula, puis, perdant presque l'équilibre, vacilla sur le bord du ruisseau.

– Maya ! criai-je.

Curtis reprit ses esprits, se précipita vers elle et la tira en arrière tandis que des pierres et des graviers dégringolaient dans l'eau.

Maya le serra très fort contre elle, puis me tendit les bras.

– J'ignore pourquoi je me suis enfuie comme cela. Complètement affolée, je n'avais qu'une idée en tête : me diriger vers les trois cascades dont vous m'aviez parlé. J'ai prié pour vous tous.

S'appuyant contre un gros arbre, elle prit une profonde inspiration et nous demanda :

– Que s'est-il passé quand le garde m'a tiré dessus ? Comment ces balles ont-elles pu me manquer ? J'ai vu un étrange éclair de lumière.

Curtis et moi nous consultâmes du regard.

– Je ne sais pas, dis-je.

– Après cela je me suis sentie extraordinairement calme, continua Maya… comme jamais auparavant.

Nous nous regardâmes, mais aucun de nous ne prit la parole. Puis j'entendis distinctement un bruit de pas.

– Attendez, avertis-je les autres. Quelqu'un arrive.

Nous nous accroupîmes et attendîmes. Plusieurs minutes passèrent. Soudain Charlène émergea de la forêt devant nous, et s'agenouilla, épuisée.

– Dieu soit loué, je vous ai retrouvés, dit-elle. Comment vous êtes-vous sauvés ?

– Un arbre s'est abattu et nous avons profité de la confusion, expliquai-je.

Charlène me regarda droit dans les yeux.

– J'ai pensé que tu irais peut-être vers les trois cascades, alors j'ai marché dans cette direction. Mais je me demande comment j'aurais pu les trouver dans l'obscurité.

Maya nous fit signe de repartir et nous nous dirigeâmes vers une clairière où le ruisseau traversait l'entrée du canyon. Ici la pleine lumière de la lune éclairait l'herbe et les rochers de chaque côté.

– Nous allons peut-être avoir une autre chance, affirma-t-elle, nous pressant d'un geste de nous asseoir et de nous installer face à face.

– Qu'allons-nous faire ? demanda Curtis. Nous ne pouvons pas rester longtemps ici. Ils vont nous tomber dessus.

Je regardai Maya en me disant que nous devrions continuer jusqu'aux trois cascades, mais elle semblait tellement remplie d'énergie que, au lieu de cela, je lui demandai :

– Qu'est-ce qui n'a pas marché la fois précédente ?

– Je ne sais pas ; peut-être n'étions-nous pas assez nombreux. Ou peut-être y a-t-il trop de Peur autour de nous.

Charlène se pencha vers le groupe.

— Nous devons nous rappeler l'énergie que nous avions obtenue dans la grotte. Et nous élever de nouveau à ce niveau-là.

Pendant plusieurs longues minutes nous nous concentrâmes tous sur notre source divine intérieure. Finalement Maya dit :

— Nous devons échanger de l'énergie, trouver l'expression du moi supérieur de chacun.

J'inspirai longuement plusieurs fois et regardai les visages de mes compagnons. Progressivement ils devinrent plus beaux et lumineux, et j'aperçus l'expression authentique de leur âme. Autour de nous, les plantes et les roches parurent encore plus claires, comme si les rayons de la lune avaient soudain doublé d'intensité. Une vague familière d'amour et d'euphorie m'envahit, et je me retournai pour découvrir les figures vacillantes de mon groupe d'âmes derrière moi.

Dès que je les aperçus, ma conscience s'amplifia encore et je me rendis compte que les groupes d'âmes de mes amis se trouvaient dans des positions similaires, bien qu'ils n'eussent pas encore fusionné.

Maya attira mon attention. Dans un état de réceptivité et de franchise totale, elle me regardait et, pendant que je l'observais, j'avais l'impression de distinguer sa Vision de Naissance se reflétant subtilement sur son visage. Elle savait qui elle était et cette certitude irradiait afin que chacun de nous puisse la voir. Sa mission était claire ; son milieu familial et social l'avait parfaitement préparée.

— Vous devez sentir que les atomes de votre corps vibrent à un niveau supérieur, dit-elle.

Je jetai un coup d'œil à Charlène : la même clarté illuminait son visage. Elle représentait les porteurs d'informations, ceux qui découvraient et expliquaient aux autres les vérités fondamentales exprimées par chaque personne ou chaque groupe.

— Comprenez-vous ce qui se passe ? demanda Charlène. Nous voyons notre nature véritable, à notre niveau le plus élevé, sans les projections émotionnelles de nos vieilles peurs.

— Je le vois, dit Curtis, le visage empreint d'énergie et d'assurance.

Pendant plusieurs minutes personne ne parla. Je fermai les yeux, tandis que l'énergie continuait à s'accumuler.

– Regardez, dit soudain Charlène en nous désignant les groupes d'âmes qui nous entouraient.

Chaque groupe d'âmes commençait à fusionner avec le groupe voisin, exactement comme cela s'était produit dans la grotte. Je jetai un coup d'œil à Charlène, puis à Curtis et Maya. Leur visage exprimait encore mieux leur rôle durant la longue histoire de la civilisation.

– Ça y est ! m'exclamai-je. Nous allons atteindre la prochaine étape et contempler une vision plus complète de l'histoire humaine.

Devant nous, dans un gigantesque hologramme, apparaissait un panorama de l'histoire qui s'étendait du commencement des temps jusqu'à ce qui devait être une fin lointaine. Tandis que je m'efforçais de me concentrer, je me rendis compte que cette image ressemblait beaucoup à celle que j'avais observée auparavant quand je me trouvais avec mon groupe d'âmes – sauf que, maintenant, le reconstitution commençait beaucoup plus tôt, avec la naissance de l'univers lui-même.

Nous vîmes la première matière naître, exploser et graviter pour se transformer en des étoiles qui vivaient, mouraient et donnaient naissance à la grande diversité d'éléments qui devaient finalement former la Terre. Ces éléments, à leur tour, se combinaient dans le premier environnement terrestre, se transformaient en des substances de plus en plus complexes pour aboutir par étapes à la vie organique – une vie qui progressait aussi et évoluait en s'organisant peu à peu et en devenant plus consciente, comme si elle suivait un plan global. Des organismes multicellulaires devenaient des poissons, les poissons se métamorphosaient en amphibiens, les amphibiens en reptiles, en oiseaux et finalement en mammifères.

Une image claire de l'Après-Vie surgit devant nous. Un aspect de chacune des âmes – en fait, toute une partie de l'humanité – avait accompagné le long et lent processus de l'évolution. Poissons, nous avions nagé ; amphibiens, nous avions hardiment rampé sur le sol ; puis, reptiles, oiseaux et mammifères, nous avions lutté pour survivre, parcourant chaque étape pour finalement passer à la forme humaine – tout cela avec un objectif.

Nous savions qu'un jour nous naîtrions dans la dimension matérielle. Peu importe le temps que cela prendrait, nous nous efforcerions de devenir conscients, de nous unifier, d'évoluer et finalement de faire régner sur terre l'atmosphère spirituelle de l'Après-Vie. Certainement, le voyage serait difficile et même tortueux. Après cette première intuition, nous sentirions la Peur de la solitude et de la séparation. Cependant nous ne nous rendormirions pas ; nous combattrions la Peur, en nous fondant sur le faible pressentiment que nous n'étions pas seuls, que nous étions des êtres spirituels porteurs d'un projet spirituel concernant la planète.

Poussés par l'évolution, nous serions attirés par des groupes sociaux plus vastes, plus complexes ; nos activités se différencieraient, nous saurions maîtriser le besoin de nous battre et de dominer les autres. Peu à peu nous instaurerions un processus démocratique permettant le partage et la synthèse de nouvelles idées, l'élaboration de vérités de plus en plus élevées. Progressivement nous apprendrions à acquérir une sécurité intérieure, en passant du panthéisme au polythéisme puis au monothéisme. Et finalement nous abandonnerions l'image d'un Dieu paternel, extérieur à nous, pour reconnaître la présence du Saint-Esprit en nous-mêmes.

Dans l'hologramme géant, je vis que, répondant à de profondes intuitions, des textes sacrés seraient écrits ; ils traduiraient de façon symbolique, absolument sincère, notre relation avec cette divinité unique et offriraient un aperçu de l'avenir. En Orient et en Occident, des visionnaires affirmeraient que cet Esprit saint était toujours là, toujours accessible, attendant seulement que nous soyons capables de nous repentir, de nous ouvrir, d'éliminer les blocages empêchant une communion totale.

Avec le temps, nous le savions, notre désir d'unification et de partage augmenterait et un jour nous éprouverions un sentiment d'affinité spéciale, une communauté profonde avec ceux qui habitaient une zone géographique donnée sur la planète. Le monde commencerait à s'organiser en des nations-États, chacun occupant un point d'observation unique. Peu après se produirait une explosion des échanges et du commerce. Les fondements de la méthode scientifique seraient posés, et les découvertes qui en résulteraient accentueraient l'intérêt pour l'économie et provoqueraient une formidable expansion : la révolution industrielle.

Après avoir tissé un réseau de relations économiques autour du globe, notre niveau de conscience s'élèverait et nous nous rappellerions notre nature spirituelle. Les révélations imprégneraient progressivement la conscience humaine et permettraient à notre économie de respecter la Terre. Finalement, nous parviendrions à surmonter la dernière polarisation des forces de la Peur pour nous orienter vers une nouvelle perspective spirituelle du monde.

À ce moment je jetai un regard à mes compagnons. Leurs visages m'apprenaient qu'ils avaient eux aussi assisté à cette vision de l'histoire de la Terre. Grâce à cette brève illumination, nous avions saisi comment la conscience humaine avait progressé depuis le début des temps jusqu'au moment présent.

Soudain l'hologramme nous offrit un tableau détaillé de la polarisation. Tous les êtres humains sur terre se partageaient entre deux positions antagonistes : l'une défendait une conception de plus en plus claire de la transformation, et l'autre résistait, car elle sentait que des valeurs importantes contenues dans l'ancienne vision du monde seraient définitivement perdues.

Dans l'Après-Vie on savait que ce conflit constituait le plus grand obstacle à la spiritualisation sur terre – particulièrement si la polarisation augmentait encore. Dans ce cas, les deux parties se retrancheraient dans des positions inébranlables. Elles rejetteraient de façon irrationnelle tout le mal sur l'autre ; ou pis, elles pourraient croire les augures de la fin du monde et penser que l'avenir échappait à leur pouvoir, ce qui les amènerait à capituler complètement.

Pour découvrir la Vision du Monde et en finir avec cette polarisation, notre projet de l'Après-Vie nous incitait à discerner les vérités profondes contenues dans ces prophéties. Comme toutes les Écritures saintes, les visions de Daniel et le Livre de l'Apocalypse représentaient des intuitions divines provenant de l'Après-Vie et introduites dans la dimension matérielle. Elles sont nimbées de poésie, par le symbolisme du visionnaire, comme dans un rêve. Nous nous concentrerions sur leur sens allégorique pour les comprendre.

Les phophéties prédisaient la fin de l'histoire humaine sur terre, mais cette « fin » serait bien différente pour les *croyants* et les non-croyants. Ces derniers vivraient une série de grandes catastrophes, de désastres écologiques et de crises économiques. Ensuite, quand la peur et le chaos atteindraient leur apogée, un démagogue surgirait, l'Antéchrist, qui offrirait de restaurer l'ordre, à condition que les citoyens acceptent de renoncer à leurs libertés et de porter la « marque de la Bête » sur leur corps pour participer à une économie entièrement automatisée. Finalement ce dictateur se proclamerait lui-même dieu et envahirait tous les pays qui résisteraient à sa domination. Il s'attaquerait d'abord à l'Islam, puis aux juifs et aux chrétiens, plongeant ainsi le monde entier dans une féroce lutte finale.

Pour les croyants, en revanche, les prophètes bibliques prédisaient une fin de l'histoire beaucoup plus plaisante. Étant demeurés fidèles à l'esprit, ces élus recevraient des corps spirituels et seraient emportés en extase vers une autre dimension appelée la Nouvelle Jérusalem. Ils pourraient néanmoins retourner dans la dimension matérielle et en repartir à leur gré. Finalement, à un certain moment de la guerre, Dieu reviendrait pour mettre fin aux combats, restaurer la prospérité et instaurer mille ans de paix durant lesquels il n'y aurait plus ni maladie ni décès. Tout changerait, même les animaux du monde, qui ne mangeraient plus de viande. Comme disent les Écritures : « Le loup cohabitera avec l'agneau… et le lion mangera de la paille comme le bœuf. »

Maya et Curtis attirèrent mon attention, puis Charlène leva les yeux ; nous comprenions tous maintenant le sens profond des prophéties. Ceux qui annonçaient la fin du monde avaient reçu une intuition juste concernant notre époque : deux avenirs distincts s'ouvraient devant nous. Nous pouvions choisir de languir dans la Peur, de croire que le monde allait passer sous la coupe d'États totalitaires fondés sur l'automatisation, et plonger vers la décadence sociale et la destruction finale… Mais nous pouvions également suivre une autre voie : nous considérer comme des croyants qui peuvent vaincre ce nihilisme et s'ouvrir aux vibrations supérieures de l'amour. L'apocalypse nous serait épargnée et nous entrerions dans une nouvelle dimension où nous inciterions les forces de l'esprit, à travers nous, à créer exactement l'Utopie dont les prophètes bibliques avaient eu la vision.

Nous devions absolument interpréter ces prophéties si nous voulions mettre un terme à la polarisation. Si nous pensions que ces textes sacrés annonçaient une destruction du monde inéluctablement inscrite dans le plan divin, cette croyance aurait justement pour effet de provoquer ce dénouement.

Il était clair que nous devions choisir le chemin de l'amour et de la foi. Comme je l'avais vu plus tôt, la polarisation ne devait pas être aussi catastrophique. Dans l'Après-Vie on savait que chaque position reflétait une moitié de la vérité et que la nouvelle conception spirituelle du monde devait intégrer ces points de vue. Cette synthèse découlerait naturellement des révélations elles-mêmes, spécialement de la dixième révélation, et des groupes qui commenceraient à se former partout dans le monde.

Soudain l'hologramme passa à une vitesse accélérée, et ma conscience s'élargit encore. Nous entrions maintenant dans l'étape suivante du processus : nous devenions des croyants et réalisions cet avenir utopique qui avait été annoncé. Nous allions finalement nous souvenir de la *Vision du Monde* !

Tout d'abord, des groupes qui suivaient les enseignements de la dixième révélation se formeraient sur toute la planète, atteignant une masse critique d'énergie. Ensuite ils apprendraient à projeter cette énergie de telle façon que les deux parties irréductiblement opposées commenceraient immédiatement à être éclairées, à se décontracter et à dominer la Peur.

Ceux qui voulaient contrôler la technologie seraient particulièrement touchés, car ils se souviendraient eux aussi et renonceraient à leurs derniers efforts pour manipuler l'économie et prendre le pouvoir.

L'énergie projetée déclencherait une lame de fond sans précédent, apportant l'éveil, la coopération et l'engagement personnel ainsi qu'un foisonnement d'individus nouvellement inspirés. Tous commenceraient à se rappeler la totalité de leurs Visions de Naissance et suivraient leur chemin synchronistique vers les positions adéquates dans leur société.

Nous vîmes alors des images de quartiers urbains défavorisés et de zones rurales oubliées. Un nouveau consensus s'élaborait sur la façon de briser le cercle vicieux de la pauvreté. On n'interviendrait plus à coups de programmes gouvernementaux, de crédits pour l'éducation et les emplois ; on aborderait le problème en termes spirituels, car les structures de l'éducation seraient déjà en place ; seule manquait la capacité de rompre avec la Peur et de renoncer aux diversions infernales que les hommes inventaient pour conjurer l'angoisse de la pauvreté.

Une multitude d'organisations bénévoles s'intéressaient à chaque famille et chaque enfant en difficulté. Des millions d'individus nouaient des relations personnelles, à commencer par ceux qui voyaient ces familles chaque jour – les commerçants, les enseignants, les policiers, les prêtres et les pasteurs. Des volontaires jouaient le rôle de « grands frères », de « grandes sœurs » et de tuteurs. Guidés par leur intuition intérieure qui les incitait à aider les autres, tous se souvenaient de leur intention de changer le sort d'une famille, d'un enfant. Tous diffusaient les révélations et un message crucial : quelle que soit la gravité de notre situation, l'enracinement de nos attitudes autodestructrices et défaitistes, chacun de nous peut retrouver le souvenir de sa mission et de son objectif existentiels.

Au fur et à mesure que ces idées se diffusaient, la criminalité et la violence diminuaient ; en effet, les racines de la violence résident toujours dans les scénarios de frustration, de passion et de peur qui déshumanisent la victime. Une interaction croissante avec ceux qui ont une conscience spirituelle plus élevée commençait maintenant à battre en brèche cette tournure d'esprit négative.

Face à la criminalité émergeait un nouveau consensus qui puisait à la fois dans les conceptions traditionnelles et dans celles du Mouvement pour le potentiel humain. À court terme, on aurait besoin de créer de nouvelles prisons et de nouveaux centres de détention. On suivrait en cela une vérité tradition-nelle : le fait de libérer trop tôt les délinquants ou les criminels, ou de ne pas les emprisonner sous prétexte de leur donner une nouvelle chance, renforçait seulement leurs comportements an-tisociaux. Mais, en même temps, on appliquerait les dix révéla-tions au fonctionnement de ces lieux de détention ; des indivi-dus et des groupes extérieurs privés s'engageraient auprès des prisonniers afin d'éradiquer la mentalité criminelle et d'enta-mer la seule réhabilitation efficace : celle qui fait appel au sou-venir de la Vision de Naissance.

Simultanément, tandis que de plus en plus de gens de-viendraient conscients, des millions d'individus se donneraient la peine d'intervenir dans les conflits se produisant à tous les niveaux de la société – car nous atteindrions une nouvelle com-préhension des enjeux. Chaque fois qu'une femme ou un mari se met en colère et frappe son conjoint ; que des attitudes com-pulsives et des dépendances se manifestent ; qu'un jeune lou-bard tue parce qu'il a désespérément besoin de l'approbation de sa bande ; ou que des individus se sentent tellement limités dans leurs vies qu'ils se laissent escroquer, tromper ou manipuler par les autres ; dans toutes ces situations il y a quelqu'un de parfai-tement bien placé pour prévenir la violence mais qui n'a *pas réussi* à agir.

Autour de ce héros potentiel il existe peut-être des dizaines d'autres amis et connaissances qui ont aussi échoué, parce qu'ils ne disposaient pas des informations ou des idées qui auraient créé la chaîne de soutien suffisante pour que l'intervention ait lieu. Dans le passé, cet échec aurait peut-être été justifié, mais ce n'était désormais plus possible. Grâce à la diffusion croissante de la dixième révélation, nous savions que les personnes que nous croisions dans notre vie étaient probablement des âmes avec lesquelles nous avions entretenu de longues relations pendant plusieurs existences et qui comptaient sur notre aide. Ainsi nous étions incités à agir, obligés de nous montrer courageux. Aucun de nous ne voulait avoir un échec sur la conscience ni supporter la torture d'une Revue de Vie durant laquelle nous observerions les tragiques conséquences de notre pusillanimité.

Tandis que ces scènes défilaient devant nos yeux, cette prise de conscience grandissante poussait les hommes à agir sur d'autres problèmes sociaux. Nous vîmes une image des fleuves et des océans du monde, et de nouveau s'opérait une synthèse entre la vieille et la nouvelle conception. Si l'on admettait la responsabilité du comportement souvent incohérent de la bureaucratie étatique, on donnait une nouvelle priorité à la volonté humaine de préserver l'environnement, stimulant ainsi un essor des interventions privées.

On découvrait que, comme pour le problème de la pauvreté et de la violence, le crime de la pollution a toujours des témoins accommodants. Des gens qui, eux-mêmes, ne pollueraient jamais consciemment l'environnement eux-mêmes, mais travaillaient avec d'autres personnes ou connaissaient des industriels dont les projets ou les pratiques détérioraient la biosphère de la planète.

Dans le passé, ces sujets n'avaient rien dit, peut-être parce qu'ils craignaient de perdre leur emploi ou qu'ils croyaient leur opinion ultraminoritaire. Cependant, cette fois ils se rendaient compte qu'ils occupaient exactement la position adéquate pour agir. Ils alertaient l'opinion publique contre les pollueurs – contre le déversement des déchets industriels ou des excédents de pétrole dans la mer, l'utilisation clandestine d'insecticides interdits dans l'agriculture, le non-respect des normes d'hygiène dans les usines en dehors des jours d'inspection ou la falsification des recherches menées sur les risques d'un nouveau produit chimique. Quel que soit le crime, il y aurait maintenant des témoins *inspirés* : ceux-ci bénéficieraient du soutien d'organisations de masse qui offriraient des récompenses pour de telles informations ; ils prendraient alors leurs caméras vidéo et dénonceraient le crime.

De même on dénoncerait les pratiques des gouvernements en matière d'environnement, particulièrement en ce qui concerne les terres appartenant à l'État. Il deviendrait patent que, pendant des décennies, des administrations avaient vendu des droits de déboisement ou d'exploitation des sols sur les lieux les plus sacrés de la terre, à des prix inférieurs à ceux du marché, en échange de faveurs politiques et de pots-de-vin. Des forêts majestueuses, de véritables sanctuaires naturels, avaient été impitoyablement pillées et dévastées au nom même de l'aménagement forestier – comme si le fait de planter des rangées de pins pouvait remplacer la diversité de la flore et de la faune et les énergies contenues dans une forêt qui avait poussé pendant des siècles.

La nouvelle conscience spirituelle mettrait finalement un terme à de tels désastres. Une coalition se formerait, incluant des chasseurs traditionalistes, des mordus d'histoire nostalgiques et ceux qui considéraient les sites naturels comme des portes sacrées vers l'autre dimension. Cette coalition finirait par sonner l'alarme et sauverait les quelques forêts vierges restantes en Europe et en Amérique du Nord. On commencerait à protéger sur une plus grande échelle les forêts tropicales humides qui jouent un rôle essentiel dans la survie de la planète. Tout le monde comprendrait que chaque site naturel devait être préservé pour le bénéfice des générations futures. Pour fabriquer du bois et du papier, la culture des fibres végétales remplacerait l'utilisation des arbres. Les parcs nationaux restants seraient tous protégés de l'exploitation et utilisés ; ils répondraient à la demande croissante de ceux qui voudraient visiter des zones naturelles intactes et chargées d'énergie. En même temps, tandis que s'accroîtraient l'intuition, la conscience et le souvenir, les cultures développées se tourneraient finalement vers les peuples indigènes. Elles leur témoigneraient du respect, de l'estime et la volonté d'opérer une synthèse pour définir une nouvelle conception mystique du monde naturel.

La scène holographique progressa encore et la spiritualité imprégna chaque aspect de la culture. Chaque profession commençait à orienter sa pratique quotidienne vers un niveau plus intuitif et idéal de fonctionnement, à la recherche de son rôle spirituel, de la vision d'un véritable service.

La médecine, inspirée par des praticiens attentifs à la genèse psycho-spirituelle des maladies, abandonnerait progressivement le traitement mécanique des symptômes pour se consacrer à la prévention. Les avocats cesseraient de provoquer des litiges et d'obscurcir la vérité pour gagner leurs procès ; ils chercheraient à résoudre les conflits de façon que tous les protagonistes se sentent gagnants. Tous les dirigeants impliqués dans l'économie, industrie par industrie, opteraient pour un capitalisme éclairé, orienté non seulement vers le profit, mais vers la satisfaction des besoins spirituels ; ils rendraient les produits accessibles au prix le plus bas possible. Cette nouvelle éthique économique provoquerait une déflation massive ; elle faciliterait la généralisation de l'automatisation – et finalement la gratuité totale – des services et produits indispensables. Cela libérerait alors les êtres humains et leur permettrait d'adopter l'économie de la « dîme spirituelle » qu'annonce la neuvième révélation.

La vision progressa et nous vîmes des individus se rappeler leur mission spirituelle de plus en plus tôt dans la vie. Ici nous pouvions capter l'idée précise qu'exprimerait bientôt la nouvelle conception du monde. Avant d'atteindre leur majorité, des individus se souviendraient qu'ils avaient été des âmes passant, lors de leur naissance, d'une dimension existentielle à une autre. Bien qu'une partie de leur mémoire fût destinée à disparaître pendant la transition, l'un des objectifs de l'éducation serait de les aider à récupérer la mémoire présente avant la naissance.

À leurs jeunes élèves, les professeurs feraient découvrir très tôt l'expérience de la synchronicité ; ils les inciteraient à se fier à leurs intuitions pour étudier certains sujets, visiter certains lieux, et à toujours chercher des réponses spirituelles lorsqu'ils suivraient tel ou tel chemin particulier. Tandis que le souvenir de toutes les révélations deviendrait plus précis, ils s'intégreraient dans certains groupes, travailleraient à des projets, réaliseraient leur objectif initial. Et finalement ils retrouveraient le projet sous-jacent à leur vie. Ils sauraient qu'ils étaient venus ici-bas pour élever le niveau vibratoire de cette planète, découvrir et protéger la beauté et l'énergie de ses sites naturels, et s'assurer que tous les êtres humains aient accès à ces lieux privilégiés ; ainsi ils pourraient continuer à accroître leur énergie, pour finalement instaurer l'harmonie de l'Après-Vie ici sur terre.

Une telle vision du monde transformerait notre façon de considérer les autres. Nous ne serions plus les membres d'une race ou d'une nation nés à une époque donnée, mais des âmes sœurs, engagées ensemble dans un processus d'éveil et de prise de conscience destiné à répandre la vie spirituelle sur la planète entière. Nous comprendrions pourquoi certaines âmes s'étaient installées dans des régions différentes du monde. Chaque nation constituait en fait un vivier d'informations spirituelles spécifiques, partagées et modelées par ses citoyens, informations en passe d'être étudiées et intégrées.

Tandis que je regardais l'avenir se dérouler sous mes yeux, je vis se réaliser l'unification politique du monde imaginée par tant de penseurs. Mais les nations ne s'étaient pas soumises à la volonté d'un organisme central unique. Nous reconnaissions à la base nos similitudes spirituelles tout en préservant soigneusement notre autonomie locale et nos différences culturelles. Comme lorsque les individus interagissent au sein d'un groupe, chaque membre de la famille des nations serait reconnu comme ayant sa vérité culturelle, accessible au monde entier. Les luttes politiques, souvent si violentes, se transformeraient en guerres de mots. Tandis que la marée du souvenir continuerait à recouvrir la planète, tous les êtres humains commenceraient à comprendre que notre destin était de discuter et comparer les perspectives de nos différentes religions. Tout en rendant hommage à l'apport de chaque doctrine au niveau personnel, nous découvririons en fin de compte que chaque religion était complémentaire des autres et qu'il fallait toutes les intégrer dans une synthèse spirituelle globale.

Ces échanges, ces dialogues aboutiraient à la reconstruction d'un grand temple à Jérusalem, occupé conjointement par les principales religions – juive, chrétienne, musulmane, orientales – et même les idéologies farouchement laïques, représentées par les enclaves économiques en Chine et en Europe, qui défendaient une utopie panthéiste. À ce stade, on débattrait et discuterait d'une perspective spirituelle définitive. Et dans cette guerre de mots et d'énergie, les perspectives juive et musulmane occuperaient d'abord le rôle central, puis l'optique chrétienne serait comparée et intégrée, ainsi que la vision intérieure des religions orientales.

La conscience de l'humanité atteindrait un autre niveau, tandis que la culture progresserait, du simple partage des informations économiques à l'échange synchronistique de vérités spirituelles. Durant cette phase, certains individus et certains groupes approcheraient du niveau de l'Après-Vie et disparaîtraient aux yeux de la grande majorité des vivants. Ces groupes sélectionnés pénétreraient intentionnellement dans l'autre dimension et apprendraient à faire l'aller et retour – exactement comme le prédit la neuvième révélation et comme l'ont vu les prophètes bibliques. Après le début de cet exode extatique, ceux qui resteraient sur terre comprendraient la situation et accepteraient de continuer à habiter la dimension matérielle, puisque tel était leur rôle, sachant qu'ils partiraient bientôt, eux aussi.

Maintenant il était temps que les fervents défenseurs de la laïcité proclament leurs vérités sur les marches du temple. D'abord les idéologues européens viendraient défendre à Jérusalem leurs conceptions laïcistes. Un dirigeant charismatique proclamerait l'importance de la séparation entre l'État et toutes les Églises. Cette position serait fortement critiquée par les spiritualistes, ceux qui croient en l'existence de l'autre dimension, les musulmans et les chrétiens. Mais ensuite, dans ce conflit d'énergie, grâce aux spiritualistes orientaux, une médiation et une synthèse s'opéreraient. Alors, les dernières tentatives des Intimidateurs, qui avaient autrefois conspiré pour créer une société tyrannique fondée sur l'utilisation de puces électroniques, de robots et l'obéissance forcée, seraient battues en brèche par la diffusion des enseignements de toutes les révélations. Et cette ultime synthèse rendrait chacun capable de recevoir l'Esprit saint. Nous vîmes clairement que, à travers ce dialogue et cette intégration d'énergie, l'histoire accomplirait les prophéties bibliques d'une façon *symbolique et verbale*, évitant l'apocalypse annoncée par ceux qui avaient pris ces textes au pied de la lettre.

Soudain notre attention se reporta sur l'Après-Vie, et nous comprîmes alors avec une grande clarté que, pendant tout ce temps, notre projet n'était pas seulement de créer une nouvelle Terre, mais aussi un nouveau paradis. Nous découvrions l'effet du souvenir de la Vision du monde non seulement sur la dimension matérielle mais aussi sur l'Après-Vie. Pendant que se déroulait l'exode extatique des croyants qui quittaient la terre, les groupes d'âmes avaient conduit de nouveaux hommes sur terre, procédant à un transfert d'énergie et créant une dimension physique élargie.

Alors nous apparut la signification complète du processus historique dans son ensemble. Depuis le début des temps, plus notre mémoire s'ouvrait, plus l'énergie et la connaissance passaient systématiquement de l'Après-Vie dans la dimension matérielle. D'abord, les groupes d'âmes dans l'Après-Vie avaient assumé seuls la responsabilité complète de conserver le projet et la vision de l'avenir ; ils nous avaient aidés à nous souvenir de notre projet existentiel, à imaginer le futur et nous avaient transmis de l'énergie.

Plus tard, tandis que la conscience progresserait sur terre et que la population augmenterait, l'équilibre de l'énergie et de la responsabilité se déplacerait lentement vers la dimension matérielle, jusqu'au moment où suffisamment d'énergie serait transférée. La Vision du Monde serait alors suffisamment connue, le pouvoir complet et la responsabilité de créer l'avenir projeté passeraient de l'Après-Vie aux âmes sur terre, aux nouveaux groupes en formation, à nous-mêmes !

À ce moment de l'histoire, *nous* devions poursuivre notre objectif. Et c'est pourquoi il nous incombait maintenant de résorber la polarisation et de faire évoluer, ici, dans cette vallée, des individus encore prisonniers de la Peur et qui se sentaient le droit de manipuler l'économie pour leurs propres intérêts et de prendre le contrôle de l'avenir.

Exactement au même moment, nous nous regardâmes tous les quatre dans l'obscurité. L'hologramme nous entourait encore, les groupes d'âmes, encore fusionnés à l'arrière-plan, luisaient avec éclat. Je remarquai alors un énorme faucon qui vola jusqu'à une branche située à trois mètres au-dessus de notre groupe, puis nous regarda. Un lièvre s'approcha à moins d'un mètre de mon coude droit et s'arrêta, suivi quelques secondes plus tard par un lynx, qui s'assit à côté de lui. Que se passait-il ?

Soudain, je ressentis une vibration silencieuse dans mon plexus solaire ; les expériences avaient recommencé.

– Regardez là-bas ! cria Curtis.

À une quinzaine de mètres, à peine visible au clair de lune, une crevasse étroite partageait buissons et arbustes, s'étendant lentement dans notre direction.

Je regardai les autres.

– À nous de jouer maintenant ! cria Maya. Nous en savons assez sur la Vision et nous pouvons les arrêter.

Avant que nous ayons pu agir, la terre trembla violemment sous nos pieds et la crevasse se rapprocha de plus en plus vite de nous. Simultanément, plusieurs véhicules s'arrêtèrent dans les sous-bois, et des lampes torches éclairèrent les vagues silhouettes des arbres et les nuages de poussière. N'éprouvant aucune peur, je conservai mon énergie et me concentrai de nouveau sur l'hologramme.

– La Vision les arrêtera, cria de nouveau Maya. Ne la laissez pas s'échapper ! Retenez-la !

Embrassant l'image de l'avenir devant nous, je sentis de nouveau notre groupe rassembler son énergie pour la diriger sur Feyman. Nous maintenions notre projet pour édifier une sorte de mur géant contre son intrusion, nous visualisions que les gardes reculaient devant notre énergie et s'enfuyaient, terrifiés.

La crevasse continuait à avancer dans notre direction, mais j'étais convaincu qu'elle s'arrêterait bientôt. Pourtant elle se rapprochait rapidement. Un arbre s'abattit. Puis un autre. Quand la secousse atteignit notre groupe, je perdis ma concentration et roulai en arrière, à moitié suffoqué par la poussière.

– Cela va encore rater ! cria Curtis.

J'eus l'impression que tout se répétait.

– Montons par là, dis-je, en luttant pour voir clair dans la soudaine obscurité.

Dans ma course je pouvais à peine distinguer les contours flous de mes compagnons qui s'éloignaient de moi vers l'est.

J'escaladai la crête rocheuse qui formait la paroi gauche du canyon et m'arrêtai seulement au bout d'une centaine de mètres. M'agenouillant au milieu des rochers, je cherchai à percer les ténèbres. Je ne décelai aucun mouvement mais j'entendis les hommes de Feyman discuter à l'entrée du canyon. Calmement je continuai à monter sur le même versant, me dirigeant vers le nord-ouest, à l'affût du moindre signe de mes amis. Finalement je trouvai un moyen de redescendre dans le canyon. Toujours aucun mouvement.

Je commençais à m'acheminer de nouveau vers le nord quand quelqu'un m'attrapa par derrière.

– Qu'est-ce… criai-je.

– Chut ! murmura une voix. Calmez-vous. C'est David.

Chapitre 10

CONSERVER LA VISION

Je me retournai et le regardai, observant ses longs cheveux et son visage balafré éclairés par la lumière de la lune.

– Où sont les autres ? murmura-t-il.

– Nous avons été séparés, répondis-je. Avez-vous vu ce qui s'est passé ?

Son visage se rapprocha du mien.

– Oui, j'observais du haut de la colline. Où sont-ils allés, à votre avis ?

Je réfléchis un instant.

– Vers les trois cascades.

Il me fit signe de le suivre et nous prîmes la direction des chutes. Au bout de quelques minutes, il me jeta un coup d'œil et dit :

– Quand vous étiez assis tous ensemble à l'entrée du canyon, là-bas, votre énergie a fusionné, s'est accrue et ensuite étendue à toute une partie de la vallée. Que faisiez-vous ?

J'essayai de lui raconter toute l'histoire le plus brièvement possible : mes entretiens avec Wil et mon entrée dans l'autre dimension ; ma vision de Williams et mes contacts avec Joël et Maya ; ma rencontre avec Curtis et comment nous avions tenté d'introduire la Vision du Monde sur terre pour contrecarrer les desseins de Feyman.

– Curtis se trouvait-il avec vous à l'entrée du canyon ? me demanda David.

– Oui, ainsi que Maya et Charlène, bien que nous soyons censés être sept...

Il me jeta un bref coup d'œil et faillit glousser de rire. Toute la tension, la colère qu'il avait refoulées à grand-peine quand j'avais fait sa connaissance en ville semblaient avoir complètement disparu.

– Alors, vous avez rencontré vos ancêtres, vous aussi, n'est-ce pas ? demandai-je.

Je pressai le pas pour marcher à sa hauteur.

– Vous avez atteint l'autre dimension ? insistai-je.

– Oui, répondit David. J'ai vu mon groupe d'âmes et assisté à ma Vision de Naissance. Tout comme vous, je me suis souvenu de ce qui s'était passé auparavant. J'ai compris que nous revenions tous sur terre pour y introduire la Vision du Monde. Et alors – je ne sais pas comment – pendant que je vous regardais tous là-bas, dans la lumière de la lune, j'avais l'impression d'être avec vous, d'appartenir à votre groupe. J'ai vu la Vision du Monde autour de moi.

Il s'arrêta dans l'ombre d'un grand arbre qui cachait la lune, son visage austère rejeté en arrière.

Je me tournai pour lui faire face.

– David, quand nous nous sommes réunis là-bas et que nous avons introduit la Vision du Monde, pourquoi n'avons-nous pas réussi à arrêter Feyman ?

Il s'avança dans la lumière et aussitôt je reconnus en lui le chef qui avait violemment repoussé la proposition de Maya au XIXe siècle. Puis son expression dure comme la pierre disparut et il éclata de rire.

– Il ne suffit pas de voir cette Vision du futur, dit-il, bien que ce soit très important. Il nous faut surtout la *projeter* d'une certaine façon, la *conserver* pour le reste de l'humanité. Tel est le contenu véritable de la dixième révélation. Votre façon de retenir la Vision pour Feyman et ses sbires ne les a pas aidés à s'éveiller. (Il me regarda puis dit :) Allez, nous devons nous dépêcher.

Après avoir marché environ cinq cents mètres, nous entendî-mes un cri d'oiseau sur notre droite et David s'arrêta brusquement.

– Qu'est-ce que c'était ? demandai-je.

Il releva la tête tandis que le hululement remplissait de nouveau la nuit.

– Une chouette-effraie : elle signale notre présence aux autres.

Je le regardai sans comprendre, et me souvins du compor-tement étrange des animaux dans cette vallée.

– Quelqu'un dans votre groupe connaît-il le sens des mes-sages que nous envoient les animaux ? demanda-t-il.

– Je ne sais pas ; peut-être Curtis ?

– Non, il a l'esprit trop scientifique.

Je me souvins ensuite de Maya : elle avait mentionné qu'elle avait trouvé notre grotte en suivant la direction que lui indiquaient les cris des oiseaux.

– Peut-être Maya !

Il me regarda d'un air interrogateur.

– Le médecin que vous avez mentionné, celle qui utilise la visualisation pour soigner ses malades ?

– Oui.

– Bien. C'est parfait. Faisons comme elle et prions.

Je me tournai vers lui et le regardai tandis que la chouette hululait de nouveau.

– Comment ?

– Eh bien, nous allons… visualiser… qu'elle se souvient du don des animaux.

– Quel don ?

Un éclair de colère traversa son visage et il se tut un ins-tant, fermant les yeux, essayant visiblement de réprimer son impatience.

– Vous n'avez pas encore compris que, lorsqu'un animal sauvage croise notre chemin, il s'agit d'une coïncidence de la plus haute importance ?

Je lui parlai du lièvre, du groupe de corbeaux et du faucon que j'avais rencontrés en pénétrant dans la vallée, puis du jeune lynx, de l'aigle et du louveteau.

– Certains sont même apparus au moment où nous assistions à la Vision du Monde.

Il hocha la tête comme s'il attendait que je poursuive.

– Je savais que quelque chose d'important se passait, dis-je, mais je me demandais que faire, sauf dans certains cas les suivre. Tous ces animaux avaient un message pour moi, d'après vous ?

– Oui.

– Comment puis-je connaître la nature de ce message ?

– C'est facile. Chaque *type* d'animal que nous attirons transmet un message particulier. Chaque espèce qui croise notre chemin nous apporte une information sur notre situation, la part de nous-mêmes à laquelle nous devons faire appel pour affronter une circonstance donnée.

– Même après tout ce qui s'est passé, dis-je, j'ai du mal à vous croire. Un biologiste affirmerait probablement que les animaux sont des machines mues par un instinct stupide.

– Seulement parce que les animaux reflètent notre propre niveau de conscience et nos attentes. Si notre niveau de vibration est bas, les animaux croiseront simplement notre route et rempliront leur fonction écologique habituelle. Quand un biologiste sceptique réduit le comportement animal à un instinct irréfléchi, il ne fait que projeter les limites qu'il a lui-même fixées pour l'animal. Mais plus notre vibration augmente, plus les actions des animaux que nous rencontrons deviennent synchronistiques, mystérieuses et riches d'enseignements.

Muet, j'écarquillai les yeux.

Il me regarda du coin de l'œil puis ajouta :

– Le lièvre que vous avez vu vous communiquait une direction à suivre à la fois sur le plan matériel et psychologique. En ville, quand je vous ai rencontré pour la première fois, vous sembliez déprimé et bourré de craintes, comme si votre foi dans les révélations diminuait. Si vous observez un lièvre pendant un long moment, il vous montrera comment affronter vraiment votre peur, afin de la surmonter plus tard et d'avoir une attitude créative et ouverte. Un lièvre vit à proximité d'animaux qui se nourrissent de ses semblables, mais il maîtrise sa peur ; il ne fuit pas son milieu et cela ne l'empêche pas d'être prolifique, productif et optimiste. Lorsqu'un lièvre apparaît dans notre horizon, il nous incite à retrouver la même attitude à l'intérieur de nous-mêmes. Tel était le message que vous avez reçu ; sa présence vous indiquait que vous aviez l'occasion de vous souvenir du modèle du lièvre, d'analyser en détail votre propre peur et de la surmonter. Et parce que cela s'est passé peu après votre arrivée, cela a donné le ton à toute votre aventure. Est-ce que votre expédition n'a pas été à la fois pleine d'appréhensions et fertile en enseignements ?

J'acquiesçai.

Il ajouta :

– Parfois cela peut se manifester aussi par une histoire d'amour. Avez-vous rencontré quelqu'un ?

Je haussai les épaules, puis me souvins de l'énergie nouvelle que j'avais sentie devant Charlène.

– Peut-être, dans un sens, avez-vous raison. Et qu'en est-il des corbeaux que j'ai vus et du faucon dont j'ai suivi le vol avant de rencontrer Wil ?

– Les corbeaux conservent les lois de l'esprit. Passez du temps avec eux et ils feront des choses étonnantes qui aiguiseront toujours votre perception de la réalité spirituelle. Leur message était : « Ouvrez-vous, souvenez-vous des lois spirituelles qui se présentent à vous dans cette vallée. » Leur présence aurait dû vous préparer à ce qui allait se produire.

– Et le faucon ?

– Les faucons sont éveillés et observateurs, toujours à l'affût d'une information, d'un message nouveaux. Leur présence doit nous inciter à redoubler immédiatement de vigilance. Souvent ils signalent qu'un messager est proche.

Il releva la tête.

– Il m'annonçait la présence de Wil ?

– Oui.

David m'expliqua pourquoi d'autres animaux avaient croisé mon chemin. Les chats, m'expliqua-t-il, nous invitent à nous rappeler notre capacité à utiliser notre intuition et à nous guérir nous-mêmes. Le message du jeune lynx, juste avant de rencontrer Maya, m'avertissait qu'une occasion de recevoir des soins était proche. De même, un aigle qui monte en flèche à une grande hauteur représente une occasion de *s'aventurer* réellement dans les royaumes supérieurs du monde spirituel. Quand j'avais vu l'aigle sur la crête, me dit David, j'aurais dû me préparer à rencontrer mon groupe d'âmes et à comprendre plus de choses sur ma propre destinée. Et enfin, le louveteau était apparu pour augmenter mon énergie, réveiller mon courage latent et ma capacité de persuasion, pour que je trouve les mots susceptibles d'aider à réunir les autres membres du groupe.

— Les animaux représentent donc, dis-je, des parties de nous-mêmes que nous avons besoin de contacter ?

— Oui, des facettes de nous-mêmes que nous avons développées quand nous étions ces mêmes animaux durant le cours de l'évolution, mais que nous avons perdues.

Je pensai à la vision de l'histoire humaine que j'avais observée à l'entrée du canyon avec le groupe.

— Vous parlez de la façon dont la vie évoluait, espèce après espèce ?

— Nous y avons participé, nous aussi, continua David. Dans la mesure où elle représentait le point final du développement de la vie, notre conscience progressait à travers chaque animal et sautait ensuite dans le suivant. Pour l'avoir vécue, nous connaissons la façon dont chaque espèce voit le monde, ce qui est un aspect important de la conscience spirituelle totale. Quand un animal particulier surgit devant nous, cela signifie que nous sommes prêts à intégrer son état de conscience dans notre sensibilité en éveil. Et je vais vous dire plus : nous sommes encore loin d'avoir rattrapé certaines espèces. C'est pourquoi il est si important de préserver toutes les formes de vie sur terre. Nous voulons qu'elles durent non seulement parce qu'elles assurent l'équilibre de l'écosphère, mais parce qu'elles représentent des aspects de nous-mêmes que nous essayons encore de nous rappeler.

Il marqua une pause et observa la nuit.

— Cela s'applique aussi à la riche diversité de la pensée humaine, incarnée par les différentes cultures autour de la planète. Aucun d'entre nous ne sait exactement où réside la vérité de l'évolution humaine. Chaque culture a une vision du monde légèrement différente, un mode de conscience particulier, et il faut garder le meilleur de chacune d'entre elles, l'intégrer et constituer un ensemble plus parfait.

Une expression de tristesse affleura sur son visage.

— Il est vraiment dommage qu'il ait fallu attendre quatre siècles pour que commence la fusion réelle des cultures européennes et indigènes. Pensez à ce qui s'est passé. L'esprit occidental a perdu contact avec le mystère ; la magie des forêts profondes a été réduite au bois qu'on en extrayait et les mystères de la vie sauvage à des animaux de compagnie. L'urbanisation a isolé la grande majorité des gens, de sorte que nous croyons maintenant qu'un contact avec la nature se résume à un parcours de golf. Combien d'entre nous ont la chance de connaître les mystères des grandes étendues sauvages ?

« Nos parcs nationaux représentent tout ce qui reste des grandes forêts, des riches plaines et des déserts qui caractérisaient autrefois ce continent. Nous sommes maintenant trop nombreux pour la quantité réduite de zones vierges qui existent encore. Si l'on veut visiter un parc naturel maintenant, il faut souvent s'inscrire sur une liste d'attente et patienter un an avant de pouvoir s'y rendre. Et malgré cette situation catastrophique, les politiciens veulent continuer à vendre davantage de terres appartenant au domaine public. La plupart d'entre nous sont obligés d'avoir recours à des cartes à jouer représentant des animaux pour savoir quels signes ceux-ci envoient dans leur vie, au lieu de mener leur quête dans des régions véritablement sauvages et de vivre une expérience authentique.

Soudain le cri de la chouette-effraie retentit si près de nous que je sursautai involontairement.

David me jeta un regard plein d'impatience.

— Pouvons-nous prier maintenant ?

— Écoutez, dis-je, je ne comprends pas. Voulez-vous prier ou faire un exercice de visualisation ?

Il essaya de maîtriser le ton de sa voix.

— Je suis désolé. L'impatience fait partie des émotions résiduelles que je ressens envers vous. (Il inspira longuement.) La dixième révélation – apprendre à croire en nos intuitions, se souvenir de notre Projet de Naissance, conserver la Vision du Monde –, tout cela concerne l'essence de la *prière*.

« Pourquoi chaque tradition religieuse a-t-elle une forme différente de prière ? Si Dieu est unique, omniscient, tout-puissant, alors pourquoi devons-nous implorer son aide ou le pousser à agir d'une façon ou d'une autre ? Pourquoi ne suffit-il pas qu'il édicte des commandements et des conventions, qu'il nous juge selon ces règles et qu'il agisse directement quand *Lui* le veut, et pas nous ? Pourquoi devrions-nous lui demander d'intervenir spécialement ? Lorsque nous prions correctement, nous ne demandons pas à Dieu de faire quelque chose. Dieu nous inspire d'œuvrer à sa place afin d'exécuter sa volonté sur la terre. Nous sommes les émissaires du divin sur cette planète. La visualisation est une forme de prière que Dieu attend que nous utilisions pour discerner sa volonté et l'appliquer dans la dimension matérielle. Son royaume viendra, sa volonté se réalisera, sur terre comme au ciel.

« Dans ce sens, chaque pensée, chaque espoir – tout ce que nous visualisons dans l'avenir – est une prière et tend à créer cet avenir. Mais aucune pensée, aucun désir, aucune peur n'est aussi puissante qu'une vision en harmonie avec le divin. C'est pourquoi il nous faut introduire la Vision du Monde sur terre, la conserver : ainsi nous saurons ce pour quoi nous devons prier, quel futur nous devons visualiser.

– Je comprends, dis-je. Comment pouvons-nous aider Maya à prêter attention à la chouette ?

– Qu'a-t-elle dit quand elle vous a parlé de la guérison ?

– Nous devons visualiser que le patient se souvient de son Projet de Naissance. Il guérira véritablement lorsqu'il redécouvrira son but existentiel après avoir récupéré la santé. Quand un patient se souvient, alors nous pouvons l'aider à atteindre un objectif plus spécifique.

– Faisons la même chose maintenant, dit David. Espérons que l'intention originelle de Maya était de suivre le cri de cet oiseau.

David ferma les yeux et je suivis ses instructions. J'essayai de visualiser Maya en train de se rappeler ce qu'elle était censée faire. Au bout de quelques minutes, quand j'ouvris les yeux, David me regardait fixement. La chouette hulula de nouveau juste au-dessus de nos têtes.

— Allons-y, dit-il.

Vingt minutes plus tard, nous nous trouvions sur la colline au-dessus des trois cascades. La chouette nous avait suivis en criant régulièrement et elle s'était perchée à une quinzaine de mètres à notre droite. Devant nous, le bassin scintillait au clair de lune ; les rayons de l'astre étaient parfois atténués par des nappes de brouillard qui glissaient à la surface de l'eau. Nous attendîmes quelques minutes sans échanger une parole.

— Regardez ! Ici ! s'exclama David en pointant le doigt.

Au milieu des rochers, à droite du bassin, je pus distinguer plusieurs silhouettes. L'une d'entre elles leva les yeux et nous aperçut : c'était Charlène. J'agitai la main et elle me reconnut. David et moi descendîmes alors la pente rocheuse jusqu'à l'endroit où se tenaient mes compagnons.

Ravi de revoir son ami, Curtis l'agrippa par le bras.

— Maintenant nous allons pouvoir stopper ces sales types.

Pendant un moment ils se regardèrent en silence, puis Curtis présenta Maya et Charlène à David.

Mes yeux rencontrèrent ceux de Maya.

— Avez-vous eu du mal à trouver votre chemin jusqu'ici ?

— Au départ nous étions désorientés et perdus dans l'obscurité, mais ensuite j'ai entendu la chouette et j'ai su comment me diriger.

— La présence d'une chouette, expliqua David, signifie que nous avons l'occasion de démasquer toute tromperie chez les autres. Si nous évitons de les blesser ou de les frapper, nous pouvons, comme la chouette, percer l'obscurité et capter une vérité supérieure.

Maya observait David attentivement.

— J'ai l'impression de vous avoir déjà vu, déclara Maya. Qui êtes-vous ?

Il la regarda d'un air interrogateur.

— On vous a dit mon nom. Je m'appelle David.

Elle attrapa doucement sa main.

– Non, pardon, qui représentez-vous pour moi, pour nous ?

– J'étais là-bas, expliqua-t-il, pendant les guerres, mais je haïssais tellement les Blancs que je ne vous supportais pas ; je ne vous ai même pas écoutée.

– Nous procédons différemment maintenant, affirmai-je.

Par habitude, David me lança un regard furieux, puis il se ressaisit et son visage s'adoucit comme auparavant.

– À cette époque, me dit-il, je vous méprisais encore plus que les autres. Vous ne vouliez pas prendre parti. Vous vous êtes enfui.

– J'avais peur, répondis-je.

– Je sais.

Pendant plusieurs minutes, chacun évoqua avec David les émotions qu'il éprouvait, tout ce que nous pouvions nous rappeler à propos de la tragique guerre contre les Indiens. David expliqua ensuite que son groupe d'âmes comprenait des médiateurs et que cette fois il était venu sur terre pour maîtriser sa colère contre la mentalité européenne ; par la suite, il devait contribuer à ce que l'apport spirituel de toutes les cultures indigènes soit reconnu et que tous les peuples soient intégrés dans une civilisation supérieure.

Charlène me jeta un coup d'œil, puis se tourna vers David.

– Vous êtes le cinquième membre de notre groupe, n'est-ce pas ?

Avant qu'il eût pu répondre, nous sentîmes une vibration traverser le sol sous nos pieds ; elle provoquait des ondes irrégulières sur la surface du bassin. Accompagnant le tremblement, un gémissement strident et sinistre remplit la forêt. Du coin de l'œil, je vis des lampes torches avancer sur la colline à une quinzaine de mètres au-dessus de nous.

– Ils arrivent ! murmura Curtis.

Je me retournai et aperçus Feyman au bord d'un surplomb, juste au-dessus de nos têtes ; il était en train d'installer une petite antenne parabolique sur un ordinateur portable.

– Ils vont se concentrer sur nous et essayer ainsi de régler avec précision les générateurs, expliqua Curtis. Nous devons partir d'ici.

Maya tendit la main et lui toucha le bras.

– Non, s'il vous plaît, Curtis, cela va peut-être marcher cette fois-ci.

David se rapprocha de Curtis puis lui dit à voix basse :

– Nous pouvons y parvenir.

Curtis le regarda fixement pendant un moment, puis finalement acquiesça d'un signe de tête et nous commençâmes à élever de nouveau notre énergie. Comme au cours des deux tentatives précédentes, je commençai à voir sur le visage de chacun de mes compagnons l'expression du moi supérieur. Ensuite nos groupes d'âmes apparurent et fusionnèrent dans un cercle autour de nous, y compris, pour la première fois, les membres du groupe de David. Comme le souvenir de la Vision du Monde nous revenait en mémoire, nous essayâmes de nouveau de transférer de l'énergie, des connaissances et de la conscience dans la dimension matérielle.

Et aussi, comme auparavant, nous vîmes la polarisation créée par la Peur se répandre à notre époque, et la vision panoramique de l'avenir positif qui se réaliserait une fois que les groupes adéquats se seraient formés et auraient appris à intercéder, à *conserver la Vision*.

Soudain un deuxième tremblement secoua violemment le sol.

– Gardez la Vision ! cria Maya. Conservez l'image de l'avenir possible.

J'entendis une crevasse fendre le sol à ma droite, mais je maintins ma concentration. Dans mon esprit je vis encore la Vision du Monde comme une force qui rayonnait de notre groupe vers l'extérieur, dans toutes les directions, et repoussait Feyman loin de nous, détruisant sa vision de Peur. À ma gauche, un arbre énorme fut arraché de ses racines et se fracassa sur le sol.

– Cela ne marche toujours pas ! cria Curtis en sautant sur ses pieds.

– Non, attends, dit David. (Il avait profondément réfléchi pendant tout ce temps. Il tendit le bras pour rattraper son ami et le força à s'asseoir.) Sais-tu pourquoi nous échouons ?! Nous traitons Feyman et les autres comme nos ennemis, en essayant de les repousser. Cela les fortifie, parce qu'ainsi ils ont un adversaire. Plutôt que de lutter contre eux, nous devons inclure Feyman et ses acolytes dans ce que nous visualisons. En réalité, ils ne sont pas nos ennemis ; nous sommes tous des âmes en croissance qui s'éveillent. Nous devons projeter la Vision du Monde vers eux comme s'ils étaient exactement semblables à nous.

Je me souvins soudain de la Vision de Naissance de Feyman. Maintenant tout s'emboîtait : je revoyais l'enfer, comprenais les comportements obsessionnels qu'adoptaient les hommes pour conjurer la Peur, je revoyais le cercle d'âmes qui tentaient d'intervenir. Et finalement je revis le projet originel de Feyman.

– Il *appartient* à notre groupe ! criai-je. Je sais ce qu'il avait l'intention de faire. En réalité, il est venu sur terre pour surmonter son besoin de pouvoir : il voulait empêcher les destructions provoquées par les générateurs et les autres technologies nouvelles. Il s'est vu participant à notre réunion cette nuit. Il est le sixième membre de ce groupe.

Maya se pencha en avant.

– Cela marche exactement comme dans le processus de guérison. Nous devons nous représenter qu'il se souvient de son projet sur terre. (Elle me jeta un coup d'œil.) Cela aide à dénouer les blocages de la Peur, les états seconds, à tous les niveaux.

Lorsque nous commençâmes à nous concentrer en incluant Feyman et ses sbires, notre énergie fit un bond en avant. La nuit devint plus claire et nous pûmes nettement voir Feyman et deux de ses gardes sur la colline. Les groupes d'âmes apparaissaient de plus en plus distinctement, avec des formes plus humaines, tandis qu'en même temps nous devenions plus luminescents, comme eux. Venant de la gauche, d'autres groupes d'âmes nous rejoignaient.

– C'est le groupe d'âmes de Feyman ! s'exclama Charlène. Et les groupes d'âmes des deux types qui l'accompagnent !

Tandis que l'énergie augmentait, l'hologramme massif de la Vision du Monde nous encercla de nouveau.

– Concentrez-vous sur Feyman et les gardes de la façon dont nous nous sommes concentrés sur chacun de nous ! cria Maya. Visualisez qu'ils se souviennent.

Je me tournai légèrement et fis face aux trois hommes. Furieux, Feyman s'acharnait encore sur son ordinateur, tandis que les deux autres le regardaient. L'hologramme les encercla eux aussi, spécialement l'image de chacun d'entre eux se réveillant à ce moment et redécouvrant son véritable objectif. Devant nos yeux, la forêt fut plongée dans un champ d'énergie perceptible, tourbillonnante, de couleur ambrée, qui parut traverser Feyman et ses collaborateurs. Simultanément je vis planer autour des trois hommes les mêmes volutes de lumière blanche qui avaient protégé Curtis, Maya et moi. Ensuite, les traînées de lumière blanche s'agrandirent et commencèrent à se répandre dans toutes les directions pour finalement disparaître au loin. Au bout de quelques minutes, les secousses et les sons étranges s'arrêtèrent. Une brise entraîna les derniers vestiges de poussière vers le sud.

L'un des hommes cessa de regarder Feyman et s'éloigna pour se diriger vers la forêt. Pendant plusieurs secondes, Feyman continua à travailler sur son clavier, puis, découragé, il renonça. Il baissa les yeux vers nous, ramassa son ordinateur, le tenant avec soin sous son bras gauche. De l'autre main il sortit un pistolet de la poche de son blouson et commença à marcher vers nous. Brandissant une arme automatique, l'autre homme le suivit.

– Ne laissez pas partir l'image ! nous lança Maya.

Quand ils furent à cinq ou six mètres de nous, Feyman installa son ordinateur sur le sol et se remit à pianoter sur le clavier tout en gardant son pistolet à portée de main. Plusieurs rochers, déjà ébranlés auparavant, explosèrent et s'écrasèrent dans le bassin.

– Vous n'êtes pas venu ici pour cela, déclara doucement Charlène, tandis que les autres membres du groupe se concentraient sur le visage de Feyman.

L'homme qui l'accompagnait, tout en gardant son arme pointée vers nous, s'approcha de lui et lui dit :

— Nous ne pouvons rien faire de plus ici. Partons.

Feyman le repoussa d'un geste puis recommença à taper avec colère sur son clavier.

— Ça ne marche pas ! cria Feyman dans notre direction. Qu'est-ce que vous fabriquez ? (Il regarda son collaborateur.) Descends-les ! cria-t-il. Descends-les !

Pendant un instant l'homme nous regarda froidement. Puis, secouant la tête, il s'éloigna et disparut au milieu des rochers.

— Je sais que vous êtes né pour empêcher que ces destructions se produisent, affirmai-je.

Il laissa tomber son arme et me regarda fixement. Pendant un instant son visage s'éclaira, apparaissant exactement comme je l'avais vu durant sa Vision de Naissance. Visiblement, il se souvenait de quelque chose. Un peu plus tard, une expression de frayeur, puis de colère, traversa sa physionomie. Il grimaça, se tint le ventre et vomit sur les rochers à côté de lui.

S'essuyant la bouche, il reprit son arme.

— Je ne sais pas ce que vous manigancez contre moi, mais vous faites fausse route. (Il avança de quelques pas, puis sembla perdre de l'énergie. Son arme retomba sur le sol.) Cela n'a aucune importance, vous savez ? Il y a d'autres forêts. Vous ne pourrez pas être partout à la fois. Ce générateur fonctionnera. Vous comprenez ? Vous ne m'en empêcherez pas !

Il recula en trébuchant puis fit demi-tour et se mit à courir dans la nuit.

Quand nous atteignîmes la colline au-dessus du bunker, nous nous sentions tous extrêmement soulagés. Après le départ de Feyman, nous étions retournés sur le site de l'expérience avec mille précautions, ne sachant pas ce que nous y trouverions. Les environs du bunker étaient éclairés par des dizaines de phares de voitures. La plupart des véhicules arboraient l'écusson de l'Office des Eaux et Forêts, bien que le FBI fût représenté ainsi que le bureau du shérif local.

Je rampai encore un peu sur la crête de la colline et observai attentivement pour voir si l'on interrogeait ou détenait quelqu'un dans l'une des voitures. Toutes paraissaient vides. La porte du bunker était grande ouverte et des policiers entraient et sortaient comme s'ils inspectaient le lieu d'un crime.

— Ils sont tous partis, dit Curtis. (Dissimulé derrière le tronc d'un grand arbre, il se tenait sur les genoux.) Nous les avons empêchés de nuire.

Maya se tourna vers nous et s'assit.

— Oui, en tout cas dans cette vallée. Ils ne recommenceront certainement pas leurs expériences ici.

— Mais Feyman ne se vantait pas, affirma David, en nous regardant. Ils peuvent se rendre dans un autre endroit et personne ne le saura. (Il se leva.) Je dois aller au bunker et leur raconter toute l'histoire.

— Tu es fou ? s'écria Curtis en marchant vers lui. Que t'arrivera-t-il si le gouvernement a partie liée avec ces types-là ?

— Ce sont des gens comme les autres, répondit David. Ils ne sont pas tous complices.

Curtis se rapprocha de lui.

— Il doit y avoir un autre moyen. Je ne vais pas te laisser aller là-bas.

— Quelqu'un nous écoutera, dit David, j'en suis sûr.

Curtis se tut.

Charlène était appuyée sur un rocher à quelques mètres de nous et elle approuva :

— Il a raison. Tu rencontreras peut-être quelqu'un qui se trouve exactement dans la bonne position pour te donner un coup de main.

Curtis secoua la tête en essayant de rassembler ses pensées.

— Charlène a raison, mais tu as besoin d'un spécialiste qui décrive précisément la technologie qu'ils utilisaient...

— Alors tu dois m'accompagner, déclara David.

Curtis ébaucha un sourire.

— D'accord, je viens avec toi, mais uniquement parce que nous avons un atout dans notre jeu.

– Que veux-tu dire ? demanda David.

– Un gars que nous avons ficelé là-haut dans une grotte.

David mit la main sur son épaule.

– Viens, tu me raconteras cela en chemin. On verra bien ce qui se passera.

Un peu angoissés, nous nous fîmes nos adieux et ils se dirigèrent vers la droite pour rejoindre le bunker par un autre chemin.

Soudain Maya leur cria d'attendre.

– Je vous accompagne, déclara-t-elle. Je suis médecin. Les gens me connaissent dans la région. Vous aurez peut-être besoin d'un troisième témoin.

Tous trois nous regardèrent, Charlène et moi, se demandant visiblement si nous allions nous aussi les rejoindre.

– Pas moi, dit Charlène. On a besoin de moi ailleurs.

Je déclinai moi aussi leur offre et leur demandai de ne pas mentionner notre présence. Ils acquiescèrent et se dirigèrent ensuite vers la zone illuminée.

Enfin seuls, Charlène et moi nous nous regardâmes droit dans les yeux. Je me souvins du profond sentiment que j'avais éprouvé pour elle dans l'autre dimension. Elle allait s'avancer vers moi et me parler quand nous aperçûmes une lampe torche à une quinzaine de mètres à notre droite.

Prudemment nous pénétrâmes dans les sous-bois. La lumière changea de position et se dirigea droit sur nous. Nous restâmes immobiles et nous accroupîmes par terre. Tandis que la lumière approchait, je commençai à entendre une voix : apparemment l'inconnu soliloquait en marchant. C'était Joël.

Je regardai Charlène.

– Je le connais, murmurai-je. Je crois que nous devrions lui parler.

Elle hocha la tête.

Quand il se trouva à cinq ou six mètres de nous, je l'appelai.

Il s'arrêta et brandit sa lampe dans notre direction. Me reconnaissant immédiatement, il marcha vers nous et s'assit à nos côtés.

– Que faites-vous ici ? demandai-je.

– Il n'y a rien d'intéressant là-bas, répondit-il en désignant le bunker. Le laboratoire clandestin a été totalement démonté. J'avais l'intention d'aller jusqu'aux trois cascades, mais quand je me suis trouvé dans le noir complet, j'ai changé d'avis.

– Ne deviez-vous pas quitter la région ? dis-je. Vous sembliez si sceptique !

– Je sais. J'allais partir, mais… bon, j'ai eu un rêve qui m'a troublé. J'ai pensé que je ferais mieux de rester et d'essayer de donner un coup de main. Les gardes forestiers ont cru que j'étais fou quand je leur ai parlé, mais ensuite je suis tombé sur un adjoint du shérif. Quelqu'un lui avait envoyé un message, alors nous sommes venus ici ensemble. Et nous avons trouvé ce laboratoire.

Charlène et moi nous nous regardâmes, puis je racontai brièvement à Joël notre affrontement avec Feyman et son dénouement.

– Ils provoquaient vraiment des dégâts aussi considérables ? demanda Joël. Quelqu'un a-t-il été blessé ?

– Je ne pense pas, répondis-je. Nous avons eu de la chance.

– Depuis combien de temps vos amis sont-ils partis vers le bunker ?

– Quelques minutes.

Il nous regarda.

– Vous ne les rejoignez pas ?

Je secouai la tête.

– Il vaut mieux observer de loin comment les autorités vont réagir.

L'expression de Charlène me confirma qu'elle pensait la même chose.

– Vous avez raison, approuva Joël, en regardant vers le bunker. Je ferais mieux de redescendre, comme ça ils sauront que la presse connaît l'existence des trois témoins. Comment puis-je vous contacter ?

– *Nous* vous appellerons, dit Charlène.

Il me tendit sa carte de visite, salua Charlène d'un signe de tête et prit la direction du bunker.

Charlène attira mon attention.

— Il est le septième membre de notre groupe, n'est-ce pas ?

— Oui, je crois.

Nous réfléchîmes sans prononcer un mot pendant un moment puis Charlène déclara :

— Viens, nous devons retourner en ville.

Nous marchions depuis presque une heure lorsque, soudain, nous entendîmes des dizaines d'oiseaux chanteurs s'égosiller quelque part sur notre droite. L'aube se levait dans la forêt et un brouillard frais s'élevait du sol.

— Que se passe-t-il ? demanda Charlène.

— Regarde là-bas, dis-je.

À travers une brèche dans les arbres, au nord, j'apercevais un énorme peuplier qui devait bien avoir deux mètres de diamètre. Dans la demi-lumière de l'aube, la zone entourant l'arbre semblait plus lumineuse, comme si le soleil, encore derrière l'horizon, avait explosé pour projeter tous ses rayons sur un seul point.

J'éprouvai la sensation de chaleur qui m'était devenue si familière.

— Qu'est-ce que c'est ? demanda Charlène.

— C'est Wil ! m'exclamai-je. Allons là-bas.

Quand nous fûmes à environ trois mètres de l'arbre, Wil nous apparut, tout souriant. Quelque chose en lui avait changé, mais quoi ? Tandis que j'observais son corps, je me rendis compte que sa luminosité était la même mais qu'il était moins flou.

Il nous serra tous les deux dans ses bras.

— As-tu vu ce qui s'est passé ? demandai-je.

— Oui, dit-il. J'étais là avec les groupes d'âmes. J'ai tout vu.

— Ton corps est plus visible. Qu'as-tu fait ?

— Moi rien, répondit-il. C'est toi et ton groupe qui avez fait quelque chose, en particulier Charlène.

— Comment ? s'étonna celle-ci.

– Quand tous les cinq vous avez augmenté votre énergie et vous êtes consciemment souvenu de la plus grande partie de la Vision du Monde, vous avez fait passer toute cette vallée à un niveau vibratoire supérieur, celui de l'Après-Vie. Mon corps, comme le vôtre, est donc plus visible. Et il en sera désormais de même pour les groupes d'âmes dans cette région.

Je regardai intensément Wil.

– Tout ce que nous avons vu dans la vallée, tout ce qui s'est passé concernait la dixième révélation, n'est-ce pas?

Il acquiesça.

– Tout autour de la planète, des gens vivent les mêmes expériences que vous. Une fois que nous avons compris les neuf premières révélations, chacun de nous doit essayer quotidiennement de faire face aux dissensions et au pessimisme croissants qui se manifestent autour de nous. Mais en même temps notre situation spirituelle, ce que nous sommes réellement nous apparaît dans une perspective plus large, avec une plus grande clarté. Nous découvrons un vaste projet pour la planète Terre.

« La dixième révélation nous enseigne à conserver notre optimisme et à rester mobilisés. Nous apprenons à mieux prendre conscience de nos intuitions et à davantage leur faire confiance. Nous savons que ces images mentales représentent des souvenirs fugaces de notre projet originel, de la façon dont nous voulions voir notre vie évoluer. Nous désirions que notre vie suive un certain chemin, afin de pouvoir finalement nous souvenir de la vérité que notre expérience nous prépare à exprimer, et introduire cette connaissance dans le monde.

« Nous voyons maintenant nos existences dans la perspective supérieure de l'Après-Vie. Nous savons que nos aventures individuelles se déroulent dans le contexte de la longue histoire de l'éveil humain. Avec ce souvenir, nos vies sont solidement enracinées dans un contexte précis; nous pouvons observer le long processus grâce auquel nous avons introduit la spiritualité dans la dimension matérielle, et ce qu'il nous reste à faire.

Wil marqua une pause et se rapprocha de nous.

– Maintenant nous allons voir si un nombre suffisant de groupes comme le vôtre se rassemblent et se souviennent, si suffisamment de gens autour de la terre captent la dixième révélation. Nous devons conserver ce projet, assurer l'avenir.

« La polarisation de la Peur continue à croître et, si nous voulons l'éliminer et progresser, chacun de nous doit y participer personnellement. Nous devons surveiller très soigneusement nos pensées et nos attentes et nous reprendre chaque fois que nous traitons un autre être humain comme un ennemi. Nous pouvons nous défendre contre certaines personnes et les empêcher de nuire, mais sans les démoniser, sinon nous augmentons la Peur.

« Nous représentons des âmes en pleine croissance ; nous avons un projet originel qui est positif ; et nous pouvons tous nous souvenir. Nous devons conserver cette idée et la transmettre à tous ceux que nous rencontrerons. Telle est la véritable Éthique interpersonnelle ; c'est la façon dont nous nous élevons, diffusons la nouvelle conscience qui est en train d'encercler la planète. Nous pouvons soit nous laisser dominer par la crainte que la civilisation disparaisse, soit *conserver la Vision* que nous sommes en train de *réveiller*. Dans les deux cas, notre attente constitue une forme de prière, une force qui provoquera le futur que nous imaginons. Chacun de nous doit choisir consciemment entre ces deux avenirs.

Wil sembla emporté par ses pensées et, à l'arrière-plan, contre la crête lointaine au sud, j'aperçus de nouveau des traînées blanches.

– Avec tout ce qui s'est passé, dis-je, je ne t'ai jamais demandé d'où provenait cette lumière blanche. Le sais-tu ?

Wil sourit, tendit les bras et nous saisit doucement par les épaules.

– Ce sont des anges, expliqua-t-il. Ils répondent à notre foi, à nos visions et font des miracles. Ils semblent représenter un mystère, même pour les âmes de l'Après-Vie.

À ce moment j'eus la vision d'une communauté, quelque part dans une vallée semblable à celle-ci. Charlène s'y trouvait en compagnie d'autres personnes, y compris de nombreux enfants.

– Je pense que maintenant nous allons comprendre ce que sont les anges, continua Wil, en regardant vers le nord comme s'il voyait, lui aussi, une image le concernant. Oui, j'en suis sûr. Vous venez avec moi ?

Je jetai un coup d'œil à Charlène ; son regard me confirma qu'elle avait eu la même vision que moi.

– Je ne crois pas, dit-elle.

– Pas maintenant, ajoutai-je.

Sans dire un mot, Wil nous serra dans ses bras puis fit demi-tour et s'éloigna. D'abord j'éprouvai de la réticence à le laisser partir mais je ne protestai pas. Dans un recoin de mon esprit, je savais que mon voyage était loin d'être terminé. Je le reverrais bientôt.

TABLE DES MATIÈRES

imprimerie gagné ltée

IMPRIMÉ AU CANADA